CB075160

O CIRCO MECÂNICO
~Tresaulti~
GENEVIEVE VALENTINE

DARKSIDE

Copyright © 2011 by Genevieve Valentine
All rights reserved. Todos os direitos reservados.
Título original: Mechanique:
A Tale of the Circus Tresaulti

Tradução para a língua portuguesa
© Dalton Caldas, 2013

Ilustrações
© Wesley Rodrigues, 2013

Diretor Editorial
Christiano Menezes

Diretor Comercial
Chico de Assis

Editor Assistente
Bruno Dorigatti

Capa e Projeto Gráfico
Retina 78

Designer Assistente
Pauline Qui

Revisão
Felipe Pontes
Nova Leitura
Ulisses Teixeira

Impressão e acabamento
Gráfica Geográfica

DADOS INTERNACIONAIS DE CATALOGAÇÃO NA PUBLICAÇÃO (CIP)
Angélica Ilacqua CRB-8/7057

Valentine, Genevieve
 O circo mecânico Tresaulti / Genevieve Valentine; tradução de Dalton Caldas. - - Rio de Janeiro : DarkSide Books, 2016.
 320 p. : il.; 14 x 21cm

 ISBN: 978-85-66636-80-2
 Tradução de: Mechanique: A Tale of the Circus Tresaulti

 1. Ficção Científica 2. Literatura americana I. Título
 II. Caldas, Dalton

13-0727   CDD 813.54

Índices para catálogo sistemático:

1. Literatura americana – ficção científica

DarkSide® Entretenimento LTDA.
Rua do Russel, 300/702 - 22210-010
Glória - Rio de Janeiro - RJ - Brasil
www.darksidebooks.com

O CIRCO MECÂNICO
~Tresaulti~
GENEVIEVE VALENTINE

TRADUÇÃO
DALTON CALDAS

ILUSTRAÇÕES
WESLEY RODRIGUES

D A R K S I D E

Para minha família

UM CIRCO ENTRE NÓS
por Genevieve Valentine

Minha memória precisa ser particularmente adaptada a um livro como *O Circo Mecânico Tresaulti*. Recordo-me de algumas impressões e alguns momentos, mas não de todo o processo. Mas lembro-me bem da primeira vez que vi dois acrobatas ignorarem a multidão de pessoas e se olharem no exato momento que precede o salto, compartilhando algo que eu sabia ser vital – algo cuja verdadeira substância eu nunca consegui compreender, por não ser um dos acrobatas com as mãos vazias esperando o momento do salto.

O Circo Mecânico é um livro muito focado nesse sentimento, de fora para dentro. Dividir essa cumplicidade com alguém é algo intenso, e que cresce se houver confiança, calcifica com o tempo e fica dolorido com a idade, mas torna-se mais forte por conta disso. Não ter esta conexão em particular significa que você é totalmente livre – e bastante sozinho. Este espaço entre as pessoas – onde vive a maioria das coisas – é mais familiar, porém viver na esperança dessa conexão é algo poderoso. (Para a maioria de nós, talvez não poderoso o suficiente para conseguir parar o tempo, mas ainda continuamos tentando.)

A edição brasileira é uma alegria à parte, acompanhada das ilustrações impressionantes de Wesley Rodrigues. A atmosfera é fundamental em um livro como este, e seu traço proporciona um equilíbrio incrível entre detalhe e movimento, sem jamais perder a sensação de mistério presente no Circo Tresaulti – aquela sensação de que você nunca consegue ver a coisa toda. (O retrato da trupe em particular carrega essa vitalidade, enquanto ainda assim, de alguma maneira, se assemelha a um sonho.) Este é o primeiro trabalho artístico inspirado em algo que escrevi; só posso afirmar que tive muita sorte.

Aos leitores brasileiros – bem, o que dizer? Ler um livro é uma experiência tão pessoal que é impossível pensar o que alguém deveria tirar dela; cada leitor tem seu próprio coração. Para você que encontrou uma conexão verdadeira com *O Circo Mecânico*, fico feliz; afinal, estamos todos procurando, juntos.

Muito obrigado. Vocês são parte do espetáculo!

janeiro de 2016

~ 01 ~

A tenda é decorada com fios de lâmpadas expostas e pedaços de espelho amarrados aqui e ali para dar um brilho. (Só parece mambembe depois que você já pagou.)

Você paga sua entrada a um homem que aparenta conseguir nocautear um boi, mas é um rapaz franzino que lhe entrega o ingresso: impresso em papel grosso e limpo, um canto com tinta dourada em relevo traz um grifo cujas asas mecânicas brilham à gélida luz do luar.

TRESAULTI, está escrito, e abaixo, CIRCO MECÂNICO, o que é ainda mais pomposo do que os cartazes. As lâmpadas estão expostas; quem eles pensam que são?

"Entrem, sentem-se, o espetáculo vai começar!", o jovem berra para as pessoas enquanto distribui os ingressos, e suas pernas articuladas de metal rangem. Por cima do barulho, o vendedor de comida grita: "Venham tomar uma bebida! Cerveja no copo! Cerveja no copo!"

Dentro de um picadeiro invisível feito pelas pessoas do circo em um morro lamacento estão as dançarinas, os anunciantes e os malabaristas. O músico toca dentro da tenda – uma bagunça sonora tilintante dessa distância. As dançarinas rebolando do lado de fora da tenda têm mãos ou pés de metal que brilham sob as luzes, e chamando por cima de tudo isso está o rapaz com as pernas de latão que havia chegado à cidade no dia anterior e espalhado os cartazes do Tresaulti.

Por dentro, a tenda é redonda e clara, com dezenas de lâmpadas penduradas na armação. Algumas são cobertas por lanternas de papel, e a luz fica levemente rosada ou amarelada.

Os trapézios já estão pendurados em seus suportes mais altos, hastes rígidas de latão e ferro, esperando pelas garotas que o habitarão. O cartaz diz "Mais Leves que o Ar". O clima na tenda é: *Veremos*. Não que você espere que alguém caia – isso seria mórbido –, mas se você diz que algo é mais leve que o ar, bem, as apostas estão feitas.

(Esses trapézios são impostores; eles são para praticar, só para o início do ato. Para o final, os trapézios verdadeiros aparecem. Big George e Big Tom são erguidos a seus lugares por Ayar, o homem forte, e eles prendem seus braços de metal de dois metros em torno dos mastros e se põem retos como uma mesa. As garotas galopam para cima e para baixo em seus braços, engancham seus pés nos pés de Big George, e ficam penduradas de ponta-cabeça com os braços abertos feito asas. Quando Big George balança para frente e para trás, as garotas se soltam, voando, e agarram as pernas de Big Tom do outro lado.

Mas você não sabe que este primeiro trapézio é fachada. Você ainda não foi surpreendido.)

A tenda ganha vida quando aqueles que compraram ingressos entram; alguns deles passaram na carrocinha de comida, e o cheiro de cerveja é lentamente cozinhado debaixo das lâmpadas. As pessoas conversam entre elas, mas com cautela; o governo é novo (o governo é sempre novo), e você nunca sabe quem está trabalhando para quem.

O rufar dos tambores anuncia o início do espetáculo, e as abas da tenda se abrem para a entrada de uma mulher enorme com um casaco de lantejoulas pretas. Seus cabelos pretos e encaracolados pulam por sobre seus ombros, e ela usa um batom vermelho que parece forte demais quando ela está debaixo das lanternas de papel cor-de-rosa.

Ela ergue os braços e a plateia ruidosamente se acalma.

"Senhoras e senhores", ela chama.

Sua voz enche o ar. Parece que a tenda cresce para acolher as palavras, o círculo de bancos se afasta mais e mais, o metálico Panadrome vira uma orquestra, a luz se suaviza e se enrola em torno das sombras até que, de uma só vez, você está empoleirado em um minúsculo assento de madeira sobre um grande e glorioso palco.

Os braços da mulher ainda estão bem abertos, você percebe que ela não parou de falar, que sua voz sozinha mudou o ar, e quando ela continua, "Bem-vindos ao Circo Mecânico Tresaulti!", você aplaude como se sua vida dependesse disso, sem saber por quê.

~ 02 ~

O CIRCO MECÂNICO TRESAULTI
O MAIOR ESPETÁCULO JÁ VISTO

HOMENS MECÂNICOS além da IMAGINAÇÃO
Façanhas surpreendentes de ACROBACIA

As maiores
CURIOSIDADES HUMANAS
que o mundo já VIU

HOMENS FORTES,
DANÇARINAS & MÁQUINAS VIVAS
GAROTAS VOADORAS, MAIS LEVES que o AR
MÚSICA da ORQUESTRA HUMANA

ENTRETENIMENTO ACESSÍVEL
para todos e qualquer um

ARMAS NÃO PERMITIDAS

~ 03 ~

O Circo Mecânico Tresaulti tem seis atos.

Todos eles são ao som da música de Panadrome. Ele é a mais complicada máquina de Boss – é uma verdadeira maravilha –, mas uma olhada para aquele rosto humano em cima da banda mecanizada é o suficiente para a maioria. A música parece infiltrar-se no sangue das pessoas, transformando-as em metal pelo avesso, aprisionando-as em um barril de metal que não podem ver.

Elas pressionam as mãos com força em seus peitos até sentirem seus corações batendo e não tornam a olhar para ele.

O circo começa com os malabaristas, que vêm do lado de fora para a tenda. Eles lançam clavas, copos d'água e tochas. Para o encerramento, cada tocha cai com o lado da chama dentro de um copo d'água, apagando-se com um chiado que se perde nos aplausos.

Os malabaristas são humanos. Vê-se um com uma perna falsa, mas hoje em dia há tantas bombas e tantas pessoas a serem refeitas que uma perna brilhante não causa surpresa.

(Eles poderiam ser mecânicos também, se quisessem, mas os três malabaristas formaram um pequeno sindicato contra isso. Sabe lá Deus se um braço falso seria rápido o suficiente para pegar qualquer coisa.)

As dançarinas são as próximas. Elas são puro músculo por baixo de suas saias vaporosas – elas já foram soldados ou trabalharam em fábricas, e carregam e descarregam tantos equipamentos quanto os saltadores –, mas o público exige dançarinas, então elas dão um jeito. Ao longo dos anos, todas elas aprenderam a tirar proveito das mãos curvadas e dos quadris erguidos.

Seus olhos são contornados com delineador e seus lábios pintados de roxo; elas revelam o máximo que podem de sua pele (é preciso cobrir as cicatrizes, claro). Vestem-se com quaisquer lantejoulas que encontram. Seus nomes de dança são Sunyat e Sola, Moonlight e Minette. (Seus nomes verdadeiros não importam; ninguém no circo é de verdade hoje em dia.)

Para o final, entra o homem forte. As quatro moças sobem em seus ombros e seus braços. Elas se sentam – as pernas cruzadas, os braços levantados – e ele as carrega para fora do palco como se fossem tão leves quanto quatro gatos.

O nome do homem forte é Ayar. Ele já era forte antes de entrar para o circo. Boss o fez mais forte. Ele nunca pediu mais força; nem queria quando ela lhe foi oferecida. Só aceitou sob uma condição – Jonah.

Jonah foi ferido em combate – um colapso no pulmão – e estava cada vez pior, até que o médico usou um fole nele e disse a Ayar (que usava outro nome então) para esperar o fim.

O Circo Mecânico Tresaulti estava na cidade. Ayar estava na praça da cidade olhando para a foto do Homem Alado por um bom tempo.

Então ele carregou Jonah para o acampamento e perguntou à primeira pessoa que viu: "Onde está o homem com asas?"

O rapaz era jovem, mas olhou para Ayar por apenas um momento antes de dizer: "Você precisa falar com Boss. Espere aqui".

As negociações duraram uma hora – uma longa hora, uma hora que Ayar se lembra de apenas breves momentos de gritos, de choros, de vontade de bater nela, mas ainda segurando Jonah –, e então o pior havia passado.

Quando Ayar acordou, ele tinha um novo nome que vinha com um corpo feito de engrenagens e pistões e uma coluna que podia carregar qualquer coisa, e Jonah estava de pé sobre ele, sorrindo e virando-se para mostrar a Ayar a pequena comporta brilhosa, como um besouro, que Boss havia construído para os mecanismos que alimentavam seus novos pulmões mecânicos.

(Boss fez Ayar mais forte, mas ela salvou Jonah.)

Ayar não se arrepende. Tem temperamento agradável e de todos no Tresaulti é o que menos tem tendência a reclamar. Ele fechou um negócio melhor do que alguns.

Ele levanta as dançarinas; ele levanta os bancos da frente com cinco incautos da plateia sentados sobre eles. Ao final do número de Ayar, Jonah dirige o pequeno caminhão vermelho através das abas da tenda até o centro do picadeiro. Ele sobe na caçamba e vira-se lentamente, para que todos possam ver a corcunda de metal saindo de suas costas. Então Ayar se coloca debaixo da caçamba e ergue o caminhão com Jonah ainda de pé sobre ele.

É Ayar quem deve dizer quando estiver pronto para levantar, para que Jonah possa se preparar, mas é sempre Jonah quem dá o sinal, como se ele soubesse quando Ayar está pronto antes mesmo do próprio.

(Foi Jonah – quando estava muito doente – quem disse "Você não vai desistir, não é?", sabendo que Ayar não desistiria. Ayar conseguiu uma nova coluna, novos ombros e costelas e seu camarada de volta.

"Seu camarada", Boss havia dito. Ela olhou para eles, ergueu uma sobrancelha e disse: "Tudo bem, nós o chamaremos assim".)

Lá fora, Ayar põe o caminhão no chão e Jonah pula da caçamba, sorrindo, e bate de leve no ombro de Ayar.

"Bom levantamento", ele diz, todas as noites.

Então é a vez de Ayar sorrir, embora ele não retribua o gesto. O que ele pode fazer com seus braços de bate-estaca, bater em Jonah de volta?

O próximo número é uma dupla. Stenos é o homem magro de preto que fica de pé e oferece seus braços, que lança a mulher ao ar e a pega novamente. Bird é a mulher, a de cinza, que voa. Ele é alto e elegante; ela é como uma mola coberta com pele. Eles devem ser encantadores de se assistir.

A plateia assiste a eles – é impossível não fazê-lo –, mas o que vê é raramente encantador.

A iluminação da lona parece mudar enquanto se apresentam, as sombras vão se aproximando deles. É doloroso focar neles; às vezes, é difícil olhá-los diretamente, e seus corpos viram apenas impressões.

São dois acrobatas se apresentando. Não, são dois acrobatas dançando. Não, são dois dançarinos lutando. Não, são dois animais lutando.

Depois de seu número não há aplausos.

Os saltadores rolam para fora assim que o silêncio fica constrangedor.

Os saltadores são selvagens e espertos, e formaram sua própria família mesmo em meio à trupe do circo. Eles amam mais do que tudo ouvir Boss chamar "Os Irmãos Grimaldi!". (É só por causa da voz de Boss que alguém acredita nesse nome por um instante. *Irmãos Grimaldi*; como se alguém tivesse oito filhos crescidos em épocas como esta.)

Os nomes deles são pequenos pulos: Alto, Brio, Spinto, Moto, Bárbaro, Focoso, Altíssimo, Pizzicato.

(Boss deu-lhes os nomes. Ela nunca lhes disse o que significavam; eles nunca se preocuparam em descobrir. Eles ganham a vida, quase, e seriam tolos se fizessem perguntas.)

Os trapezistas são o encerramento.

As garotas se balançam no trapézio a dez metros do chão. Quando uma se solta, a plateia se sobressalta. Quando ela gira e consegue, impossivelmente, segurar-se nos braços estendidos da garota esperando para pegá-la, o público urra.

Quando Big Tom e Big George entram no picadeiro com os braços levantados, as pessoas gritam e aplaudem, aliviadas.

Ayar iça os dois homens no ar como bastões, e suas mãos mecânicas se fecham com estalos agudos sobre as barras da plataforma. As garotas já seguram os trapézios e posicionam-se na plataforma, com seu peso apoiado na frente dos pés e suas mãos firmemente agarradas às barras.

Há seis trapezistas, embora pareça haver mais, como dez ou doze ou vinte garotas voando pelos ares. Elena é a capitã; Fátima e Nayah são suas tenentes, e depois há Mina, Penna e Ying. Elas se vestem com paetês gastos e pintam seus rostos para parecerem iguais, mas se você souber prestar atenção, dá para identificá-las: a capitã; a garota com os pés mais fortes; a garota que será a primeira a saltar para cima de Tom; a garota que treme.

Elas são rápidas e certeiras, e não precisam dar avisos. Depois de um certo tempo, é fácil notar quando um corpo está preparando-se para saltar; é fácil estar pronto.

Ao final, Big Tom e Big George estão se balançando tanto, para frente e para trás, que uma garota pode segurar-se em seus tornozelos na subida e tocar a borda de cima da lona. Quando ela se balança de volta para o centro da tenda, alcança o outro ápice do pêndulo e se solta, há dois segundos no ar nos quais ela não tem peso; a plateia sente isso e prende a respiração.

Elas terminam o número em pose triunfal: quatro delas enroladas em volta dos braços de Big Tom e Big George; Ying e Mina, as menores, penduram-se nos pés de Tom e George pelos joelhos, de cabeça para baixo e sorrindo.

A plateia nunca está sentada ao final do Circo Mecânico Tresaulti; está sempre de pé, assoviando e batendo nas tábuas, derrubando copos de cerveja na terra. Eles não notam os copos; seus olhos estão na lamparina dourada, nas trapezistas que bamboleiam plataforma abaixo e recebem os aplausos no chão, sobre os homens que só podem sorrir porque seus braços ainda estão travados nos travessões. É mágico, e o público bate palmas enquanto suas mãos conseguirem suportar. (Quem sabe se algo lindo jamais aparecerá novamente?)

Mais tarde, depois que todos os aldeões forem para casa, tagarelando uns com os outros sobre a rapidez dos acrobatas e a agilidade dos trapezistas, Little George retirará suas pernas de metal e recolherá os copos de cerveja, até aqueles com as bordas quebradas; é difícil encontrar vidro nos dias de hoje.

Havia um sétimo ato, anos atrás.

Ele era o Homem Alado, e quando saltava da plataforma e abria suas asas o público ia ao delírio, gritando e berrando, esticando-se em seus assentos para alcançá-lo enquanto ele voava bem acima de seus dedos estendidos. Às vezes, uma mulher desmaiava. Às vezes, um homem desmaiava.

Havia sempre lágrimas de alegria; um homem tão lindamente unido com uma máquina era algo que as pessoas precisavam ver depois de uma guerra como a qual haviam passado. A tecnologia naquela época era armas e sinais de rádio; as pessoas precisavam lembrar-se da arte da máquina.

Ele aterrissou após os aplausos balançarem as arquibancadas e a armação, de forma tão forte que elas pareciam prontas a desabar; a luz em torno dele estava tingida de dourado das penas de suas asas, e ele ficou no centro do picadeiro e deixou que o aplaudissem, aquele espécime de homem mais impressionante de todos.

Isso foi antes de ele cair.

~ 04 ~

Nós somos o circo que sobrevive.

Boss alega que sempre existimos; ela me mostra cartazes de papel com as bordas queimadas e esfareladas. Os circos são de propriedade de uma série de irmãos cujos nomes eu não conheço, e com atrações das quais nunca ouvi falar. (Reconheço *Grimaldi*, o nome falso dos irmãos.) Fora isso, não há nada de mais ali além de fotos gastas. Eu nem sei onde ela as encontrou.

Alguns circos têm uma águia como mascote; alguns têm um leão, ou um aro em chamas, ou uma estrela de oito pontas. O emblema do Circo Mecânico Tresaulti é um grifo de perfil, com suas asas articuladas abertas. Uma tatuagem daquele brasão cobre a metade superior de cada um dos braços grandes e pálidos de Boss. Dá para vê-las no picadeiro, embora as tatuagens pareçam mangas de renda sob a luz das lanternas; você não adivinharia se já não soubesse.

Você realmente precisa saber o que está procurando, quando se trata dela.

Os nomes dos outros circos são diferentes do nosso, então eu sei que eles não podem ser o mesmo circo que ainda existe, mas a única vez em que lhe pergunto sobre isso (quando ainda sou jovem e burro e lento demais para sair do alcance de seus braços), ela me bate na orelha.

"O nome muda, Little George", ela diz, "mas o circo é sempre o mesmo." Ela dá uma batidinha na tatuagem em seu braço direito como se quisesse provar seu ponto ou despertar o animal. Sua unha corta sua pele e, onde as asas de metal do grifo foram desenhadas, o sangue escorre como óleo.

Por um momento, eu me assusto, mas não sei por quê. Não há nada com que se preocupar.

Ninguém tem asas como aquelas hoje em dia; não desde que Alec morreu.

~ 05 ~

Isto é o que acontece quando se dá um passo:
 Sua primeira perna sai de baixo de você. A essa altura, seu tórax já está se mexendo e seu pé de trás está pronto para impulsionar.
 (Você não percebe, mas é nessa hora que fica mais alto, apoiado em um pé e pronto para o movimento.)
 Sua primeira perna vai para frente, e seu pé de trás impulsiona você. Seu peso é projetado para frente, enquanto a inércia o puxa de volta.
 É nesse instante que está o terror corporal; aqui você está desequilibrado, incapaz de repousar ou de retroceder. Seus braços estão se balançando, tentando manter o mecanismo em movimento. Aqui você está no ponto mais baixo. Aqui está o perigo de cair.
 Sua primeira perna atinge o chão, calcanhar primeiro, e o pior já passou. O tórax acompanha, encontrando equilíbrio nesse novo lugar. Agora, se você erguer o pé de trás, mantém domínio de si. Sua perna de trás se balança para encontrar sua irmã, e você está parado de pé.

Isto é o que acontece quando se dá um passo: você se aproxima daquilo que quer.

Isto é o que acontece quando uma trapezista se solta do trapézio em movimento:
 Ela se balança com suas pernas erguidas para frente, os pés juntos e os dedos apontados, para dar mais impulso.
 Quando ela solta a barra, suas pernas já estão encostando-se a seu peito, e ela fica na posição carpada de um mergulhador; ela já está afastando seu torso, arqueando-se para trás o mais

rápido possível. Seus braços estão próximos do tórax como as asas dobradas de um pássaro, para dar mais velocidade.

Depois seus braços estão retos, estendidos. Sua coluna está paralela ao chão. Seus olhos estão fixados para frente, e seu caminho está livre; ela é o pássaro em pleno voo.

Mas as pernas estão subindo por trás dela; a gravidade a pegou, e suas pernas são pesos arrastando-a para o chão, doze metros abaixo dela.

Nesse momento alguém a pega. (Ou não.)

Ela envolve as mãos em torno dos pulsos de seu parceiro, e sua força impulsiona o balanço. Suas pernas estalam-se para baixo, abaixo dela e para frente; agora a força do pêndulo a domina, ela se balança para fora e os dedos de seus pés tocam de leve a lona da tenda. Ela passa um momento sem peso, sem movimento; um estado de graça.

Isto é o que acontece quando uma acrobata se solta do trapézio em movimento: o pássaro ou o chão.

~ 06 ~

Eu não sei se estava frio ou não era o dia em que Bird fez seu teste; lembro-me de olhar para ela e sentir frio, mas isso não é a mesma coisa.

(Ela tinha outro nome naquela época, mas eu não me lembro. Não é bom se agarrar com muita força à vida antiga.)

Ela se aproximou do acampamento com a cabeça erguida e as mãos visíveis – sem armas. Usava um casaco sujo que deve ter sido elegante um dia.

Eu estava de guarda, mas só conseguia ficar idiotamente olhando para aquele rosto tão esparso que mal parecia que ela tinha um, só uma extensão de pele com dois olhos reluzentes no meio.

"Eu gostaria de fazer um teste", ela disse.

Disse isso sem ego, como se fosse eu quem faria o teste com ela, como se eu soubesse exatamente o que fazer.

E eu sabia; chamei Boss.

Boss pegou uma furadeira e voltou segurando-a contra seu quadril como uma pistola. Ela carregava algo consigo toda vez que alguém chegava procurando trabalho. "Assusta os covardes", ela dissera, e era verdade. A maioria das pessoas que procura emprego hesita quando vê uma mulher segurando um cotovelo de metal.

Mas dessa vez foi Boss quem hesitou. Quando ela olhou para o rosto de Bird, parou no meio do caminho, e por um instante achei que Boss fosse dar um passo para trás.

(Alguns momentos são infinitos e aterrorizantes, mesmo que deem certo no final. A maioria dos momentos com Bird é assim. Este foi o primeiro de muitos.)

Finalmente, Boss disse: "O que você quer?"

Bird disse: "Quero fazer um teste".

Outro longo silêncio antes de Boss dizer: "Lá dentro". O grifo em seu braço estava tremendo.

Elas entraram na tenda. Boss me disse "Mantenha-se ocupado, enxerido", então peguei estacas de tenda e rolos de corda e fiquei olhando para a entrada fechada da tenda, esperando por algum som, qualquer som que me dissesse o que se passava.

Foi a primeira vez que alguém entrou na tenda antes de fazer parte do Circo. Geralmente as pessoas faziam seus testes direto no acampamento, para que o resto da trupe pudesse vir assistir. Dava para se ter uma ideia sobre a maioria das pessoas pelo jeito que a trupe simpatizava ou não com elas.

Quando elas saíram, Boss parecia que havia visto um fantasma. Bird estava atrás dela; ela tinha giz nas mãos, e algo em sua expressão fazia com que fosse difícil olhar para ela.

"Nós temos uma nova trapezista", disse Boss. "Chame as meninas."

Eu saí correndo, percorrendo o acampamento em menos de um minuto, gritando para Panadrome, Bárbaro, Jonah e Fátima para chamarem as outras e trazê-las para a tenda em que Boss aguardava.

Bird estava com os braços para baixo, com as palmas da mão fazendo marcas de giz em seu casaco, e olhava para eles se aproximando. Jonah sorriu para ela, como costumava fazer, mas todos os outros pareceram parar de repente como se ela soltasse fumaça. Panadrome pareceu surpreso que Boss houvesse testado Bird sozinha; ele olhava para uma e para a outra, confuso.

Elena, pequena e esticada como uma pele de tambor, abriu caminho até a frente, franziu o cenho e cruzou os braços.

"Muito alta", ela disse. "Quem vai conseguir pegá-la?"

"Vamos colocar ossos ocos nela, assim como as outras", disse Boss, com aquela voz que não admite argumentos.

(Boss também não olhou para Bird durante todo aquele tempo, e eu deveria ter sabido na época o que ela havia visto na tenda que a assustou, mas eu era jovem. Você ignora muitos avisos quando é jovem.)

Elena não discutiu, mas olhou para Bird com os olhos apertados, e dava para senti-la colocando-se contra essa mulher estranha com o casaco esfarrapado e o rosto suave, sem expressão.

"Ela não vai durar", disse Elena.

Elena é uma megera, sem dúvida – ela bate em você assim que o olha –, e sou a última pessoa a pensar crueldades sobre Bird, mas até o relógio quebrado nas costas de Ayar acerta as horas duas vezes por dia, e esta era a vez de Elena estar certa.

~ 07 ~

Boss sempre diz aos aldeões que foi seu falecido marido quem nos fez.

"Ó céus", ela diz quando perguntam sobre nossa mecânica. Ela ergue as mãos e gorjeia: "Eu mal sei colocar óleo nas coisas, quem dera!"

Mais ela não diz, e ninguém pergunta. Ela está usando seu vestido longo por baixo do casaco brilhoso, parecendo uma enorme lantejoula. A impressão que dá é que ficar bonita é tudo que consegue fazer.

Acho que ela diz isso para que eles tenham a sensação de que podemos nos quebrar a qualquer momento. É sempre mais emocionante assistir a algo que pode dar errado.

"Nós vimos a última apresentação", eles poderiam dizer. "Nós vimos o número final do Circo Mecânico Tresaulti antes de tudo dar errado."

Mas não há dúvidas sobre o que ela é capaz de fazer, não entre nós, pessoas de verdade, não importa o que ela diga ao público.

(Não a compreendia. Eu estava com o circo havia muito tempo; sentia-me seguro demais para entender por que era melhor fazer com que algumas coisas parecessem quebráveis e frágeis. Não sabia quem poderia vir atrás de nós, se eles achassem que éramos fortes suficientes para se apoderarem.)

O caminhão da oficina é o primeiro atrás do trailer dos passageiros. Boss mantinha-o trancado, com a chave pendurada em seu pescoço. Toda vez que consigo olhar lá dentro parece-me uma bagunça inútil, uma mesa, algumas banquetas e umas sucatas em uma pilha lá atrás, mas ela faz mágica com o que tem. (Com metal, com a plateia, conosco.)

Todas as trapezistas têm esqueletos de tubos ocos. São mais resistentes que ossos, mais leves e mais fáceis de consertar quando se quebram. Mas nelas fica tudo sob a pele – Boss quer que suas meninas permaneçam bonitas.

"Homem nenhum paga para ver mulher feia", ela diz.

Ayar é atado com faixas de metal que passam por dentro e por fora de seu peito como um segundo conjunto de costelas, e em seus ombros estão duas engrenagens que o ajudam a erguer o pequeno caminhão durante seu número. (Teria ficado horrível em um homem mais pálido, mas o bronzeado de Ayar e até seus olhos são meio dourados, então isso se parece mais com ele do que quando era humano. Isso acontece, às vezes.)

Os dentes das rodas são visíveis atrás, então dá para o ver trabalhando. Sua coluna, porém, é o desenho que puseram no cartaz. É feita de pedaços de cobre e latão que Boss encontrou; há um rosto de relógio no meio. Ainda funcionava quando ela o soldou nele.

"Ele vai parar sozinho", ela disse, quando ele reclamou a respeito. "Não choramingue. Fica parecendo a pilha de lixo."

Esse era o chamariz dele – ela queria que parecesse que ele havia surgido de um monte de lixo, mais forte que os homens que o enterraram nela. A intenção era de inspirar e assustar – o homem-de-lixo ressuscitado. (Boss faz aberrações, mas ela sabe o que faz.)

Mas o relógio não parou. Jonah finalmente teve que atravessar um formão pela caixa para desligar o tique-taque.

Ela fez algo em quase todo mundo, exceto os malabaristas e as dançarinas. Para eles, é uma luva bonita de metal que se articula ou uma chapa de filigrana amarrada ao crânio – algo para titilar, não algo permanente.

(Eu acho que as chapas de filigrana são uma piada cruel, por causa de Bird, mas ninguém me pergunta nada.)

E há Panadrome, que ninguém além de Boss olha nos olhos. Pobre alma. Ele faz música tão bonita que você pensaria que ele seria mais querido. Embora até aqui haja hierarquia – sempre há de haver uma, é assim que se sabe quem é melhor que quem – e Panadrome seja o último, porque não sobrou quase nada de humano nele. Ele é apenas uma banda de um homem só com uma alma.

A ideia do homem-de-metal atrai o público, todavia, não posso negar. Toda vez que ando pelo que hoje chamam de cidade e coloco um cartaz em uma parede bombardeada ou outra, as pessoas saem de trás de suas portas trancadas só para darem uma olhada de relance.

São cartazes bonitos, ao estilo dos antigos que ela me mostrou, enormes, brilhosos e luminosos – um resquício da época antes da guerra. Boss mandou fazê-los em New Respite, onde o impressor ainda podia usar cores, então os cartazes têm pequenos floreios verdes e dourados.

Demora dez segundos para eu passar a cola onde o cartaz será pregado, mas é sempre tempo suficiente.

"Homens mecânicos", alguém sussurra, toda vez que o cartaz é colado. Eles não são impossíveis de se encontrar – aqui e acolá se vê alguém que foi remendado com fios e engrenagens –, mas são negócios caseiros. Ao me verem, eles pensam que deve haver algum talento artístico naquele circo.

Eles olham para minhas pernas, perguntam-me quanto custa o espetáculo, fazem planos de deixar suas armas em casa.

Meus metais não são de verdade, apenas invólucros de perna com costuras dos lados e uma engrenagem no joelho que me faz sangrar, mas o metal atrai o público, toda vez.

O cartaz tem uma moldura sofisticada desenhada em volta do anúncio, cravejada com pequenas ilustrações de nossas atrações. É um anúncio genial, exceto quando as pessoas perguntam sobre Alec e eu tenho de dizer que ele se foi.

(Perguntei a Boss se ela não queria tirá-lo do cartaz. "Eles se esquecerão dele quando assistirem ao circo", ela disse. Talvez ele seja o verdadeiro emblema do Tresaulti agora, e eu seja apenas o último a saber.)

Ayar está no canto esquerdo de cima, desenhado com as costas viradas, olhando por cima do ombro para sua coluna. O relógio está ali, paralisado em quinze para as seis. Sob sua imagem: Proezas de Força.

No canto direito está um camafeu das trapezistas em torno de cada braço do trapézio, uma enganchada em cada barra. (Big Tom e Big George não estão lá; eles ficam como surpresa.) As Fadas Voadoras, diz ali, o que é um bom nome, contanto que você não as conheça.

No centro e no alto está Alec, de asas abertas, rindo como se soubesse qual era o placar; ele era invencível. O Homem Alado.

Os saltadores estão do lado esquerdo (Os Irmãos Grimaldi), oito deles empilhados uns sobre os outros, esforçando-se para caberem no desenho sem serem cortados pela moldura.

Panadrome está do lado direito. Seu tórax de barril de metal é cercado de teclas de piano e válvulas; ele segura os foles do acordeão com um braço e coloca uma cartola surrada sob o cotovelo do outro braço. Tem uma expressão respeitável. Sempre me perguntei se ele fora um homem de negócios antes ou se é assim mesmo que se há de parecer quando se é mais metal do que homem.

Os malabaristas não têm lugar no cartaz. Boss nunca se deu ao trabalho de dar um nome ao número deles; eles entram e saem tanto que não há sentido em marcá-los.

Jonah está embaixo, ao centro, com pose correspondente à de Ayar; sua corcunda de metal está aberta, para que o cartazista pudesse desenhar as engrenagens, engenhocas e pistões que mantêm seus pulmões funcionando. O Homem Mecânico, diz ali.

Embaixo e à esquerda está um trio de dançarinas, as que usam as chapas de latão na cabeça e as luvas de metal, e quase nada mais. Dançarinas Exóticas, diz o cartaz, embora somente seja exótico porque elas tiveram de inventar tudo enquanto seguiam, então são coisas estranhas até para elas. Elas riem disso durante o descarregamento – cada uma daquelas garotas carregando seu próprio peso em lenha. (Nenhuma daquelas meninas durava muito, e o impressor parecia saber disso; seus rostos são desenhos vagos, nada que chame atenção.)

Stenos e Bird estão embaixo à direita como um adendo. Mal dá para ver seus rostos, porque a escala precisa se adaptar à pose deles: ele a está segurando no alto com um braço, as mãos dela segurando forte a dele, as pernas dela com pés em ponta, impossivelmente esticadas – uma ao longo de sua coluna, outra apontada como uma grimpa.

Embaixo deles diz Proezas de Equilíbrio, e ó, é uma mentira, é uma mentira.

O CIRCO MECÂNICO

HOMEM ALADO

PROEZAS DE FORÇA

FADAS VOADORAS

O CIRCO MECÂNICO
~ Tresaulti ~

OS IRMÃOS GRIMALDI

PANADROME

DANÇARINAS EXÓTICAS

HOMEM MECÂNICO

PROEZAS DE EQUILÍBRIO

ARMAS NÃO PERMITIDAS

~ 08 ~

O Circo Mecânico Tresaulti viaja por um amplo circuito. Nos dias de hoje não há o tipo de fronteiras que costumava haver, então qualquer um com a coragem e os meios pode atravessar de oceano a oceano.

Passam-se décadas até que eles retornem a uma cidade, quando uma nova geração vem e assiste ao circo e revira os olhos a qualquer um que diga que é a mesma coisa, que é tudo igual.

(A maioria das pessoas não vive o suficiente para ver o circo duas vezes. Estes são tempos exaustivos.)

～ 09 ～

A guerra fez o mundo parar.

Houve as bombas e a radiação que esvaziaram cidades inteiras, mas isso passou. Piores eram as guerrinhas que levavam todos de volta para trás das muralhas improvisadas de repentinas cidades-estados, presos demais a impasses para darem um passo para fora, um passo para frente.

Mas o homem do governo conseguiu, finalmente, criar uma cidade que funciona (uma longa jornada, ele pensa sempre que olha para a feira na praça da cidade, a única feira legítima da qual se lembra). Ele sabe que as estradas estão abertas e o mundo é grande; agora ele pode começar a esticar seus dedos por sobre a paisagem, pelas estradas, só para testar seu alcance.

É um processo lento e cauteloso. Se for rápido demais, você vacila, ele sabe; observou isso em seu antecessor, logo antes de chegar ao poder.

Ele sabe, porém, que pode ter êxito, afinal. Viveu tempo suficiente para tirar a medida do mundo; esse mundo anseia por qualquer homem de visão que consiga tirá-lo da lama.

O homem do governo está no caminho de volta de uma cidade no leste, no banco de trás de seu carro preto recentemente pintado com seu brasão, quando o vê.

O homem do governo manda o carro parar. Ele sai e escolhe seu caminho sobre os últimos escombros da cidade; ele estuda um dos cartazes colados a um muro de concreto em ruínas, que algum dia deve ter feito parte de um prédio.

É pintado de verde intenso, preto e creme (dava para ver da estrada, ele sabia de imediato o que era), e ele olha para o cartaz por muito tempo, espiando os rostos dentro dos camafeus. Franze o cenho e tamborila o canto inferior do cartaz distraidamente; logo está de volta ao carro, e o motorista retorna à estrada de terra.

(O homem do governo tem planos de consertar o que sobrou da calçada, assim que tiver alcance suficiente para abrir os braços e tocar o oceano dos dois lados.)

A cola do cartaz ainda tem cheiro, então sabe que eles não podem estar muito longe. Há, talvez, duas cidades entre eles. Talvez três.

O coração do homem do governo se acelera e ele apoia uma mão aberta no assento vazio a seu lado, como se precisasse do equilíbrio.

A dupla de acrobatas é nova, ele acha. Não se lembra deles da primeira vez; espera ter uma surpresa agradável quando vir o circo novamente.

~ 10 ~

Stenos era um ladrão quando Boss o encontrou.

Você o acharia muito alto para ser ladrão – ele era uma cabeça mais alta do que Boss, e ela tem quase um metro e oitenta –, porém era magro para um cara com ombros largos. Geralmente, quando eles ficam altos assim, se parecem com Ayar, com músculos feito tijolos, mas não Stenos. Ele se parecia com qualquer um, até antes de ele pular um metro e meio no ar para pegar a borda de uma parede que parecia perfeitamente lisa.

Boss o havia pegado tentando bater carteiras dos aldeões durante o número dos trapezistas, quando as pessoas se levantavam para aplaudir, para que eles não percebessem que algo havia sumido até que se sentassem.

Ela desapareceu pela oficina com ele, e todos nós ficamos ali como um bando de idiotas. Eu fiquei principalmente porque tive medo de que Stenos nunca mais sairia de lá e eu teria que carregar o corpo.

Boss não admite roubos, de ninguém.

Nós trocamos ingressos – recebemos cobertores, óleo e pedaços de carne que não conseguimos identificar, sapatos, moedas e pêssegos tão duros que podemos quebrá-los no trailer –, mas nós nunca pegamos mais do que vale o espetáculo e nunca roubamos nada dos aldeões quando estão em seus assentos.

Toda vez que alguém pergunta por quê, Boss diz: "É um bom negócio. Quero voltar aqui um dia".

Ela levou Stenos para a oficina e, quando saíram, eles fingiram que ela o havia chantageado.

"Era o circo ou a cadeia para mim", ele disse, e Boss o levou pelo acampamento, apresentando-o, dizendo "Olhem o que eu peguei para nós".

Mas bastava olhar para ele para saber que entrou para o circo porque era melhor do que se esgueirar debaixo das arquibancadas na esperança de que pessoas desesperadas tivessem alguma coisa que valesse a pena pegar. Parecia muitíssimamente cansado no dia que se uniu a nós. Mais um ano e ele teria morrido de trabalhar sozinho.

Naquela primeira noite ele apertou minha mão enquanto passava.

"Stenos", ele disse depois de um tempo, como se não estivesse acostumado a dar o nome.

(Eu não sei qual era o nome dele antes de chegar a nós. Talvez realmente fosse Stenos; o meu realmente é George. Talvez cada um de nós esteja usando seu nome real esse tempo todo, sem que ninguém mais saiba. Não seria esse o caminho?)

"George", eu disse. "Sou o que chama a freguesia."

"Acrobata", ele disse. "Algum dia, eu suponho."

Eu ri. "Eu também, algum dia, suponho."

Ele me olhou de cima a baixo, depois soltou a minha mão e disse: "Você vai se sair bem, se tentar".

Eu não sabia o que aquilo significava e não quis perguntar. Mantive-me afastado para não lhe dar mais assunto. Dei a ele uma semana até estar trepando com Elena. Maldade encontra maldade.

No caminho até os caminhões ele passou por Bird, que estava vestida para o treino noturno no trapézio. Stenos e Bird ambos diminuíram o passo enquanto se cruzavam, olharam um para o outro e encolheram-se como duas cobras briguentas; eles continuaram sem nenhum outro sinal de reconhecimento.

(Eu deveria saber como é quando as pessoas brigam por algo precioso; isso, com certeza, eu deveria saber.)

No ano em que Stenos entrou, consegui a permissão de Boss para fazer teste para o trapézio depois que as garotas houvessem terminado seu treino.

"Claro", Elena disse quando lhe contei. Ela estava sentada no trapézio como uma menina em um balanço, os pés curvados como um par de foices. Talvez eles tenham ficado daquele jeito após tantos anos. Talvez a machucasse andar com os pés retos no chão.

Ela passou ao alto para lá e para cá algumas vezes, preguiçosamente; estava no trapézio só por diversão.

"O que você quer que eu faça?"

Ela deu de ombros e apontou. "Você pega aquele ali, eu pego este. Pule, e eu te pego."

Ela estava sorrindo, e eu estremeci.

Depois de um bom tempo, eu disse "Talvez eu fique só nas cambalhotas", e ela balançou para frente e para trás acima de mim, rindo como um punhado de pregos.

Algumas pessoas acham que Bird caiu. Eu nunca achei.

Stenos não falava muito. Carregava madeira, amarrava lona e ficava quieto. Ele não bebia, não fumava e nunca se sentava conosco no trailer dos saltadores. Era igual a Bird em manter-se longe do restante de nós. (Até Elena sentava-se conosco à fogueira da noite, meu Deus, e se ela estivesse em chamas nenhum de nós mijaria nela para apagar o fogo.)

Ele não era o que eu chamaria de amigo. Parecia estar esperando por algo melhor o tempo todo.

(Eu temia que ele tomasse meu lugar nos saltadores e me deixasse à míngua; era minha maior preocupação à época.

Nós não enxergamos tanto quanto deveríamos.)

Eu deveria ter prestado mais atenção; Alec caiu quando eu era muito jovem, mas era para algo como aquilo lhe dar uma ideia de quem era louco.

Mas eu ainda era jovem, e Fátima era tão bonita quando sorria à luz do fogo; os saltadores me disseram que eles me dariam meu próprio nome algum dia, como eu poderia saber que era um tolo?

Como eu poderia saber que ele havia visto as asas?

~ 11 ~

É assim que as asas são:

Elas arqueiam-se acima da cabeça de quem as veste quando estão fechadas; encostam-se às panturrilhas de um homem alto. Quando estão abertas, são mais largas que a altura de um homem, as penas principais mais longas que um braço; os topos dos arcos quase se encontram.

De todas as peças mecânicas do Circo Mecânico Tresaulti, Boss tinha a maior consideração por elas. Aqui não há jaula de metal, nada de suportes opressivos. As costelas destas asas são feitas de osso. (Os mortos não precisam mais deles, o que ela deveria fazer, deixá-los apodrecer?)

Ela os envolveu com latão para que brilhassem e para que ninguém pensasse demais no que faz essas asas parecerem tão quentes, tão reais.

Cada pena é serrada e martelada e alisada tão fina que, quando uma bate na outra, uma nítida nota é soada. Ela as construiu de modo que, quando o vento passa por elas, um triunfante sol maior com sétima é emitido. (Ela conhece o acorde de cor. Ela teve uma vida antes da furadeira e da serra; foi uma das primeiras a deixar seu nome para trás.)

As engrenagens têm dentes pequenos, e as bordas foram queimadas com um padrão esfumaçado que se parece com as sombras de folhas. (Ela pensou, muito tempo atrás, em acrescentar joias para dar a impressão de gotas d'água, mas Alec riu e disse "Elas já são extravagantes o suficiente, não acha?", e sacudiu-se como um pássaro tomando banho até que o quarto deles se enchesse com as notas doces e claras.)

Embora elas tenham botões de engrenagem que se prendem aos ombros, apesar de levar horas para ajustar as articulações para que os nervos e músculos as mexam, todos podem ver que as asas não são realmente uma máquina. Elas são arte; elas são habilidade; elas são a prova de que o mundo não abandonou a beleza.

Alec era bonito e tinha o ar de um homem que sabia que estava destinado a grandes coisas. Assim que Boss o viu, sabia a pérola que havia encontrado. Quando Alec estava sozinho na tenda, ela se aproximou dele e falou, que é tudo de que ela precisa para atrair alguém.

Não que nenhum de nós soubesse disso; a maioria chegou procurando por ela. Alec foi o primeiro deles que ela escolheu. (E o único, até Stenos, muitas vidas depois.)

Foi para Alec que ela fez as asas.

Foi o único presente que ela lhe deu; foi o único presente que ela já deu a alguém sem um novo nome anexado, o único presente que ela deu sem matar alguém primeiro.

Com as asas ele estava mais que completo, e sentia-se assim. Caía do teto e regozijava-se com os aplausos, com os olhares inquisitivos, com a grande respiração sobressaltada das pessoas quando viam o que ele era.

Ele era magnífico. Até que.

Quando Boss saiu por detrás da cortina e viu a bagunça que estava Alec, as asas estavam entortadas pelo impacto, e parecia que ele havia tentado cobrir seu rosto, como se fosse tímido; como se não quisesse mais ser visto.

Boss não sabe quando essa mudança aconteceu a ele. Ela não estava olhando para ele quando pudesse ter percebido; supôs que ele estivesse feliz em ser perfeito.

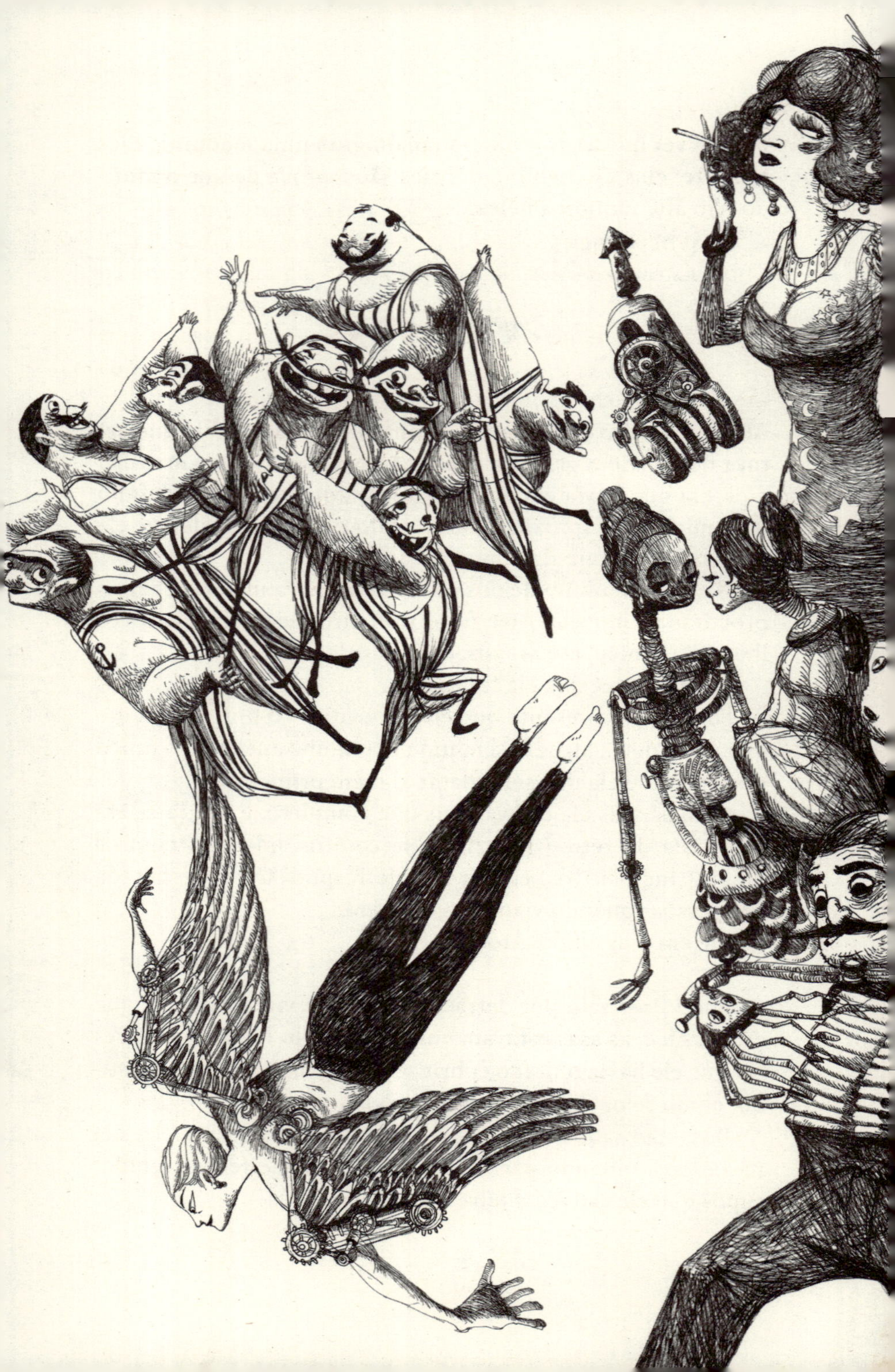

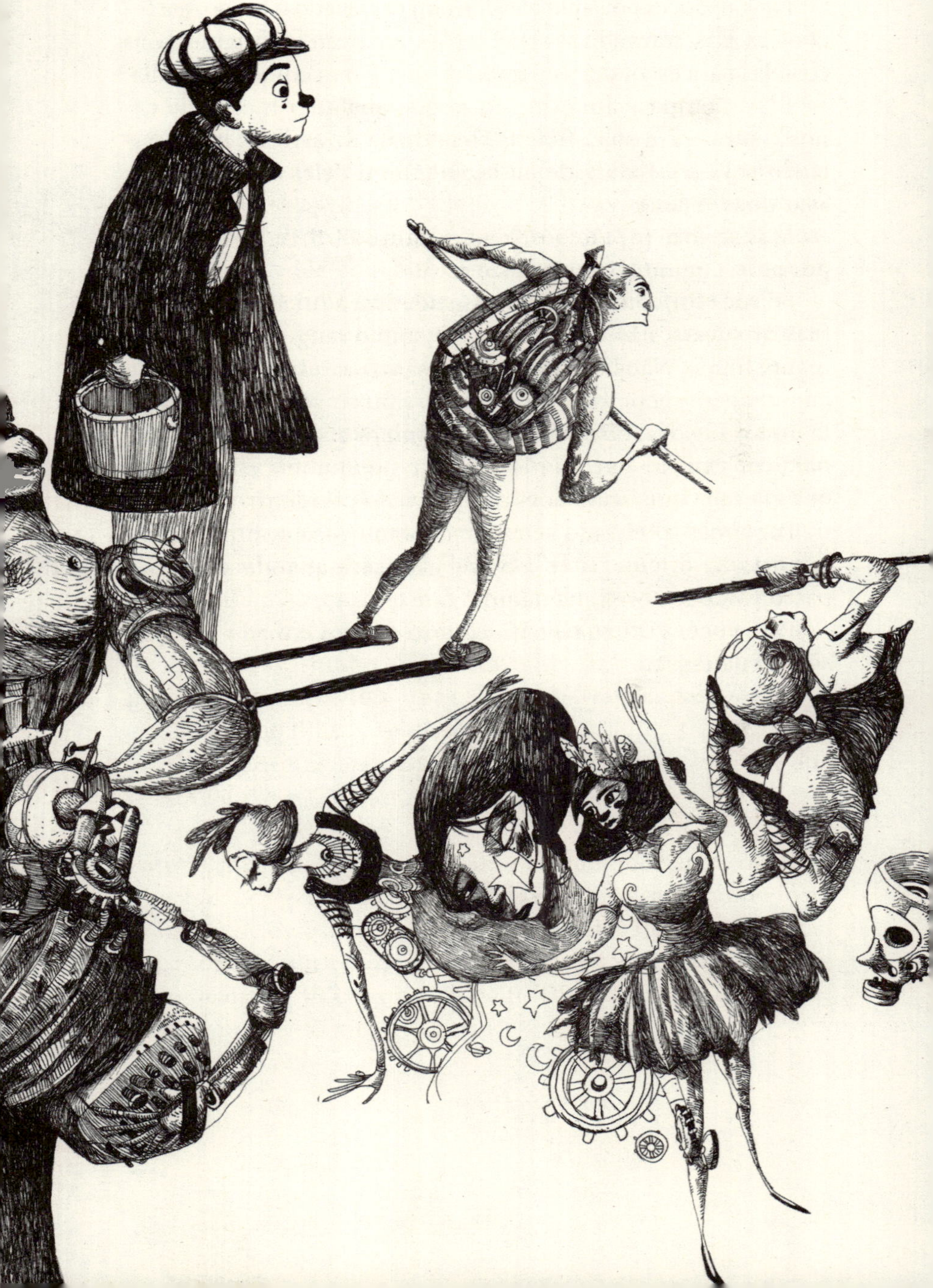

No galpão, depois que eles haviam carregado o corpo, ela fechou as asas, travando as articulações, amarrando fortemente as costelas para esconder as pétalas de metal o máximo que podia.

Elas são quase a mesma coisa que qualquer monte de canos e sucata em sua oficina. Meia dúzia de artistas havia entrado para o circo desde então; nenhum deles olhou para as asas duas vezes.

Mas se você for tão obstinado quanto Bird, ou tão faminto por glória quanto Stenos, você as vê.

Se você for como eles, quando adentra a oficina não há pilhas de sucata, não há mesa de aço com o sangue quase totalmente limpo. Não há prateleiras aterrorizantes de furadeiras e engrenagens, nem rolos de corda para puxar seus ossos de volta a seus lugares. Não há Boss para impor sua vontade a você, para construí-lo e acordá-lo com um novo nome e um corpo que ela sabe que ficará bem no centro do picadeiro.

Para você, o mundo se resume a um único ponto quando se entra na oficina. (Isto é o que acontece quando se dá um passo; você se aproxima daquilo que quer.)

Para você, a oficina é o único teto que foi armado sobre as asas à sua espera.

~ 12 ~

O atirador de facas foi um soldado na última grande guerra.

"Extraoficialmente", ele diz, o que soa como se fosse um soldado de resistência, mas que na verdade significa que ele estava do lado errado quando a poeira baixou e o outro governo estava em vigor.

Ele tem uma resposta pronta, porém, quando as pessoas lhe perguntam onde aprendeu a arremessar. "Havia muitos ratos na minha vizinhança", ele diz, e ri.

O nome de sua assistente é Sarah (ele acha; ela muda muito). Ela quase nunca fala – é meio simples –, mas é suficientemente magra para tornar quase impossível atingi-la de verdade com uma faca, não importa em que lugar da roda você mire, então ele lhe paga, do seu bolso, o suficiente para mantê-la por perto. Suas facas chegam terrivelmente perto da pele, às vezes; ele não quer nem pensar no que possa acontecer se sua próxima assistente for cheinha.

O Circo Mecânico Tresaulti está acampado a pouco mais de três quilômetros fora da cidade no dia que ele decide fazer um teste, então coloca a roda e Sarah no caminhão e dirige pelas montanhas até chegar ao acampamento.

O acampamento é um semicírculo de duas dúzias de veículos espalhados atrás da tenda, vans, trailers e vagões pintados amarrados a caçambas de caminhão. Ele descarrega a roda com cuidado – é difícil arrumar tinta se algo descascar – e Sarah, e coloca a cartola que conseguiu proteger de duas guerras desde seus dias de soldado (a cartola é retrátil, para que ele possa amarrá-la às costas e levá-la a qualquer lugar). Na hora em que ele põe o chapéu, Sarah já está amarrada, e o pessoal do circo já formou uma pequena plateia em torno da roda.

Ele começa a tagarelar; não acredita em perder tempo.

"Senhoras e senhores", ele anuncia, "preparem-se para apreciar uma proeza de desafio à morte!"

"Todos nós já apreciamos", disse o corcunda coberto de latão, e o homem forte diz: "Dá para ver porque ainda não estamos mortos".

Há uma onda de risadas entre os espectadores que não agrada ao atirador de facas.

"Para o proprietário do Circo Mecânico Tresaulti eu darei minha melhor apresentação", ele continua (não vale a pena desperdiçar todo seu ensaio). Ele passa rapidamente os olhos pelo grupo; vê o homem alto e esbelto que parece um líder e acena brevemente com a cabeça. O homem ergue uma sobrancelha, sorri de leve e acena de volta.

O atirador de facas pigarreia e lança cinco facas, uma a uma, perto de Sarah. É brincadeira de criança para ele; é só uma chance de se certificar que as lâminas estão equilibradas. A primeira rodada pode demorar séculos se o público aplaudir após cada faca, mas esse grupo apenas o encara, então ele acaba logo com aquilo.

Após a primeira rodada ele tira as lâminas da tábua, gira a roda e dá cinco passos. Depois as facas voam de suas mãos de uma só vez, funcfuncfuncfuncfunc na madeira. A última faca atravessa o final do rabo de cavalo de Sarah e prega o tufo de cabelo à tábua.

O silêncio saúda o grande final, e o atirador de facas olha para o proprietário alto e semicerra os olhos, sem entender.

Depois do que parece uma hora de silêncio, uma mulher gorda surge da multidão como uma poça de óleo. Ela passa pelo atirador de facas sem olhar para ele, direto para a tábua.

"Você quer um emprego?", ela pergunta.

Sarah acena com a cabeça.

A mulher balança a mão enquanto vira-se para ir embora, e um garoto corre para frente e começa a desfazer as amarras.

O atirador de facas alertou as pessoas sobre o Circo Mecânico Tresaulti todas as noites da temporada. "Um bando de ladrões", ele disse. "Eles levaram minha assistente! São um bando de vigaristas!"

Isso não impediu ninguém de assistir. O atirador de facas sabia porque ele comprou ingresso todas as noites – há que se conferir a concorrência –, e a tenda estava sempre cheia.

As pessoas não têm lealdade; é isso que é. Essa é a verdadeira lástima.

~ 13 ~

Quando Bird veio para o Tresaulti, não havia nada de errado com ela.

"Bem, nada visível", diz Boss quando alguém comenta, só para que todos saibam que algo devia estar errado em outra parte. A coluna dela, eles adivinham. Suas entranhas. Talvez seus ossos estivessem apodrecendo.

Deve haver algo, porque Boss diz que não gosta de colocar metal naqueles que estão perfeitamente bem. Ela já me recusou uma dúzia de vezes.

("Você só vista seus metais e cale-se", ela diz, toda vez que abro minha boca para pedir.

Uma vez eu disse: "Bird não estava quebrada, mas você a quebrou!"

"Os que eu conserto estão todos quebrados", ela diz, e balança a mão. O grifo em seu braço bate as asas.)

Acho que Bird devia ser louca, e foi por isso que Boss fez aquilo. Você teria que ser louco para pedir.

Acho que Stenos deve estar louco agora. Você teria que ser louco para ficar com ela.

Bird deixou Boss colocar ossos ocos nela, como nas outras, e ela treinava sozinha à noite para aprender o número; virava as cambalhotas perto do chão e fazia o trabalho de força nas barras para se acostumar à altura, balançando-se para frente e para trás no trapézio com os pés apontados, durante horas, após os espetáculos terem terminado.

Ela durou alguns anos com as trapezistas, soltando-se e girando, estendendo os braços para ser apanhada, trazendo os joelhos até seu peito para ser erguida até a plataforma. Ela era elegante, poderosa, tinha mãos empoadas e não tinha peso. Para ela, era o pássaro e o pássaro e o pássaro.

E então foi o chão.

Ying escorregou pela plataforma abaixo para avisar a Boss o que havia acontecido, mas o número continuou sem ela – as ordens de Boss são para que o número continue, haja o que houver.

("E daí", ela disse, "uma guerra sem fim e é um corpo a mais que vai preocupá-los?")

Só depois de o número ter terminado e a tenda estar vazia Boss levou Stenos para recolher Bird da serragem e retirá-la da luz das lanternas até a oficina, para ver o que podia ser feito.

(A coisa dos ossos foi boa, afinal; Boss pôde colocá-la de volta no lugar, desentortando o que estava deformado, colocando novos tubos onde fossem necessários. Agora Bird tem uma fina chapa de ferro sobre a pele de sua têmpora esquerda e um olho de vidro, mas poderia ter sido pior. Ela poderia ter sido Alec.)

Algum tempo depois de Boss ter consertado Bird, enquanto ela ainda estava dormindo, Boss deve ter se fartado de se preocupar com pessoas caindo. Ou ela estava com raiva de Stenos por alguma coisa; nunca dá para saber com Boss.

Boss carregou Bird em seus ombros, saiu batendo da oficina, marchou pela área onde estávamos descarregando, e a largou bem na frente de Stenos.

Ele teve que se abaixar e esticar rapidamente os braços para pegar Bird antes que ela atingisse o chão. Ele era tão alto e a carregava com tanta facilidade que, desmaiada em seus braços, ela parecia um rolo de resto de lona.

Stenos olhou para Boss como se ela tivesse enlouquecido.

"O problema é seu agora", disse Boss, com ar de alguém entregando uma punição. "Seu número em dupla começa na próxima cidade."

Boss desapareceu no labirinto do acampamento, perdida entre as pequenas luzes das lanternas.

Stenos olhou para a mulher dormindo em seus braços, sem piscar o olhar. Depois de um longo tempo, ele curvou os dedos para dentro, segurando-a com mais força.

Eu o deixei sozinho. Não dá para falar com algumas pessoas.

Mas eu estava morrendo de medo durante todo o tempo em que me afastei e, ao final do acampamento, perto do caminhão de comida, parei e olhei para trás.

Eu me pergunto se eles já haviam se falado. Eu me lembro do encontro deles, quando se recuaram um do outro, mas desde então não haviam trocado sequer um olhar irritado.

Achei que Boss havia enlouquecido de colocá-los juntos. Não era certo. Eu sentia no ar só de olhar para eles, como se o inverno houvesse chegado de repente, como se houvéssemos caído em uma sombra e nada seria como antes.

Até as costas de Ayar acertam as horas duas vezes por dia, e era a minha vez de estar certo.

~ 14 ~

As mulheres começam a chamá-la de Bird enquanto ela ainda está no chão, antes mesmo de saberem quão mal ela aterrissou.

(Antes disso ela tinha outro nome, mas que não combinava com ela, e assim que as palavras são ditas, o nome antigo morre.)

"Pobre Bird", uma delas diz (Elena), uma delas ri (Penna), uma delas está se mordendo para não gritar (Mina) e uma delas está correndo atrás de Boss.

A que está correndo é Ying; ela é tão rápida que arranca a pele das palmas da mão escorregando mastro abaixo. Ela se apresenta de ataduras pelas duas semanas seguintes.

Bird nunca lhe agradeceu. Não adiantaria; só faria de Ying a inimiga de alguém.

"Ela caiu", Ying anuncia, o que é uma mentira.

Bird quer ceder – é mais fácil, com certeza, simplesmente morrer –, mas ela não consegue. Seus olhos são puro sangue, e ela se sente enjoada, pressiona o rosto contra o chão, mas seus pulmões estão se contraindo e se expandindo, sugando sangue, poeira e qualquer ar que reste.

Em volta dela, sem som, as pessoas estão aplaudindo. A tenda fica escura.

Quando tudo está calmo novamente, alguém a pega; ela sente mãos fortes chacoalhando embaixo dela. Ela pensa: *Logo tudo estará terminado.*

(Mas ela sabe mais; Boss disse a ela o que aconteceria quando lhe deu os ossos, então Bird sabe que não é o fim. Ela deve esperar e aguentar. Alguém a está segurando.)

Na oficina, as mãos de Boss passam por sobre o corpo dela. Ela sente o movimento (é dor, é tudo dor, até o ar se bate contra ela), mas não se mexe. Um olho se foi; ela não quer abrir o outro. Melhor não se mexer. Melhor morrer logo.

(Ela não consegue morrer; ela luta; puxa a respiração pelos buracos em suas costelas de cobre.)

"Eu deveria ter pensado melhor", diz Boss, como um pedido de desculpas. "Elena pode prever esse tipo de coisa."

A garganta dela está cheia demais de sangue para responder. A dor é como uma marca de ferro.

Boss diz "Pare de lutar", e há a batida de um martelo no cobre, e depois nada.

Bird não acorda até a noite seguinte, e sabe pelas valsas de Panadrome que o espetáculo está acontecendo sem ela. Ela se senta sobre uma das caixas de iluminação, as pernas cruzadas, e escuta os aldeões gritando e batendo os pés até o chão tremer.

Depois do show, Little George diz a ela que Elena se apresentou com um olho roxo.

"Foi o presente de Boss a Elena por deixar você cair", ele diz, fechando as mãos em punhos e balançando-se sobre seus calcanhares. Seus moldes de metal rangem. "Ela estapeou Elena bem no rosto."

O outro diz: "Só algumas pessoas se divertem".

Seu nome é Stenos; Stenos em quem ela nunca acreditou em nada. Mas ele a estava segurando quando ela acordou, carregando-a pelo acampamento como um animal perigoso que havia sido encontrado dormindo.

Agora ele está sentado ao lado dela, a seu lado esquerdo; ela não consegue vê-lo. O calor da perna dele atravessa a perna dela, aquece o metal de sua mão esquerda, com a qual ela segura a borda da caixa.

(As asas. Ele está atrás das asas.)

Eles conseguiram, até o momento, nunca falar um com o outro. Mas agora ela não tenta se afastar dele. Ela deixa o calor da pele dele se espalhar por sua mão, ir até seu pulso. Ela deixa a mão onde está.

Você precisa viver no lugar que foi estabelecido para você; ela entende tudo isso agora.

Você precisa viver nos vagões com as trapezistas e suas mãos escorregadias. Você precisa dormir na parte alta do beliche, com o rosto tão perto do teto que a chuva goteja em seu pescoço, com Elena deitada do outro lado do corredor, dormindo o sono dos justos.

Você precisa viver na dobra do braço do homem quando passeia pelas cidades, dando a ilusão de ser um casal; quando não está pronta para pular e ele está reunindo forças para jogá-la; quando está cansada do treino e não pode andar.

Você deve viver no solo.

Agora, ela é Bird. Se ela se lembra de algum outro nome, não pensaria em responder por ele.

Ela deve viver com o nome que foi escolhido para ela, por causa da queda; por causa da altura de suas reviravoltas e saltos; por causa do olho grande e aceso que nunca se fecha.

~ 15 ~

Todos se pintam. Boss acredita em um espetáculo de verdade.

As trapezistas são rosa, marrom e dourado, e Boss faz com que se pintem todas iguais – rostos brancos redondos como bonecas, grossas linhas pretas sobre as pálpebras, sombra dourada da sobrancelha à bochecha e os cabelos puxados para trás. Suas bocas são rebocadas de branco, para que ninguém perceba se seus lábios tremerem.

Os saltadores usam vermelho em suas bocas, para combinar com as jaquetas, e lápis preto nos olhos. Fica assustador à medida que o número acontece e o suor deixa riscos cinza e vermelho em seus rostos, mas Boss não se importa que eles pareçam amedrontadores, eu acho.

Ayar e Jonah não usam nada além de um pouquinho de delineador. ("Ninguém olha para o rosto de vocês", diz Boss, empurrando os óculos de trabalho pelas raízes dos cabelos encrespados e olhando para um e para outro. "O que vocês fariam com uma cara de palhaço? Vocês dois não têm jeito. Agora venha aqui, Ayar, seu ombro direito está torto.")

Bird também se maquia. De alguma forma ela encontrou uma sombra prateada da mesma cor da chapa de ferro, e ela faz grandes manchas metálicas nas pálpebras e em sua têmpora boa, olhando-se desafiadoramente no espelho do trailer, como se fizesse algo que não deveria.

Stenos não usa nada além do delineador, não por sua conta. Às vezes Bird vira-se de sua cadeira em frente ao espelho grande para ver onde ele está (ele está ao alcance do braço dela antes do espetáculo, sempre), e o olha nos olhos e passa um dedo em sua fronte, ou sobre sua boca, e deixa um rastro cinza em sua pele.

Stenos sempre parece aborrecido depois disso, mas você pensa que ele lhe diria para não fazer isso, se odeia tanto assim.

Ou deve ser um masoquista, porque está lá todas as noites com seu figurino preto, de pé e em silêncio atrás dela, aceitando qualquer coisa que ela lhe dê.

(Às vezes ela estende a mão como se quisesse maquiá-lo, e quando ele se aproxima ela agarra sua garganta e o olha no olho como se estivesse resolvendo uma briga interna. Ele nunca revida – nem se afasta –, e toda vez que ela estende a mão ele se aproxima, haja o que houver. Ele se apresenta algumas noites com o pescoço prateado. Eu tento não olhar para eles.)

Bird é a única ali que fica melhor maquiada. Quando está de rosto limpo, só chama atenção para onde foi remendada. É melhor quando está pintada, e dá para assimilar seu rosto como algo feito de propósito – não sei por que Boss fez a chapa de ferro do rosto. Só faz lembrar os outros do que aconteceu a ela, e Bird não precisa de ajuda para ser excluída.

É melhor se você olhá-la toda maquiada e simplesmente deixar o olhar dela passar. Não adianta olhar mais fundo; se você olhar além da pintura em seu olho esquerdo, não vai conseguir nada de volta; é tudo vidro.

Ela ficou louca ao longo dos anos. O vento passa direto por Bird.

Ela assustou até o homem do governo, quando ele veio levar Boss embora – como se isso fosse ajudá-la.

～ 16 ～

Depois que os cartazes eram colados em uma cidade, nós esperávamos um dia para que as pessoas se decidissem. Enquanto isso, armávamos a tenda, jogávamos os barris de cerveja nas águas frias mais próximas e fazíamos as dançarinas executarem muitas tarefas.

Elas se vestiam com suas saias e paetês, enrolavam-se em lenços, colocavam os moldes de metal sobre suas mãos. (O pé de metal de Sunyat era muito pontudo para andar. Ela usava saias longas na cidade, para que ninguém suspeitasse quando seus pés brilhassem no picadeiro.)

"Certo", disse Moonlight para mim enquanto saíam do acampamento. "Precisa de algo, rapazinho?"

Elas carregavam rolos de corda, um saco de arroz e um pouco de arame que Boss decidiu que não precisava. Elas os trocariam na cidade e causariam um pouco de animação por parecerem misteriosas.

Eu sorri. "Qualquer coisa que valha mais do que se pague por ela."

Ela riu e deu-me um tapinha leve, e as quatro sorriram morro abaixo em direção à cidade.

Boss nunca ia ela própria à cidade até o desfile (ela achava que ficava vulgar), e ela não me deixava ir, exceto para colar o cartaz. ("Você vai para a cidade, abre sua boca e, quando percebermos, estaremos em apuros", ela dizia, toda vez que eu pedia.)

Ela estava na oficina, consertando algo em Panadrome. Eles pararam de falar quando eu bati à porta, e houve uma pequena pausa antes de ela abrir.

"Elas foram à cidade", eu disse. "Devemos mandar os irmãos?"

Um par de Grimaldi às vezes seguia as dançarinas. Eles eram mais fortes que a equipe e mais rápidos, caso fosse necessário.

"Não", disse Boss, olhando em direção à cidade. (Talvez ela conseguisse ver as dançarinas; nunca dava para saber com Boss.) "O que você achou da cidade?"

"Não é ruim", eu disse. Às vezes nos estabelecíamos em cidades que eram pouco mais que destroços e barracas, mas aqui os caminhos de terra eram limpos e havia apenas um soldado guardando a praça pública onde eu colei o cartaz.

Boss assentiu. "Vamos esperar que elas não destruam ninguém por olhar de lado para elas e deixem para lá."

Panadrome disse: "Não estou gostando".

"Você não gosta de nada", Boss disse enquanto fechava a porta, e depois eram só os sons abafados dos dois discutindo entre si.

Quando as dançarinas voltaram, não estavam mais sorrindo, e Sunyat foi direto ao trailer de Boss.

"O que aconteceu?", perguntei, mas Moonlight só balançou a cabeça e entregou-me um saco de pano com frutas levemente apodrecidas.

Quando voltei do vagão de comida de Joe, a equipe estava desmontando os mastros da tenda, enrolando a lona para Ayar jogar nos caminhões e Boss estava do lado de fora de seu trailer conversando com Elena. Elena estava com os braços cruzados sobre seu peito, e vez ou outra ela dava olhadas sombrias sobre os ombros, em direção à cidade.

Eu esperei até Elena ir embora e entrei.

"O que aconteceu?"

"Estamos indo", disse Boss, "não está vendo?"

"Aconteceu alguma coisa na cidade?"

Boss olhou em seu espelho, depois suspirou como se houvesse perdido uma discussão e disse: "Alguém estava fazendo perguntas sobre nós".

Eu quis rir, mas o jeito que ela disse isso me deixou nervoso, então calei minha boca e esperei.

Mas Boss disse apenas: "Certifique-se de que todos vão para a próxima cidade. Ninguém da equipe fica para trás desta vez".

Eu franzi o cenho. "Porra, quem estava perguntando sobre nós?"

"Provavelmente ninguém", disse Boss. "E veja como fala."

Peguei Minette do lado de fora do trailer das dançarinas assim que os motores estavam sendo ligados.

"Fiquei sabendo do que aconteceu", eu disse (meias verdades o levam a qualquer lugar). "Você está bem?"

Ela deu de ombros. "Eu ainda acho que não era um homem do governo; algumas pessoas são enxeridas, só isso." Ela sorriu de forma a me tranquilizar, e fechei a porta e corri para dar ao motorista o sinal de partida.

Fiquei aquele trecho da viagem no trailer com os Grimaldi. Ainda não sabia o que achar disso e temia que Boss me descobrisse. Ela sabia adivinhar o que você estava aprontando só de olhar para você.

(Eu não acreditava que nada mais de terrível pudesse realmente acontecer conosco após a morte de Alec; pensamos coisas estranhas, às vezes.)

~ 17 ~

Todo artista do Circo Mecânico Tresaulti tem um figurino. O espetáculo deve proporcionar entretenimento de verdade mesmo em tempos difíceis; pessoas mecânicas nunca são tão maravilhosas quanto pessoas mecânicas em seus trajes.

Ayar e Jonah usam calças escuras e botas de soldado de cano alto, e nada mais. Suas fantasias são seus corpos; seus adereços são a corcunda de latão e as costelas reluzentes, os pulmões mecânicos e a coluna vertebral.

Os saltadores vestem calças e casacas vermelhas. (Spinto e Altíssimo parecem doentes com elas – são loiros demais para disputar com a cor.) Boss mandou fazer o forro das casacas de amarelo; quando eles pulam ou viram cambalhota, as caudas voam para cima e os saltadores parecem pequenas chamas.

Os malabaristas vestem-se de verde e cinza e vermelho e azul em partes diferentes, e assim seus braços viram um borrão de cor quando estão jogando e pegando. Esses figurinos são fáceis de manter. Dá para fazê-los com retalhos; dá para fazê-los para todo mundo com qualquer coisa que encontrar.

As garotas do trapézio usam azul – azul-cinzento para Elena, azul-gelo para Nayah, para contrastar com sua pele escura, marinho para Ying ("Você já parece jovem o bastante sem usar azul de menina", disse Elena). Cada garota fez sua própria roupa, lutando pela personalidade que a maquiagem tira. Às vezes elas usam meias brancas, com os pés cortados para os movimentos; quando os tempos são duros, elas passam pó branco nas pernas.

Bird usa uma túnica cinza-pombo amarrada mais forte que uma múmia e meias descartadas das garotas do trapézio. ("Não importam as lágrimas", disse Boss quando as entregou, antes que Bird pudesse protestar. "Eles não vão aplaudir, não importa o que você vista, então pelo menos economizamos o dinheiro.")

Às vezes durante o verão ela amarra fitas de lona nos pés, para que Stenos possa segurá-la sem escorregar.

Stenos veste preto simples, da cabeça aos pés. Contra o chão pálido, ele se sobressai mais que ela; ele a joga e a pega em acentuada silhueta, e ela paira sobre ele como um fantasma.

Alec usava simples calças de lona; não que alguém jamais tenha reparado nelas.

~ 18 ~

Nunca entenderei como Alec pode ter caído.

Ele tinha asas.

Ele entrava no *grand finale*. Voava da plataforma quando ninguém estivesse vendo e pairava no ar tanto quanto os aplausos durassem. Toda noite, Alec voava do teto. Toda vez que eu assistia – toda vez que eu simplesmente ouvia do pátio suas penas cantando dentro da tenda –, parava de respirar.

Quando ele caiu, eu vi.

Eu havia lutado por um espaço na frente do público, e mesmo enquanto o observava caindo não podia acreditar. Esperei que abrisse suas asas por muito tempo depois de ter se esborrachado.

As garotas estavam lá em cima nas barras quando aconteceu. Naquela época elas rastejavam sobre Big Tom e Big George ao final de seu número, cada garota erguia um braço para emoldurar sua descida para o grande final, e estavam todas preparadas com seus floreios quando ele escorregou da barra, de asas fechadas, e caiu.

Elena viu isso acontecer um momento antes de todos os outros – ela virou-se e pulou na direção dele em um só movimento. Não o alcançou a tempo, e se Big Tom não houvesse agarrado os pés dela com os seus, haveria dois corpos.

(Por que ela o ajudou eu não sei. Ela nunca havia mexido um dedo pelo restante de nós.)

Ying desceu da plataforma tão rápido que me pareceu que ela e Alec atingiram o chão ao mesmo tempo. Ayar já estava correndo do pátio para dentro; a plateia, percebendo que algo estava errado, já estava de pé, tentando ver melhor quem havia morrido. Alguns gritos ecoavam pela tenda como em um pesadelo.

Agora, todos dizem que deve ter feito muito barulho – "Um pânico", Ayar diria mais tarde, balançando a cabeça, e se os trapezistas vez ou outra falam sobre isso, dizem que o barulho foi ensurdecedor.

Não é assim que lembro, embora eu não saiba se é apenas porque o tempo fez alguns sons se enfraquecerem e outros sons mais nítidos. Quem sabe como realmente foi? As pessoas podem se lembrar de qualquer coisa.

Só me lembro das notas que suas asas fizeram quando as penas se esbarraram umas nas outras quando ele caiu, enquanto elas cortavam a poeira e perfuravam o chão.

Ayar o carregou para fora da tenda e Ying e eu corremos com ele, passando pelas dançarinas em direção ao pátio onde Boss já estava esperando.

Jonah ainda estava perto do caminhão e abriu a caçamba para que Ayar pudesse estender o corpo de Alec.

Amontoamo-nos na traseira do caminhão. Àquela altura Elena também estava do lado de fora, com o rosto aparecendo por entre os cotovelos das pessoas enquanto atravessava por elas. Ela ergueu-se sobre a caçamba do caminhão com uma só mão. Alguém havia desenganchado os longos braços de Big George, e ele estava lá com os ombros livres, recostando-se ao lado do caminhão para equilibrar-se. Parecia que ele havia acabado de vomitar. (Eles encontraram Big Tom muito tempo depois do show, ainda agarrado à plataforma, aturdido demais para se mover.)

A aglomeração se abriu para Boss, e ela aproximou-se do caminhão e olhou para o corpo.

"O que podemos fazer?", perguntou Big George.

"Vão terminar", disse Boss.

Elena virou-se para ela. "O quê?"

Boss retrucou: "Vão terminar o número e agradeçam. Eles estão virando um bando de gado lá".

"Temos que fazer alguma coisa", resmungou Ying. "Alec está morto. Está morto! Você precisa consertá-lo, ele morreu na frente de todo mundo, eles estão assustados!"

O único protesto de Elena foi: "Nós estamos aqui fora há muito tempo. Não podemos voltar agora. Pareceremos idiotas".

"Se uma pessoa cai no meio de um número", disse Boss, "você aponta para ela como se fizesse parte dele e o termina. Ninguém quer ver você fracassar. Qualquer um pode fracassar. Eles pagam dinheiro para nos ver fazer coisas que eles não conseguem."

(Mais tarde Ying choraria no trailer e perguntaria: "Como ela pôde ser tão cruel? A respeito de Alec, não está certo", e cairia em lágrimas tão alto que eu podia ouvi-la do lado de fora.)

"Eles não vão engolir essa", eu disse. "Eles o viram cair."

Ela olhou para mim com seus pequenos olhos implacáveis. Quando ela cruzou os braços, as tatuagens de grifo em seus ombros abriram as asas.

"Se as meninas tivessem terminado, eles teriam engolido." Ela olhou para nós como se fôssemos crianças desobedientes. "Os aldeões não querem a realidade. Entreguem a ilusão, e eles aplaudirão."

Depois do que pareceu ser um longo tempo, Elena virou-se para a tenda, e uma por uma as outras trapezistas a seguiram, até mesmo Big George.

Finalmente, quando eu não aguentava mais o silêncio, perguntei: "O que vamos fazer?"

"Leve-o para a oficina", ela disse. "Eu cuidarei disso."

Da tenda, veio o início dos aplausos.

~ 19 ~

Para eles, não é "quando Alec caiu".

Para qualquer pessoa que veja um momento como aquele, ele nunca está no passado; está sempre acontecendo, um pouco fora de sua visão. Atrás dos olhos de Elena e dos olhos de Little George, Alec está sempre caindo.

Quando Ying pula de Big George para Tom, voando sob o centro do teto da tenda, ela sabe quando passa pelo ponto onde Alec caiu, e sua consciência a perfura como uma lâmina.

Quando Bird cai, Alec está caindo.

Quando os acrobatas ou os trapezistas fazem algum truque que assusta o público e os faz prender a respiração, Alec está caindo, e os ouvidos da plateia se enchem com o som de suas plumas cantando.

~ 20 ~

Isto é o que ninguém sabe sobre Alec:

Boss poderia tê-lo salvado.

Ela pode substituir um esqueleto sem danificar a alma dentro dele. Ela poderia ter confeccionado um coração mecânico para ele. Ela havia feito o mesmo para Jonah.

Foi mais difícil não salvá-lo. Quando ela pisou na oficina, um pouco da fumaça dele penetrou em seus pulmões (um sopro que ela nunca realmente deixou sair de novo), e quando o tocou ela teve que lutar para não soprar a fumaça de volta para ele e acordá-lo. Não foi um problema de habilidade.

Se Alec havia caído foi porque quis cair.

Então, quando estava sozinha na oficina com ele, desatarraxou as articulações dos ombros de suas costas lisas e bronzeadas. Limpou o sangue das asas, dobrou as pétalas de cobre e amarrou fortemente as costelas de osso e chapa, e quando havia limpado os danos da queda, Boss mandou chamar Ayar e Jonah.

"Nós temos que enterrá-lo", ela disse, limpando o óleo de suas mãos.

Não dá para saber o que acontece dentro de alguém depois de tanto tempo, mas ela se lembra do olhar brilhante e selvagem dele toda noite logo antes de ele descer da plataforma. Ela se lembra de dormir ao lado dele à noite. Ele nunca se acalmava, nem dormindo; toda vez que ela tocava as mãos dele (que se mexiam como as garras de um pássaro enquanto ele sonhava) levava um choque elétrico só por estar tão perto dele, só por causa do que ele era.

(Ele dormia com o rosto enterrado no travesseiro, roncando suavemente, com as asas dobradas firmemente ao longo de suas costas como um pombo em repouso. Isso é o que ninguém sabe sobre Alec.)

É por isso que Boss reconhece Bird quando a vê. É por isso que parece que Boss a estava esperando; o medo é substituído por saber que o pior finalmente aconteceu.

"Vi seu cartaz", diz Bird. "Eu quero asas."

Boss diz: "Bem, não fique aí tagarelando. Mostre-me alguma coisa".

Os cabelos em sua nuca estão arrepiados. Ela aguarda perto das abas da tenda e não se aproxima de Bird.

Bird faz os movimentos, dobra-se, salta e vira com a adequação de qualquer outro soldado ágil, mas se trai; toda vez que estende os braços Boss reconhece a posição daquelas mãos, o arco de seus dedos, a inclinação de sua cabeça, os olhos semicerrados. Ela é mais uma da linhagem de Alec.

"Ganhar asas leva tempo", diz Boss, mais tarde, e cruza os braços sobre o peito como se estivesse com frio. "Eu lhe darei os ossos feitos de cano. Você pode fazer o trapézio, se eles a aceitarem."

Há um longo silêncio.

"E as asas?"

Sabendo que é mentira, Boss diz: "Veremos".

Mesmo assim Bird não concorda; ela simplesmente segue Boss até a oficina e entra sem fazer barulho.

Isto é o que ninguém sabe: enquanto os ossos de Bird são inseridos, os dedos de Boss tremem.

~ 21 ~

O homem do governo nos seguiu.
 Levou quase uma semana; quando vimos os sedãs pretos chegando, a tenda já estava armada e não havia meio de evitá-los.
 "Preparem-se", disse Boss quando os viu se aproximando, e nos espalhamos.
 À altura que os dois carros pretos haviam chegado ao acampamento e os homens do governo saíram dos bancos traseiros, todos estavam prontos. Ayar e Jonah estavam de pé com os homens da equipe, de camisa e jaqueta folgadas. Panadrome estava trancado em um dos trailers. As dançarinas saíram com tudo e as trapezistas foram atrás. Os malabaristas estavam praticando (um número 100% humano, por precaução).
 Boss ficou um pouco atrás do primeiro círculo de artistas, um pouco à minha frente.
 (O brasão na porta dos carros era um leão laranja; ele olhava para frente e, de onde eu estava, parecia estar afastando-se dos grifos dela; recolhendo-se, ou preparando-se para uma briga. Não me mexi. Eu reconhecia um mau sinal quando via um.)
 Quatro ou cinco homens pararam à dianteira do primeiro carro. O quinto homem, com um terno que combinava com seus cabelos grisalhos, continuou andando em nossa direção, e mesmo com o acampamento todo reunido, umas cinquenta pessoas, ele caminhou direto para Boss como se ela estivesse sozinha.
 "Bonito circo", ele disse.
 Boss disse: "Belo carro. Deve ser difícil de manter".
 "Vale a pena", ele disse, "para poder conhecer meu país."
 Boss deu um sorriso fraco. Seus grifos estavam tremendo.
 "Eu gosto de circo", disse o homem do governo.
 Seus olhos eram quase tão pálidos quanto o olho de vidro de Bird, e era difícil olhar diretamente para ele.

Ele examinou Boss, com o olhar flutuando para cima e para baixo. "Ainda bem que vi o cartaz", ele disse. "Não vou a nada tão grandioso quanto seu circo desde que vi vocês quando era garoto."

Ele devia ter sessenta anos. Não havia como ele ter nos assistido quando era jovem. Elena já estava aqui há séculos, e nem ela devia ter mais de trinta. Eu estava aqui desde os cinco anos e ainda era jovem. O Circo Mecânico Tresaulti não podia ter metade da idade do homem do governo. Ele era louco.

Boss disse: "Você me lisonjeia".

Ele sorri. "Acho que não", ele disse.

(Esse não é um bobo comum do governo, percebi, caindo em mim. Esse é um homem que sabe de alguma coisa.)

Boss esperou em silêncio.

Finalmente ele disse: "Você tem razão. Desculpe-me; eu nunca deveria perguntar a idade de uma mulher. Não somos bárbaros ainda, somos?"

"Espero que não", ela disse. "Para meu próprio bem."

Ele riu e eu tremi.

"Estou quase decidido a vê-lo novamente", ele disse. "Já faz muito tempo que não saio à noite."

Meu coração batia tão forte que sentia em meus ouvidos. Fiquei enjoado.

"Fique à vontade", disse Boss, e sua voz carregava o rangido da furadeira da oficina.

O rosto do homem do governo ficou austero, e ele empertigou-se dentro de seu terno e virou-se para o carro. Andou lenta e cuidadosamente, como um homem sem preocupações no mundo.

Os homens curvaram-se de volta para dentro dos carros – um ou dois com as mãos nas armas –, e então houve uma muralha de poeira, e se foram.

Assim que os carros despareceram, os malabaristas correram até Boss; atrás deles havia uma pequena enxurrada de grupos. Stenos a alcançou também, e as dançarinas se seguiram, como se Boss fosse um ímã para suas preocupações. Alguns membros da equipe começaram a avançar lentamente, só para ouvir.

Eu tinha um pouco de coragem àquela época, o suficiente para virar e olhar para ela.

"O que fazemos?", perguntou Moonlight.

"Nós temos que ir embora", disse um dos malabaristas. "Não podemos ficar aqui."

"Não há para onde ir", eu disse, embora não soubesse por que achava isso. Nós éramos viajantes; claro que havia algum lugar onde ele não nos acharia.

"Ele já nos achou uma vez", disse Minette. "Melhor acabar logo com isso. Talvez ele só queira uma parte, é isso."

"Nós podemos ficar aqui", eu disse. "Só precisamos esconder Ayar e Jonah." Eu estava feliz por ninguém mais ter asas. "Assim que ele vier e for embora, nós recolhemos as estacas e estabelecemo-nos em uma nova cidade, e tudo será–"

"Não mudaremos nada", disse Boss.

Sunyat, cuja roupa tilintava por estar tremendo, fez um barulho embargado. "Mas eles verão Ayar... Panadrome..."

Boss não respondeu, embora devesse saber que era verdade. Tudo o que éramos nos denunciava para qualquer um que fosse esperto o suficiente para ver além do show.

Boss não estava olhando para nenhum de nós perto dela, e acho que talvez estivesse muito assustada para pensar direito (eu estava), mas depois percebi que ela olhava para o outro grupo que havia se reunido, mais adiante.

Por um segundo eu não vi o que ela viu, porque a diferença parecia simplesmente ser pessoas que estavam a fim de ajudar e pessoas que não estavam, mas então percebi que ela estava olhando para Ayar e Jonah, os trapezistas, os saltadores, Bird; aqueles que eram de metal. Eles estavam todos juntos observando Boss sem expressão (Fátima talvez estivesse chorando, mas eu não tinha certeza). Eles estavam um pouco distantes da equipe, sem dizer nada.

Sabiam de algo que o restante de nós não sabia – sobre Boss, sobre o homem com o leão laranja na lateral do carro; sabiam o que poderia acontecer, mesmo sem olhar uns para os outros.

Olhei de volta para Boss, com mais medo dela do que do homem do governo.

"Vá colocar suas pernas", ela disse, sem olhar para mim. "Temos um espetáculo hoje à noite."

No caminho até os caminhões eu passei por Ying, que estendeu o braço e agarrou minha mão com força suficiente para doer. Não nos falávamos havia um bom tempo, talvez desde que Bird tinha caído, e fiquei tão surpreso com aquilo que parei e olhei para ela. Eu a ouvi puxar a respiração, como se fosse me dizer algo, mas então algum pequeno barulho a assustou e ela desapareceu para dentro da tenda.

Panadrome tocou sua primeira música da noite, metálica e feliz demais, como se também soubesse de algo e estivesse fazendo de tudo para esconder.

～22～

Quando eles desfilam pelas cidades, Little George e as trapezistas vão primeiro. (É menos provável que as pessoas atirem em mulheres e um garoto de aparência gentil com pernas de metal.)

Depois vêm as dançarinas, sorrindo e acenando com pulseiras balançando em seus braços descobertos; elas asseguram que homens desconfiados parem de pensar em suas armas.

Panadrome anda com elas, tocando músicas alegres com o acordeão de um braço e as teclas de metal, e as garotas sorriem e levantam suas saias e acenam suas mãos com luvas de metal.

Em seguida vêm Ayar e Jonah, andando lado a lado (e aqui os homens recolhem-se de suas portas, procurando em volta por uma arma; não há nada que se possa fazer para tornar Ayar mais agradável). Os malabaristas aparecem atrás deles, jogando clavas e facas para cima e para baixo.

("Só para o caso de eles estarem pensando em se meter conosco", diz Boss, "deixem que eles saibam que temos atiradores de facas.")

Após os malabaristas vêm Stenos e Bird. Stenos a carrega sentada em seu ombro como um papagaio, o olho bom dela analisando o público, ou ela se enrola em si mesma, dobrada como uma saca de farinha, e Stenos a carrega na dobra de seu braço, de um lado a outro da cidade. Os pés dela nunca tocam o chão.

Depois vêm os irmãos Grimaldi, que saltam e giram e causam uma comoção entre a criançada.

O desfile termina com Boss em um trono de madeira pintada sobre uma caminhonete vermelho-maçã e coberta com faixas anunciando: Circo Mecânico Tresaulti. Big George e Big Tom (seus braços de metal para o dia são do tamanho dos de um homem normal) estão dirigindo; Boss fica sentada com sua capa de lantejoulas, acenando e chamando – "O espetáculo começa ao anoitecer!" – com aquela voz que vai além dos telhados.

Os trailers esperam nos arredores do centro da cidade, em qualquer estrada que não possa ser fechada. O restante da equipe dirige os caminhões de equipamentos pelas estradas secundárias e estaciona fora da cidade, esperando para montar o acampamento. Se os artistas saem da cidade andando, a equipe começa a descarregar a tenda. Se os artistas saem correndo da praça da cidade, eles saltam pelas portas abertas dos trailers e tentam fugir. Boss, já em seu próprio caminhão, irá reagrupar-se com eles fora do alcance das armas.

Esse é um hábito que aprenderam por um triz; é uma saída de que eles ainda precisam às vezes. Não importa quanto tempo se passe, ainda há algumas pessoas que não gostam de um bando feito de metal, não importa o quanto eles sorriem.

~ 23 ~

Stenos e Bird treinam longe dos outros. Nenhum dos dois gosta de espaços fechados.

(Às vezes treinam na chuva, em vez de entrarem na tenda, com os pés dela enrolados em fitas de lona para que ele tenha algo em que se segurar.)

Ele se ajoelha e estende a mão; ela pisa na palma de sua mão. Ele a ergue com uma só mão, e seus dedos se firmam em volta da sola do pé dela. Ela sobe na cabeça dele, olhando para o pátio do circo, impassível. Seu equilíbrio sempre foi perfeito.

Ela não escorregou do trapézio.

De repente ela se dobra ao meio, com a cabeça nos joelhos; ele quase se atrasa em erguer a outra mão, mas nunca tarde demais, e quando as pernas dela estão retas acima dela, ereta sobre as mãos que se pressionam sobre as dele, ele encontra seu apoio e não treme.

Ela abre as pernas para frente e para trás, uma linha tão reta que dava para apoiar uma mesa sobre ela. Ele mantém as palmas das mãos juntas e a observa.

(Às vezes, durante o treino, ela mantém uma posição o máximo que pode, como se pudesse puni-lo ao forçá-lo a aguentar seu peso até ele se cansar.

Ele espera por ela. Ela deve saber que não é problema para ele carregá-la; ela é feita de ossos ocos. Ele pode segurá-la o tempo que for.)

Quando ela cede, abre os braços; os braços dele seguem os dela e, no espaço aberto que ela criou, seu corpo despenca em direção ao chão.

Ele se segura e aperta os pulsos dela – sem fazer qualquer barulho, sem um dedo fora do lugar – e ela se estremece para parar, com as pernas dobradas sobre suas costas como a cauda de um camarão e seu rosto a dez centímetros do chão.

Ela faz isso com frequência.

Ele nunca a deixou cair.

(Ela continua esperando.)

Ele se inclina para trás, puxando-a consigo; quando ela se balança de volta para cima, abre as pernas em volta da cintura dele e pressiona os pés contra sua coluna. Mais tarde ele terá duas marcas embaixo dos ombros, inclinadas para fora como asas.

Ele continua segurando o pulso direito dela enquanto envolve seu braço direito em torno dela para que ela não afunde, com sua palma aberta sobre o esterno dela e seus dedos quase a tocando na garganta.

Sua mão a queima até os ossos.

~ 24 ~

Em primeiro lugar, eu amava Fátima.

Eu a amei desde o momento em que ela saiu da oficina, quando eu era apenas um menino. Adorava seus olhos escuros, sua pele morena, o modo como girava os pés dos calcanhares aos dedos enquanto andava da oficina para a tenda, mesmo que os primeiros dias de caminhada com os ossos-canos fossem só sofrimento e ela deva ter tido vontade de desmaiar. Ela queria provar tudo, e eu a amei.

Eu era jovem.

Fátima nunca me deu a menor atenção. Ela passava a maior parte do tempo no ar, treinando sob o olhar aguçado de Elena, e passava o tempo no solo dentro do trailer com as outras, travando quaisquer pequenas batalhas que um grupo de irmãs falsas tenha. (Os Grimaldi raramente brigavam daquele jeito, mas também não tinham de conviver com Elena.)

Ying não gostava de Fátima. "Muito parecida com Elena", dizia ela, sussurrando – nós estávamos descarregando os trapézios e ela estava do outro lado das barras longas.

"Eu a acho linda", eu disse.

Ying não quis arriscar ser ouvida, acho, porque não me respondeu.

Fátima chegou até nós em melhor estado que a maioria. Suas únicas cicatrizes eram as pequenas que Boss faz quando insere os novos ossos: atrás do joelho, na parte de baixo das costas, acima da nuca, nos pulsos. Lá no início, eu achava que Fátima devia ter tido uma vida bem fácil até chegar a nós, por não ter nenhuma cicatriz.

Eu era jovem.

Fiquei apaixonado por Fátima por anos antes de criar coragem para falar com ela.

Esperei do lado de fora da tenda para ela sair do treino; Elena seguiu em frente e corri para alcançar Fátima enquanto estava sozinha (eu nunca falaria na frente de Elena). As palavras saíram de minha boca antes que eu pudesse cumprimentá-la.

"Eu te amo."

Fátima olhou sobre seu ombro, abaixou o olhar de sua altura, mais para baixo, mais para baixo, até encontrar meus olhos.

"Tenho certeza que sim", ela disse, e enquanto eu ainda estava processando sua resposta ela já havia alcançado Elena e não podia mais ouvir.

Achei que ela estava sendo cruel. Encontrei Bárbaro e Focoso e os importunei por uma bebida de verdade até eles me darem uma, e eles fizeram um brinde pela minha ousadia.

"Uma mulher como ela", disse Bárbaro, "uma mulher como ela..." e quando as palavras lhe faltaram ele soltou um assovio baixo, meio com medo.

"Um homem deve olhar para seus semelhantes", acrescentou Focoso, e acenou com a cabeça para o trailer dos homens, no qual Ayar e Jonah moravam juntos. "Não mire acima da sua cabeça, garoto. Não é para o seu bico."

Não foi o conselho mais gentil que já recebi. Só o aceitei porque vinha com bebida, e o conselho ardeu mais que o gim.

Claro, como a maioria dos conselhos duros, estava correto no final, de alguma forma.

Eu não falo muito com ela agora. "Vai aguentar?", quando ela está testando a trava do trapézio. "Cuidado, está nevando", quando ela sai da tenda no inverno.

Ela está mais bonita do que nunca, quase não envelheceu, mas há muito tempo não penso mais nela como minha, graças a Deus. Vejo homens na estrada que agem assim, e nunca é bonito.

("Ninguém é de ninguém", disse Boss quando lhe contei, mas era mentira, e nós dois sabíamos disso. Ela tinha um par de asas amarradas em sua oficina que a desmentia.)

Fátima pelo menos acreditou que eu a amava, o que era mais do que eu merecia.

Eu me apaixonei por Valéria quando o atirador de facas cortou seu cabelo.

Algo em sua despreocupação me tocou tanto quanto o orgulho de Fátima havia feito; quando a faca atravessou o rabo de cavalo, Sarah apenas piscou e suspirou, como se não quisesse deixá-lo crescer novamente.

Quando Boss ofereceu-lhe um emprego, ela mudou seu nome para Valéria. Não ficou menos tímida, mas pareceu abrir os olhos para o mundo, uma vez que estava longe das facas e tinha um novo nome. Ela pintou seus cabelos curtos com graxa e fez uma grossa trança com as mechas perdidas e fitas que amarrava ao que restara de seu rabo de cavalo.

Boss criou para Valéria um sapato de latão e cobre que se afixava ao tornozelo – era um pé em ponta, o que a fazia mancar quando o usava, mas ele saía debaixo de suas saias e ela parecia uma coquete mecânica. Era um bom efeito, mesmo que, de perto, ela sempre exalasse levemente um cheiro de botas.

Não que eu me importasse com o cheiro dela. Ela era doce, e eu era jovem – dezesseis anos na época, eu achava. Àquela altura, era eu quem havia de provar algo.

(Eu não tinha dezesseis anos. O circo era inimigo do tempo, mas eu era jovem e cego, e tudo que via era a trança escura de Valéria se balançando enquanto ela andava.)

"Eu te amo", disse a ela. Nós estávamos empilhados juntos no caminhão de carregar lona, nossos pés pendurados na traseira. Nós estávamos nos beijando e eu estava com uma mão esmagada contra o cabelo dela. (Levaria dias para limpar toda a graxa.)

"Tudo bem", ela disse, e me beijou.

"Ela me ama", eu disse a Ying.

Ela limpou o giz de suas mãos e se levantou de onde estava agachada. "Bem, aí está", ela disse.

Sorri. "Deixe aqueles Grimaldi me provocarem agora", eu disse e flexionei os braços.

Ying sorriu fortemente. "Sim", ela disse, "agora eles vão provocar Valéria."

Eu não havia pensado nisso. Franzi o cenho. "Não fariam isso com a mulher que eu amo."

"Se você diz", falou Ying, examinando suas mãos.

"Ying", gritou Elena de cima do trapézio, "se você já acabou de tirar o suor das suas mãos, nós precisamos praticar."

Um momento depois Ying havia desaparecido, e tudo que vi antes de ela reaparecer na plataforma foram algumas marcas brancas de mão no mastro de apoio em que ela se ergueu até o céu.

Valéria foi embora naquele ano.

As dançarinas todas vão embora; elas vêm e vão como a maré. Às vezes vão embora entre uma apresentação e outra, se encontram uma causa pela qual lutar ou um emprego para segurar. Ninguém as culpa – ninguém está aqui porque o trabalho é fácil –, mas é duro para Ayar quando entra no picadeiro e vê apenas três dançarinas esperando por ele.

Quando Valéria deixou o circo, foi para se tornar uma confeiteira em uma cidade governada por civis que ainda estava, em sua maior parte, de pé. (Bom trabalho, se você conseguir.) Ela me deu um beijo de despedida.

Ela deixou seu nome para trás. A próxima garota que se uniu a nós gostou da sonoridade quando viu o nome escrito no beliche, e essa nova Valéria entrou nas mesmas saias, amarrou o molde de metal e tomou seu lugar no picadeiro. Ela respondeu por Valéria por dois anos até ir embora também. (Encontrou um homem e casou-se com ele; a única que conheci que foi embora por amor.)

Os irmãos Grimaldi disseram que dava azar pegar o nome dos que se foram, para início de conversa.

"Você deve dizer a ela quando parar", disse Altíssimo, sacudindo o dedão para a outra Valéria. Olhei para lá. Ela estava praticando com uma das outras dançarinas (Malta, que foi embora há muito tempo), ambas rindo do quanto parecia bobo mexer os quadris e sorrir.

"Deixe estar", eu disse.

Foi a primeira vez em que me opus a eles, e Moto e Bárbaro trocaram olhares.

"Ele ama essa também", disse Moto, e Bárbaro riu.

Eu não a amava, nunca amei, mas não conseguia não gostar da nova Valéria; era um nome bonito para qualquer uma, e ela não era a mesma garota. A nova Valéria era perspicaz e tinha mãos ásperas de anos puxando cordas em uma das cidades portuárias. Às vezes ela carregava lona comigo, e nós ríamos dos caipiras, mas não era como se ela houvesse substituído a Valéria que eu amava. Não era como se eu visse sua silhueta na janela do trailer das mulheres e a confundisse com minha Valéria.

"Vocês se preocupam demais com nomes", eu disse.

Altíssimo disse: "Você se preocupa de menos".

Quando Bird caiu, Ying saiu correndo da tenda, tropeçando e engasgando e chamando Boss para vir ajudar, mas ela parecia tão culpada que, em vez de correr para dentro para ajudar Bird, agarrei a mão de Ying.

"O que aconteceu?"

Depois de uma pequena pausa, Ying disse: "Ela caiu".

Ela não mentia bem. Franzi o cenho. "Como Alec?"

"Não", ela disse, tremendo, "não, não", e quando desatou a chorar eu a segurei em meus braços – mais para abafar o som do que qualquer coisa.

Eu nunca havia estado tão próximo dela antes, tão próximo do cheiro de giz da sua pele e do nó apertado no cabelo preto e da maquiagem dourada que começou a escorrer com suas lágrimas.

"Está tudo bem", eu disse. "Boss vai consertá-la."

"Eu sei", disse Ying, e então mais uma tempestade de lágrimas.

Eu não a compreendia. Eu a segurei mais perto.

~ 25 ~

Quando o grupo de soldados sai, o que fica para trás é um par de canecas de vidro e a garota.

Seus cabelos pretos são cortados rentes à cabeça, como todos os soldados, e sua pele dourada é pálida por causa da fome, mas seus olhos escuros são brilhantes.

Ela desce agilmente pela traseira do andaime e anda até o centro do picadeiro.

"Quero me juntar a vocês", ela diz ao homem forte.

Ela não diz que quer fazer um teste. Não passa por sua cabeça que possa haver uma questão de mérito. Sabe que pode fazer qualquer coisa que lhe peçam. É uma questão de rotina. O que o Tresaulti tem que ela quer é um lar.

(Ela é um excelente soldado para passar por grades de ferro, mas tem tendência a ficar para trás quando a luta começa, como se não tivesse certeza de que a batalha vale a pena, e ninguém tem tempo para um soldado hesitante. Ela já foi transferida de missões mais vezes do que conseguia contar, por não querer morrer.)

"Entendo", diz o homem forte. "Para quê?"

"Trapézio", ela diz.

De sua posição na plataforma, um dos homens do trapézio sorri e flexiona os pés. "Quer subir aqui, garotinha?"

Ela estende um braço para o homem forte.

Ele a ergue em um só braço e a coloca no trapézio ("Meu nome é Big George"), põe-se na horizontal e transforma-se em uma mesa novamente, um nó de músculo imóvel; ela está de pé sobre suas canelas, os braços para trás, os pulsos firmes em torno dos longos braços de metal dele para dar equilíbrio.

Ela se balança para frente e para trás até que atinja a velocidade e a altura de que precisa; a princípio fica constrangida por estar em cima de uma coisa viva, em vez de uma barra ou corda, até que olha sobre os ombros e vê que George não parece se importar. Ele parece estranhamente contente, sorrindo distraidamente como qualquer criança em um balanço. Depois ela dá impulso para valer, com os calcanhares pressionando como alavancas.

Ela aguarda o auge do balanço, solta-se e salta; dobra-se sobre si mesma uma vez (toca os dedos dos pés, depois mergulha com os pés para trás como a cauda de um cometa), agarrando-se aos pés de George no tempo exato e deixando suas pernas balançarem-se atrás dela enquanto elevam-se de volta.

"De novo", ela diz, mais para si mesma, já enroscando os pés em torno dos calcanhares dele para poder se balançar pelos pés no próximo salto.

A tenda fica em silêncio depois disso – apenas o rangido das mãos de Big George contra a plataforma e o som de pele sobre pele quando ela se agarra aos pés dele, e uma vez às canelas dele, por subestimar a velocidade do movimento do pêndulo.

"Desculpe", ela diz.

Big George sorri e diz: "Eu nem percebo".

Uma mulher diz: "Quantos anos você tem?"

Ying olha para cima – ela estava prestes a pular, mas para no último segundo, torcendo o ombro para segurar-se ao braço de George para se estabilizar.

"Catorze", ela diz. (Parece grande o suficiente para fazer algo como isso, de qualquer modo.)

"Desça daí", diz a mulher.

O homem forte está de pé do outro lado da tenda, com a mulher, e não faz nada para ajudá-la. Ela olha para cima por alguns segundos – depois se remexe em cima do braço de George, através da plataforma para o mastro de apoio e escorrega rapidamente para baixo. (Ela vê o homem forte sorrindo; ela deve ter feito alguma coisa certa.)

Quando Ying está no solo, a mulher diz: "Eu a levarei ao trailer das trapezistas. Você tem alguma coisa?"

Ela está vestindo tudo o que tem. Ela balança a cabeça.

O trailer parece que foi remendado de uma dúzia de outros trailers e pregado no último minuto a um caminhão. É pintado de verde e dourado, e as janelas têm cortinas baratas. (Naquela noite, ela percebe que as cortinas são só papel; quando estão na estrada e querem olhar pra fora, precisam descolar a fita suja primeiro.)

O interior do trailer tem uma pequena área aberta perto da porta, cheia de mesas, algumas cadeiras bambas e umas prateleiras pregadas às paredes. Atrás disso fica o túnel estreito de beliches empilhados em três.

Há três mulheres lá dentro. Duas delas estão jogando cartas em uma das mesas aparafusadas ao chão. A terceira está atrás, esticando um pé na cama de cima, descansando seu rosto sobre o joelho. Seu rosto é firme e seus olhos estão fechados como se estivesse sonhando.

A garota está apavorada.

"Aquela é Elena", diz a mulher responsável. Depois, com um pequeno aceno que mostra a consideração por elas, "e estas são Nayah e Mina".

Elena abre os olhos deliberada e lentamente (são verdes e escuros, e Ying não gosta deles), e fixa seu olhar na garota. "Qual é o seu nome?"

A menina treme.

É a mulher encarregada que responde: "Ying".

Ying se surpreende (ela tinha outro nome), mas decide não se importar. É melhor manter seus segredos enquanto puder (ela sabe como é em ambientes tão próximos) e, além disso, há sorte em um novo nome.

"Você está brincando", Elena diz por fim à mulher, como se Ying não estivesse ali.

(Ying irá se acostumar a esse sentimento.)

"Vamos esperar ela ficar mais velha para os ossos", diz a mulher encarregada.

As outras duas pararam de jogar e estão olhando para Ying e Elena, aguardando.

Depois de um longo tempo, Elena diz: "Eu não a quero".

A mulher diz: "Não é você que escolhe".

"Bem, então é melhor ela pegar a cama aberta", diz Elena por fim. Ela gira e abaixa a perna, olhando para Ying como se ela fosse tola o bastante para chegar um passo mais perto. "Mas ela ganha os ossos. Nenhuma de nós sabe mais ser tão cuidadosa. Vamos quebrá-la tentando agarrá-la."

Ying não sabe o que ela quer dizer.

"Muito nova", a mulher diz. "Espere quatro anos. Ela terá treze então e terá crescido o bastante."

Não adiantou nada ter fingido ser mais velha, Ying pensa.

"Ela pode estar morta em quatro anos", Elena diz, como se fosse algo a se esperar ansiosamente.

O menino que a leva ao trailer do figurino chama-se Little George e é tão jovem quanto ela.

"Estou aqui há séculos", ele diz enquanto caminham. "Já vi três dançarinas chegarem e irem embora, e um malabarista. Você vai se acostumar, se ficar aqui. Só tente lembrar-se dos nomes. Se você precisar de qualquer coisa, não peça a Elena, ela é tão fria que seria capaz de congelar uma barata. Venha até a mim. Sei de tudo que acontece aqui."

"O que você faz?"

Ele para e franze a testa. "Trabalho para Boss", ele diz, como se fosse toda a explicação de que precisasse.

Ela pensava que todos aqui possuíam um talento especial. "Mas eu quero dizer – você não sabe fazer nada?"

Ele olha para ela, e ela sabe que deve ter sido uma pergunta muito idiota. Até pessoas que não sabem fazer nada precisam de um lar.

Mas tudo que ele diz é "Bem, é melhor você esperar que sim", e quando ele sorri, ela sorri de volta.

"Conte-me sobre Elena", ela diz.

Ele ri e diz "Eu não estava brincando a respeito da barata", e depois disso as histórias nunca acabam de verdade.

Durante quatro anos, Ying treina nas barras sozinha.

Ela se apressa para lá e para cá pela plataforma para montar a barra do trapézio ou desmontá-la para Big George quando é a vez dele de agarrar os suportes; ela enrola lona com Little George e a carrega para o caminhão à espera, onde os homens da equipe aguardam para sair dirigindo.

("Quem é da equipe?", ela pergunta.

Little George sacode os ombros. "Quem se importa? Eles não ficam.")

Quando faz treze anos, Boss mostra a Ying a oficina e explica o que irá acontecer com seus ossos.

O cano é fino como papel, e o cobre se aquece na mão de Ying, batendo de volta contra seu pulso como um ser vivo.

Boss explica o que os ossos significam para ela, se os aceitar. Ying se envergonha de não haver percebido antes (ela era o quê, uma boba?), mas enquanto Boss explica o que os ossos de cobre significam, Ying sua frio. Ela ouve pela metade. Pensa em Little George e nas dançarinas e nos malabaristas que virão e irão, intocados e banais, livres e simples.

Ying é repentinamente dominada pelo choro. A ponta do cano deixa marcas na palma de sua mão quando ela pressiona as costas dos punhos contra os olhos.

Boss a deixa sozinha no trailer.

É Alec que entra em seguida.

Ele sorri, parecendo entendê-la com todo o seu ser, e estende a mão.

"Vamos dar um passeio", ele diz.

Ela fica vermelha, como se ele a estivesse cortejando, e pega sua mão. (Ela ama Alec. Todas o amam. Qualquer uma delas pegaria a mão de Alec em qualquer momento que ele a oferecesse. Ele realmente era mágico, todos sabiam.)

É inverno. Enquanto desce os degraus ao lado dele, Alec a puxa mais perto com um braço e envolve suas asas em torno de ambos. O metal se aquece do calor de seus corpos em um confortável casulo, e a cada passo as asas se balançam, com uma pequena chuva de notas.

Ele não tenta convencê-la de nada; apenas caminha com ela pelo pátio como se estivessem livrando-se de uma cãibra. Passam por Jonah, que está lavando a caminhonete vermelha. Sua cabeça está voltada para o trabalho, mas seu rosto é tempestuoso.

"Pobre Jonah", Alec diz, rindo baixinho. "Teve uma briga com Ayar."

Ela não diz nada. ("Ele não escuta", Ayar havia dito a ela, "ele vai se machucar se forçar seus pulmões desse jeito, e se algum dia desses a mágica de Boss não funcionar?"

"Diga a ele que irá substituí-lo", disse Ying, porque sabia que era a coisa mais cruel que se podia fazer com alguém, substituí-lo.

Ayar olhou para ela e disse: "Eu esqueço que você ainda é uma criança", e foi assim que Ying teve a primeira noção de que algo aconteceria em breve que a faria deixar de ser jovem.)

Eles passam pela tenda, e pelas abas abertas Ying vê Elena, Nayah e Mina praticando. (Ying olha para elas com força, como se pudesse ver seus ossos de cobre se tentasse.) Eles passam por Ayar, que está arrastando os trailers em um semicírculo menor, em que os caminhões quase se encostam. Vai nevar logo; eles precisarão de proteção contra o vento.

Depois de terem andado quase em volta do pátio todo, Alec diz: "Você não precisa fazer nada. Pode ficar conosco do jeito que você é".

"No trapézio?"

Há uma pequena pausa antes de Alec dizer: "Não. Não é seguro para você".

O que ele quer dizer é: Elena insiste em que todas elas tenham os ossos, para que sejam todas mutiladas da mesma forma. Ying compreende; às vezes você precisa ser parte da trupe, e não você mesma. (Ela queria um lar. Ela o encontrou.)

"E Little George sempre precisa de ajuda", Alec diz, e Ying pensa em Little George colocando as pernas de metal que são grandes demais para ele, pensa em realizar tarefas e gritar nos portões, pulando de cidade em cidade e colando os cartazes do Tresaulti em qualquer parede que não tenha sido bombardeada.

"Eu tenho medo dos ossos", ela diz. Sua voz treme, mas não pode ser do frio, porque as asas dele estão bem quentes.

Ele para e se ajoelha na frente dela; suas asas enroladas os prendem juntos um do outro, as penas de baixo arrastando-se pelo chão macio.

(Ying nunca o perdoará por fazer isso agora; não depois de ver suas asas tentando escavar o chão depois de ele cair, não depois de se lembrar do casulo que ele fez para ela uma vez.)

Suas penas estão tão próximas dela que, se ela virar o rosto, pode se olhar naquele espelho quente e brilhante. Os olhos dele são de um azul profundo e límpido, como pedaços de vidro, e ela se vê neles – olhos abertos, o rosto cansado, parecendo frágil e quebrável perante a jaula de metal.

Com a ternura que só os monstros têm, ele pergunta: "Você tem medo de ser como nós, Ying?"

"Não", Ying diz. (Como ela pode ter medo de alguma coisa, quando ele é tão lindo?)

Ela vira a cabeça. Sua respiração embaça as pétalas de cobre até que nada mais reste dela a não ser um turvo reflexo nas asas dele.

~ 26 ~

Isto é o que eles entendem:

Depois do teste, Boss leva-os até a oficina e pega sua serra de osso. Ela diz: "Terei que operar. Você pode morrer".

Alguns a recusaram nesse momento. A ideia dessa mulher realizando uma cirurgia não é confortante, e embora muitas pessoas estejam morrendo atualmente, uma coisa é morrer em um tiroteio e outra é deixar-se morrer.

Os outros ficam.

(Essas são as pessoas do circo; estas são as que não têm nada a perder.)

Ela pega os canos e as ferramentas. Em seguida, diz: "Você vai morrer".

Essa é a primeira medida deles. Todos sentem alguma coisa; ninguém é tão resignado.

Ayar chorou. Era uma coisa horrível a se dizer ao amigo que ele havia carregado três quilômetros para salvar.

Elena havia dito "Bem, é menos uma coisa a fazer", e deitou-se na mesa.

Depois que a pior parte do terror termina, Boss diz: "Você nunca pode deixar o circo. Ele vai manter-lhe vivo depois que eu terminar de consertá-lo".

Após eles aceitarem isso, cada um deles finalmente se deita sobre a mesa e tem seus últimos momentos de temor. Em seguida, Boss toca neles e eles afundam na escuridão, esperando ser renovados, esperando ser acordados.

(Quando chegou sua vez, Bird piscou em direção ao teto por vários segundos, lutando contra a escuridão sem se dar conta. "Imagino o que você tenha feito para conseguir este tipo de poder", Bird disse, antes do sono a levar.

Ela não viveu o suficiente para ver as mãos de Boss tremer.)

Não é segredo no circo quem tem os ossos, quem tem os pulmões ou as molas. Quando eles saem da oficina, quando cambaleiam finalmente em seus novos esqueletos dos trailers até o pátio de treinamento, eles são acolhidos de volta sem comentários. Até os vivos, aqueles dos quais não se pediram os ossos, podem imaginar o que é preciso para deitar-se em uma mesa e concordar em sofrer.

Mas aqueles que adentraram a oficina, aqueles que estão mortos, olham uns para os outros e sabem.

Para alguns, vale a pena. (Ying é autorizada a dormir a noite toda, finalmente; com seus ossos de cobre, Elena está satisfeita.) Para alguns, há apenas a consciência do tempo passando por eles, uma sensação de estarem pregados ao chão.

Aqueles que entraram na oficina olham uns para os outros, procurando sinais de idade que nunca aparecem. Nenhum deles perambula muito longe do acampamento; mágica profunda assim não deve ser testada, e ninguém quer ser o primeiro a cair morto por ter saído de perto do olho vivo de Boss.

(Ela diz que é o circo, mas eles sabem o que quer dizer; sabem que é Boss quem os impede de desmoronar.)

Little George estava previsto para ser consertado, mas Boss o mantém longe da oficina mesmo após ele ter pedido, então ele vai lentamente atravessando o tempo até ficar mais velho que Ying, até ficar quase tão velho quanto Jonah, que tem vinte e cinco anos desde o dia em que chegou ao circo e recebeu seus pulmões de metal.

Pouco a pouco, Little George começa a despertar para o mundo de um jeito que não consegue explicar.

Ele não sabe que Ying nunca ficará mais velha; não sabe por que tem tanto cuidado para não irritar os irmãos Grimaldi. Ele não tem consciência, só está acordado.

Ele não sabe de nada ao certo; só vê que, quando o homem do governo vai embora, o circo se reúne em dois grupos para ver o que Boss fará: os que estão vivos e os que sobreviveram aos ossos.

~ 27 ~

O ilusionista não tem seu próprio caminhão. Ele acompanha o desfile do Tresaulti a pé, seguindo a trilha dos trailers pintados de vermelho depois de se afastarem das fronteiras da cidade, até o topo da colina a três quilômetros dali. Ele consegue vê-los formando um semicírculo do outro lado da colina; consegue ver os primeiros mastros da tenda sendo erguidos contra o céu cinzento.

Em suas costas está a pesada bolsa contendo seus truques, e ele carrega o aro em volta dos ombros. O aro bate na parte de trás de suas pernas a cada passo, mas esse é o preço que se paga por andar. A pequena jaula com o pássaro balança pendurada em seu cinto. O pássaro protesta a princípio, mas depois do primeiro quilômetro ele apenas se agarra a seu poleiro e espera.

De sua posição no topo da colina, eles podem vê-lo chegando, portanto o ilusionista não se surpreende quando há um bando de pessoas esperando por ele quando chega lá em cima.

Ele coloca o aro no chão e retira a bolsa de seus ombros, agachando-se para desfazê-la. Dali saem os baralhos, os lenços, as bolas prateadas que se achatam quando batem em suas mãos, para dar a impressão de desaparecerem. (Grande parte de seu número é sobre coisas desaparecendo. As pessoas não levam muita fé em uma linda transformação hoje em dia; em um desaparecimento elas acreditam.)

O grupo está maior agora. Há alguns acrobatas, ao que parece, um malabarista com clavas nas mãos e umas duas garotas arrogantes em trapos bonitos.

"Um mágico?", diz uma mulher à beira do grupo e, sem olhar para cima, ele diz "Sim, senhor", porque sabe soar como autoridade.

"Bem", ela diz. "Continue e mostre-nos."

Ele desengancha a gaiola, coloca-a no chão do outro lado de seus truques e se levanta, dando um passo para trás e abrindo bem os braços para apresentar o número.

Alguém diz: "Pare".

Não é o chefe, então ele não deve prestar atenção (sempre há os desordeiros), mas ele olha rapidamente para a mulher que falou e ficou mudo.

Ela tem uma chapa de ferro pregada sobre uma penugem de pêssego em seu crânio, e um olho de vidro inexpressivo em sua direção. O outro olho é escuro e olha fixamente para a gaiola a seus pés.

"Senhoras e senhores", ele começa.

"Ele vai matá-lo", a mulher com o olho de vidro diz, a ninguém em especial. Ninguém diz nada.

"Vá em frente", diz a mulher no comando.

Ele assente, pigarreia e começa seu número.

Os lenços materializam-se nas orelhas dele, o aro faz suas pernas desaparecerem e as bolas prateadas deslizam para a invisibilidade em suas mãos. Durante todo o tempo as pessoas do circo o observam, sem aplaudi-lo nem expulsá-lo.

Por fim ele diz "Para meu número final de desaparecimento", e mexe na manga de sua camisa para pegar o pássaro que está à espera dentro do punho.

"Não", a estranha diz, e em dois passos ela alcança a gaiola, posicionando-se entre ela e ele.

Ele tenta tirá-la de seu alcance, mas ela o agarra pelo pescoço com uma força de ferro. O olho dela arde.

O ilusionista empurra o braço dela e cambaleia para trás. Um homem já está esperando atrás dele e agarra seu braço, destramente derrubando o ilusionista de costas. (O céu está azul claro e límpido, como vidro.)

Alguém abre o trinco da gaiola, e o ilusionista vê a pequena silhueta escura de seu pássaro passar por todos eles e sumir de vista.

Depois de um tempo há uma briga e seu braço se solta. Quando se levanta, ele vê um homem com costelas de metal segurando o outro homem, empurrando-o para seu lugar no círculo.

A estranha está de pé perto dali, segurando a gaiola vazia em suas mãos, fitando o céu em que já não se vê mais o pássaro. Os outros no círculo parecem ter se afastado, como se a gaiola estivesse envenenada e ela estivesse escolhendo vítimas.

"Bird", diz a mulher no comando, "devolva ao homem o equipamento dele."

Ela coloca a gaiola vazia no chão, vira-se e anda em direção ao grupo sem olhar em volta.

"Nada mau", diz a mulher no comando, sem ser indelicada. "Nós precisaríamos fazer algumas mudanças no número se você ficasse."

Ele pode imaginar.

Ele olha em volta para o bando impassível. Não é o silêncio que o incomoda. É que eles não seguraram a mulher caolha, como se achassem que ela tivesse razão em fazê-lo, como se isso fosse o tipo de coisa que acontecesse por aqui.

Ele quer pertencer a uma trupe de circo para ter um teto e algumas refeições constantes; se for para se preocupar com a guerra, ele pode ficar onde está.

"Obrigado pela atenção", ele finalmente diz, e ninguém parece surpreender-se quando ele se ajoelha e começa a guardar seus truques.

No meio do caminho de volta, ele sacode o pássaro morto para fora de sua manga; o outro homem o esmagou, e não faz sentido carregar algo morto até em casa.

~ 28 ~

Quando Bird caiu, foi Stenos quem Boss chamou para vir carregá-la para fora.

Foi Stenos quem levantou Bird do chão, quem viu o sangue escorrer em regatos pegajosos pela terra. Ele olhou para o rosto dela, ou o que restava dele, e para seu corpo, vendo que o tórax havia desabado sob a camisa. As poucas costelas que haviam perfurado sua pele reluziam no escuro.

Ele desviava o olhar dos destroços humanos. Olhou para cima, além do trapézio vazio até o topo da plataforma. Havia um pequeno rasgo no teto da tenda, e através dele via-se o céu à noite e um punhado de estrelas.

Quando olhou para baixo novamente, Boss estava observando o corpo da mulher, levantando seu cabelo para ver o crânio, limpando o sangue de seu olho remanescente, como se limpasse um brinquedo que havia caído na lama.

"Você pode ajudá-la?"

Ele não sabia por que perguntou. Não era como se quisesse que a ajudassem.

Depois de muito tempo, Boss disse: "Eu não sei o que irá acontecer".

Stenos lembra-se de que fazia frio naquela noite; ele tremia segurando-a.

Isto é o que ele vê quando olha para ela naquela noite:

Ele vê o túnel vazio de sua órbita ocular. Ele vê dentro dela; ele cai cada vez mais dentro do túnel até ser engolido por aquele vazio, até ver o céu da noite.

Mesmo após o chão tê-la esmagado, ela tenta respirar, e suas costelas erguem-se através da pele enquanto ela luta contra o inevitável, embora todos saibam que a Morte a esteja seguindo bem de perto.

Seu único pensamento é: Se ela morrer, eu ganho as asas. Eu ganho as asas.

Ele já as sente como se elas estivessem crescendo de seus ombros; ele se vê liderando a procissão pelas cidades, com as asas como um leque de facas de cada lado. Ele imagina o chão ficando para trás enquanto se eleva por sobre a multidão boquiaberta. O ar parece cintilar, antecipando-se a ele.

Tudo o que tem a fazer é esperar; assim que a mulher estiver morta, ele herdará as asas.

Ele olha para baixo, para a mulher em seus braços, e pensa *Deu azar*, e flexiona seus dedos contra o braço dela, contra o joelho dela, como um prêmio de consolação.

Mas quando ela para de respirar, seu peito aperta; ele a ajeita em seus braços e a puxa para perto sem pensar; coloca a boca na poça de sangue onde espera que sua boca esteja e força um sopro em seus pulmões. O sopro volta para ele, doentiamente doce e seco como poeira e, por algum motivo que não consegue identificar, fica aterrorizado, aterrorizado demais até mesmo para erguer sua boca da dela.

É assim que Boss os encontra quando abre a porta.

"Traga-a para dentro", ela diz, após tempo demais.

Ele a estende na mesa, e logo Boss já está enchendo a oficina, empurrando-o para fora sem nunca tocar nele, e quando ele sai ela tranca a porta atrás dele.

Stenos lembra que, na noite em que Bird caiu, fazia frio. O corpo dela estava frio quando a segurou; ele havia saído de seu trailer com os braços cruzados; quando passou por Elena, ela estava tremendo.

Mas é assim que as lembranças são – sempre verdadeiras, nunca a verdade.

Elena encolheu-se com o sangue no rosto dele, e ele cruzou os braços para impedi-los de tremer, e mesmo que se lembre dessas coisas, ele não sabe a verdade da noite em que velou Bird.

Esta é a verdade:

A noite estava quente; Bird ficou fria.

~ 29 ~

O homem do governo voltou, como havia prometido, em nossa última noite na cidade.

Forcei um sorriso quando lhe entreguei seu ingresso, e quando ele me olhou pisquei e bati os nós dos dedos em minha perna direita, a lata estava no mesmo tom de Panadrome.

"Bem-vindo, senhor", eu disse, "ao Circo Mecânico Tresaulti. Malabaristas e acrobatas e garotas no ar, o melhor espetáculo que há!"

"Estou certo disso", ele disse, e pensei que estivesse irritado, mas quando olhou para mim seus olhos estavam brilhando.

Gelei por completo, e não me recuperei totalmente até ele desaparecer pela tenda e eu ter certeza de que não conseguia mais me ver.

Uma das coisas boas de tantos governos, acho, é que as pessoas não distinguem você de outros que mataram até chegar ao poder. O carro dele não estava em nenhum lugar à vista, e apenas um guarda-costas o seguiu.

Entreguei ingressos até o último aldeão entrar, e depois derrapei até a abertura traseira da tenda, perto dos trailers, onde algumas atrações enfileiravam-se atrás das arquibancadas, esperando sua vez.

O homem do governo sentou-se na ponta de um dos bancos, com visão privilegiada para a entrada principal da tenda, como qualquer homem faria se não fosse idiota.

Corri até Boss tão rapidamente que escorreguei na lama e a alcancei completamente ensopado.

Ela estava do lado de fora da entrada principal da tenda, esperando Panadrome terminar sua marcha de boas-vindas. Jonah segurava uma grande sombrinha amarela sobre ela, para protegê-la dos últimos pingos da chuva, e quando me viu chegando estendeu a mão, com a palma para fora, para impedir que eu chegasse mais perto.

"Cuidado com o vestido", ela disse. "Vou entrar agora."

"Ele está aqui", eu disse. "O homem do governo."

Sua mão enrolou-se em um punho. Ela deixou o braço cair a seu lado e olhou para a entrada da tenda. A tatuagem de grifo olhou para o crepúsculo.

"O que mudamos?", perguntei, minha mente a mil. "Eu posso tirar Ayar das arquibancadas, ninguém o viu ainda, e se Jonah–"

"Nada", ela disse. Seu olhar estava fixo à tenda a sua frente. A mão de Jonah tremia um pouco; a sombrinha amarela tremia.

"Mas ele irá nos ver", eu disse. Senti como se estivesse afundando pelo chão, sugado para a lama pelo meu próprio pavor.

Ela balançou a cabeça, com o rosto decidido. "Ter medo desperdiça tempo", ela disse, como se para si mesma.

Jonah disse: "Os malabaristas estão prontos e esperando seu sinal, Boss".

Boss saiu debaixo da sombrinha amarela e abriu as abas da tenda com ambas as mãos; por um momento ela era uma figura escura contra um clarão de luzes e sons, depois as abas se fecharam e ficamos apenas Jonah e eu no pátio, com lama até os tornozelos e olhando um para o outro como duas crianças assustadas.

"Senhoras e senhores, bem-vindos ao incrível Circo Mecânico Tresaulti!"

A saudação de Boss encheu a tenda, passou através da lona, por cima de nós dois e saiu pela escuridão, e por um momento tive coragem novamente; a voz de Boss faz isso com você.

Ainda assim, após a voz dela ter sumido eu levei um banquinho até a tenda e esperei, lentamente afundando na lama, para que Boss saísse dali com segurança.

～ 30 ～

Depois que Alec morreu, viajamos por dois dias sem parar. Ninguém sabia aonde estávamos indo, a não ser Boss, que dirigiu o caminhão principal sozinha.

Era para eu ter ido com os saltadores no primeiro trecho, e depois mudado para o trailer dos outros homens quando parássemos à noite, mas acabamos presos ali por dois dias juntos.

Na primeira noite nós ficamos bêbados, tão bêbados que Molto e Brio molharam as mangas de suas camisas chorando por Alec, e o restante de nós olhava para o teto. Na segunda noite nós tentamos ficar sóbrios, para que, se parássemos, servíssemos para alguma coisa além da guilhotina.

Na manhã do terceiro dia nosso caminhão parou. Depois de um tempo Bárbaro disse "Bem, foda-se", e abriu a porta como se não se importasse se morresse ou não.

Nós todos havíamos estacionado; os homens da equipe que haviam dirigido os caminhões já estavam dormindo nos beliches acima de suas cabines, e o restante de nós saiu cambaleando pela manhã como um bando de ratos de caverna.

"Vamos parar aqui hoje à noite", disse Boss. "Ele pode ser enterrado aqui como em qualquer lugar."

Estávamos em um gramado plano, nos arredores das ruínas de uma cidade que há muito fora abandonada. Bom lugar para um último descanso, pensei, apesar de não entender por que levamos dois dias para chegar ali, em vez de qualquer outro lugar.

(Parecia-se com a cidade em que Boss o havia encontrado, embora o lugar estivesse coberto de mato, desocupado por cem anos, então não podia ser o mesmo.)

"Descansem aqui", disse Boss, e em seguida, "exceto Ayar e Little George. Vamos tirar o corpo da oficina e cavar uma cova antes do dia terminar."

Ao passar pelo trailer das mulheres, olhei para Ying, que parecia um fantasma depois de dois dias trancada com Elena e as outras. Ela nem conseguiu dar um sorriso quando me viu; olhava para um pequeno bosque do outro lado do gramado, com as mãos enfiadas nos bolsos de seu casaco cinco tamanhos maiores que ela.

(Era uma das roupas de Elena. Eu teria tachado Elena como a última pessoa a perceber que alguém estivesse com frio, mas nunca se sabe.)

O caixão estava amarrado onde o havíamos deixado, e nós o arrastamos até as árvores para protegê-lo da chuva e do vento, e Ayar começou a cavar a cova.

"Eu quero bem funda", disse Boss. "Sabe Deus o que as pessoas fazem por aqui quando estão desesperadas. Não quero que seja fácil de ser encontrado."

Ayar e eu nos entreolhamos, imaginando que tipo de gente ela esperava. Finalmente Ayar disse: "Pode deixar, Boss".

Ele cavou a cova inteira sozinho, claro – era capaz de cavar cem covas sem se cansar. Fiquei ali para buscar água e trazer lamparinas para aquecer um pouco e para contar piadas, só para mantê-lo trabalhando.

Ainda assim, levou até o anoitecer e, quando havia terminado e saído da cova, disse: "Não consigo cobri-lo hoje à noite".

"Vou avisar a Boss", eu disse.

Acabou que não foi preciso (Boss sabe com quem está lidando). Quando a encontrei e lhe disse que a cova estava aberta, ela pegou uma lamparina e saiu antes que eu pudesse lhe dizer qualquer coisa, mas assim que alcançou Ayar ela disse: "Deixe como está. Obrigado, Ayar, pelo seu trabalho. Nós o enterraremos de manhã".

Era inverno, então o caixão permaneceu do lado de fora. Boss agiu como se isso pouco importasse e ficou em seu trailer, com as luzes acesas e barulhos de afiar ferramentas até que todos houvessem dormido.

Então ela abriu a porta e procurou por mim.

Quando me viu, corri até ela (velho hábito), e ela pegou meu braço e ajoelhou-se para ficarmos olhos nos olhos. Eu ainda era um menino e odiava ser lembrado do meu tamanho, mas ela apenas pegou meus ombros como se fosse a rainha e eu o cavaleiro andante, e percebi o que realmente aconteceu – ela havia se abaixado até mim.

"Fique de olho nele", ela disse, com o rosto apertado e azulado pelo luar. "Não quero que ele fique sozinho em sua última noite. Já é ruim o suficiente ter ficado trancado por tanto tempo."

Era inverno, quis dizer. Eu poderia congelar. Ele já está morto, quis dizer, não sei que diferença faz.

Eu assenti.

"Bom", ela disse, com a pior tentativa de um sorriso que já havia visto partir dela. Depois pigarreou e entrou, e deu corda no radinho que Jonah achou para ela em uma pilha de sucata, várias cidades atrás. Os estalos da transmissão atravessaram o acampamento; uma estação do governo, ao que parecia, pelos relatos de acidentes.

Eu me sentei em uma das caçambas, aninhado entre dois rolos de lona. Podia ver o caixão de onde estava, e pelo menos na lona não morreria congelado durante a noite.

Por um tempo cochilei, em meio aos confortáveis cheiros de cera, carvalho e cerveja velha.

Em algum momento acordei. O acampamento estava em silêncio, exceto pelos estalidos do rádio. E durante algum tempo olhei para os morros que durante o dia eram a cidade e agora se pareciam com uma fera roncando. Engraçado como as coisas mudam de acordo com a luz.

Mais tarde, quando estava totalmente escuro, exceto pela lua, Elena foi até o caixão.

Eu pensei em afugentá-la (o que uma vadia azeda como ela se importa com algo?), mas ela havia dado a Ying seu casaco para espantar o frio. Deixei-a em paz.

Eu a observei por muito tempo enquanto ela ficou de pé ao lado da caixa de madeira. Seu casaco esfarrapado caía de seus ombros magros; quando o vento soprava, o casaco batia-se contra ela, mostrando pedaços brancos manchados no forro, de tanto correr para a tenda durante o inverno com o casaco enrolado em suas pernas maquiadas com pó.

Não conseguia ver seu rosto, então não sabia se ela estava chorando, rezando ou cuspindo na cova.

Não. Essa última ideia não era justa, soube assim que pensei nela. De todos eles, Elena não faria isso com Alec. Elena foi quem quase o apanhou.

Ela curvou-se para o caixão; sua cabeça era uma silhueta quente contra a montanha de terra negra que Ayar havia cavado. Por um momento seus lábios se moveram – estava rezando, então, afinal.

Por fim ela beijou a madeira áspera, como se o velasse, como se ela fosse o príncipe em um conto de fadas.

Então ela se levantou e se virou, com os pés esmagando suavemente o gelo durante todo o trajeto até o trailer onde as mulheres moravam. Não olhou em volta e nem me viu.

Fiquei sentado o resto da noite toda, bem acordado, sem saber por quê.

~ 31 ~

Isto foi o que Elena disse a Alec, antes de pressionar seus lábios contra o caixão para desejar-lhe boa viagem:
"Covarde."

~ 32 ~

De acordo com Elena, as trapezistas são assexuadas.

Dizem que é por causa dos ossos. Quando você é costurado de volta, algo não fica muito bem. Algumas partes não funcionam como deveriam. As garotas ficam leves e fortes, e completamente desprovidas do tipo de coisa que um homem gosta.

Os aldeões não sabem, claro. Isso é para a equipe e os malabaristas, que entram e saem de suas vidas; até quando os piores deles estão bêbados como um gambá, as trapezistas ainda recebem o tipo de tratamento que os homens dão a menininhas ou velhas.

Não é verdade, claro – Alto, que está dormindo com Nayah, e Altíssimo, que está dormindo com Mina, conhecem a diferença, mas ficam quietos; eles podem adivinhar o que Elena faria se eles falassem fora de hora.

Elena gosta da mentira. Sabe que em épocas como essa uma líder deve proteger a sua trupe, e ela faz o que pode com o que tem. Não dá para confiar que ninguém seja esperto ou gentil; você pode confiar que quase todos sejam ingênuos e medrosos.

(Quase. Elena pensa diferente sobre Bird. Aquele olho de vidro não engana ninguém.)

A primeira vez que Elena vê Stenos, ela pensa (para sua surpresa): *Ele é para mim.*

Sabe Deus por que – ela sempre preferiu homens bonitos –, mas quando ele diz "Era o circo ou a prisão para mim", ela não lhe diz para ir para a cadeia, como deveria.

Em vez disso ela o ignora como se ele não estivesse ali.

"Você deve ser Elena", ele diz.

Ela tenta não sorrir. Boss contou a ele, então. Boss tenta qualquer truque sujo só para irritá-la. Elena sabe que é melhor não morder a isca; não vale a pena. Se ele não tem os ossos, desaparecerá antes que ela se preocupe em se lembrar do nome dele.

Ainda assim, ela o observa sair. A caminho de onde quer que forasteiros durmam, ele passa pela mulher estranha; eles se entreolham e dão um largo passo afastando-se um do outro como dois cachorros se enfrentando. Então a mulher estranha continua a andar até a tenda, e, após observá-la por um tempo, ele dá de ombros e se vira, os vincos de seu rosto visíveis por um instante, enquanto desaparece em meio ao labirinto de caminhões.

Elena aprende o nome dele.

Ela espera até que ele consiga seus novos ossos.

Por quinze cidades ela trava o trapézio no lugar, assiste às meninas voando para lá e para cá e fica de olho no trailer em que Boss os molda em sobreviventes. Por quinze cidades ela espera, por nada. Stenos carrega lona e lenha e retira copos de cerveja dos barris de lavagem para o cozinheiro Joe secar, e é tão comum que a deixa doente.

"Ele não *quer* nada?", ela pergunta uma noite enquanto andam de volta da fogueira, como se fosse engraçado e não importasse a resposta.

"Comida e um lugar para dormir", diz Nayah, "é tudo o que ele pede." Ela sabe através de Alto; provavelmente é verdade.

"Que pena que é só isso que queira", diz Penna piscando para Ying, que é esperta o suficiente para estar interessada em tirar sua maquiagem e enterrar o rosto em uma toalha.

Elena olha para Penna, que conseguiu permanecer burra por todos esses anos, e diz: "É proibido foder a equipe, Penna. Você é o quê, um animal?"

Penna enrubesce e desliza para dentro do trailer.

Elena se vê caminhando ao lado da estranha enquanto se aproximam do trailer. (A estranha tem nome, mas Elena nunca o usou. A mulher responde a qualquer coisa – "Ei", "Você aí", um estalar de dedos. Ela respondeu a qualquer coisa por tanto tempo que Elena já ultrapassou o menosprezo e começou a ficar impressionada.)

A mulher diz: "Ele quer as asas".

Elena para de andar: "Mentirosa".

A mulher dá de ombros, e Elena percebe de supetão que julgou mal a estranha, pensando que ela fora maltratada e aprisionada às barras do trapézio.

Ela é dócil só porque não se importa, porque não tem intenção de ficar onde a colocaram.

Ela está atrás das asas.

Elena quer dizer alguma coisa, mas sua garganta está seca.

A mulher por fim fecha a porta do trailer. Lá de dentro saem barulhos das meninas rindo e pedindo silêncio e dos beliches rangendo enquanto se deitam.

Bem depois de as luzes terem se apagado, Elena está do lado de fora, tremendo.

Quando ela bate na porta do trailer de Boss, esta abre imediatamente. (Boss não dorme muito.)

"Você não faria", Elena acusa. "Você não faria isso. Não depois do que aconteceu a ele."

Boss entende rapidamente. "Elas não são do Alec. São minhas. Eu as fiz. Eu as darei a quem eu quiser, e se você ousar me questionar novamente arranco seus ossos e faço uma coroa para minha cabeça."

"Quem vai ganhar as asas? Ele ou ela?" As lágrimas são dois riscos quentes no rosto de Elena; ela bate os punhos em suas coxas.

"Eu ainda não decidi", Boss diz por fim. Sua voz está mais gentil agora, o que é pior, Elena sabe. "Algo me fará decidir."

Elena se sente menor, fraca, como se Boss a estivesse pressionando do outro lado do recinto; ela tropeça para fora do trailer sem se despedir e cambaleia de volta para o trailer verde onde uma louca a espera.

Stenos está voltando da tenda (estava treinando? Está se preparando para ser um deles? Ó, Deus, as asas), ergue os olhos e a vê.

Ele sorri.

"Perdida?", ele diz, e seus olhos são como dois insetos escuros.

Ela vira-se para o trailer sem dizer uma palavra e fecha o trinco como se pudesse trancar do lado de fora o que sabe que está por vir.

No escuro, ela escuta a louca respirando e pensa: *Sua tola, sua tola, você não sabe?*

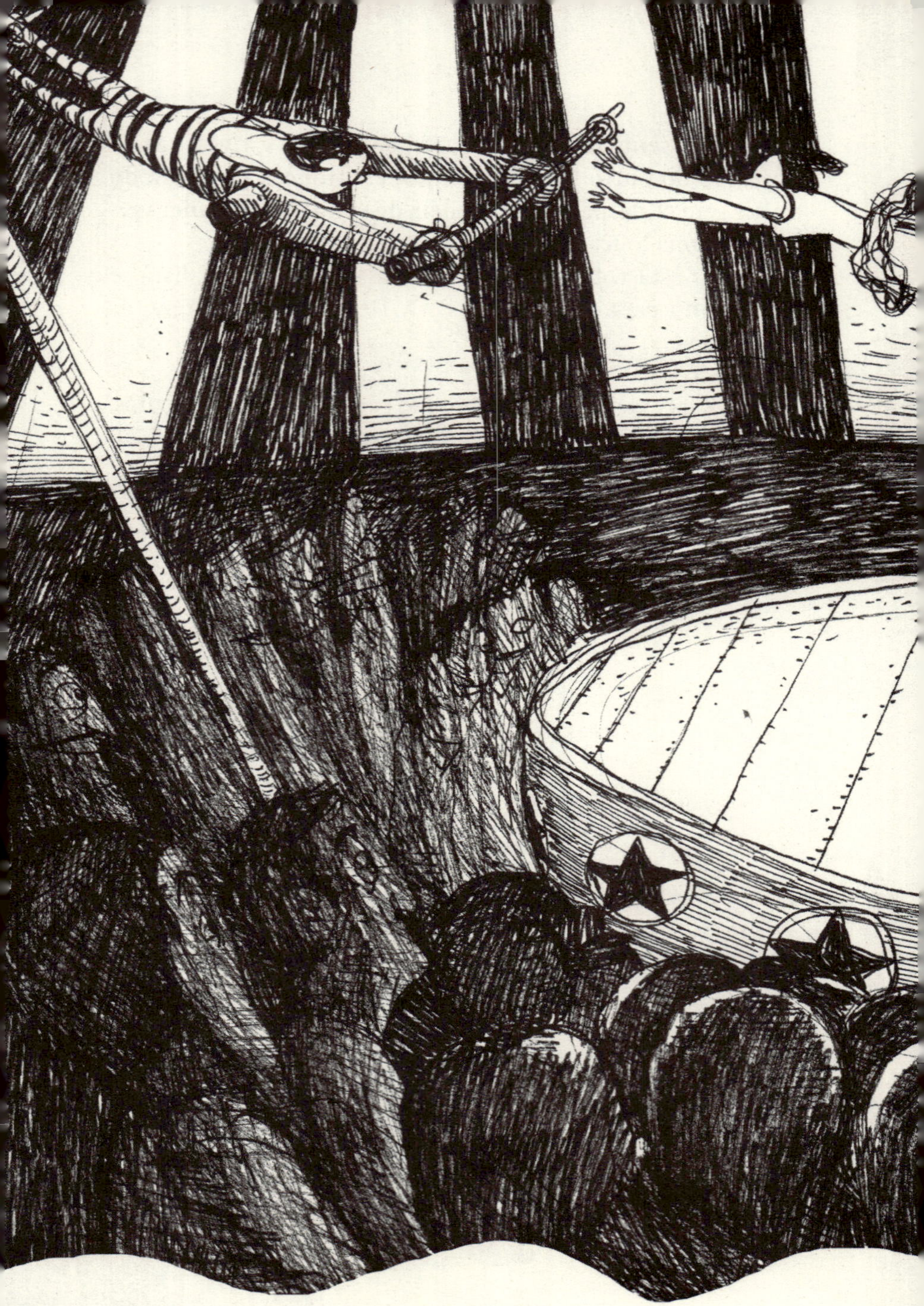

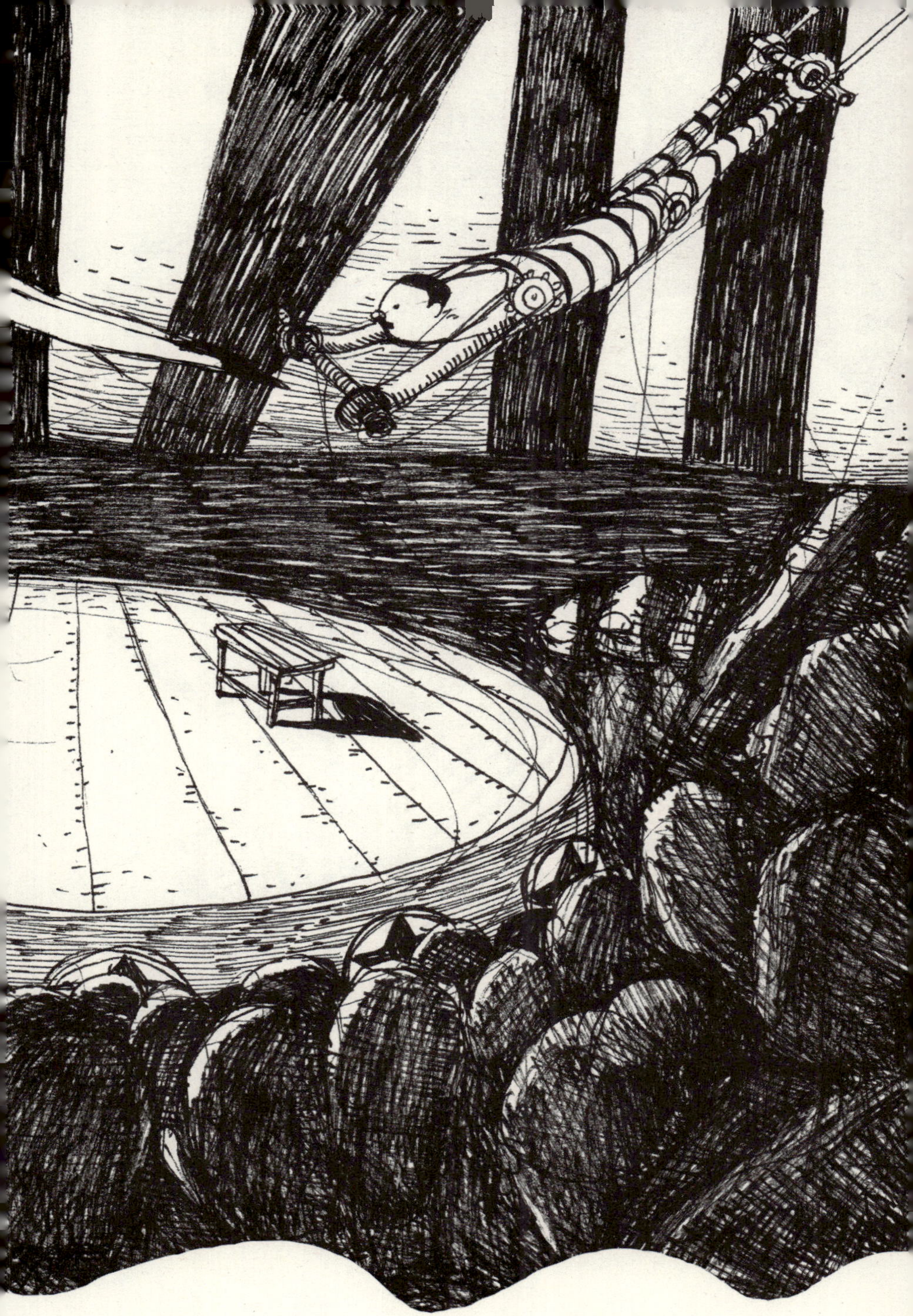

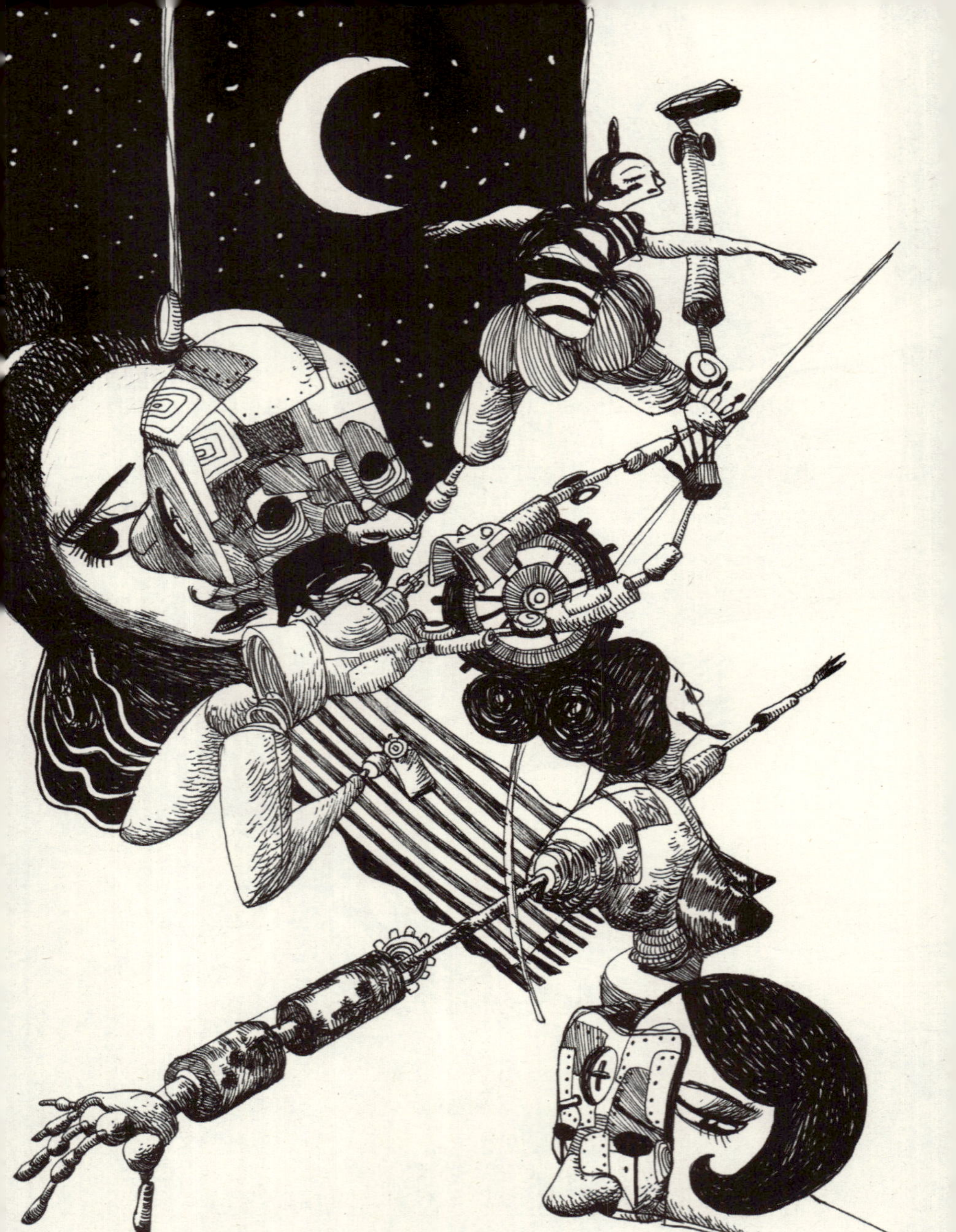

~ 33 ~

A cidade onde eles enterraram Alec havia, por muito tempo, se saído melhor que a maioria. Não era importante o suficiente para ser bombardeada no começo, e depois a longa linhagem de governos se hospedou nela enquanto viajava, em vez de passar por cima dela. Teve uma série de nomes que tinham tão pouco significado quanto os nomes que Boss dava a suas dançarinas: New Umbra, Zenith, Praxiteles, Johnsonia (somente por um ano – ele foi rapidamente deposto), Haven.

O pessoal do Tresaulti não sabe os nomes desta ou de qualquer outra cidade. Boss não recomenda. "Nosso circuito é amplo demais", ela diz. "Pode ser que não voltemos a uma mesma cidade durante a sua vida."

A equipe zomba.

Aqueles com ossos de cobre ficam muito quietos.

Eles enterraram Alec nos arredores da cidade em que Boss o encontrou, a cidade que ele deixou para trás assim que ouviu a voz de Boss.

Boss nunca teria voltado. Ela a deixaria em paz até o mundo virar cinzas, mas ele morreu, e ela não sabia onde mais enterrá-lo. Alguma cova sem marcação ao lado da estrada não era para ele. Para ele, mausoléus foram feitos; para ele, anjos de pedra foram esculpidos.

(Ela tentou esculpir o que pôde para ele, sempre. Não se furtaria agora só porque ele estava morto.)

A cidade estava em ruínas, mas ainda era a mesma. Ainda bem que aqueles com ossos não disseram nada, e os outros estavam cansados demais da viagem de dois dias para olhar em volta e reconhecer qualquer coisa.

Boss ficou preocupada quando Little George olhou para a cidade e franziu o cenho, esfregando a nuca e olhando para o horizonte como um cão à escuta.

"Venha", ela disse, e como um cão à escuta, ele foi. "Descansem aqui", ela disse a todos, e em seguida, "exceto Ayar e Little George."

Ayar cavaria a cova; George teria algo para fazer além de imaginar coisas.

Ela não tem coragem de modificar George. Ela tem a intenção; ele quer tanto ser um saltador que ela consegue ouvi-lo sonhar. Algum dia ela o fará. Ele ainda é jovem. Pode ficar um pouquinho mais velho antes de consertá-lo.

(Ele não está quebrado. Ela não sabe o que fazer.)

Mas quando ela pensa em mudá-lo – quando pega em seu ombro para colocá-lo na posição certa de uma tarefa, e ele sai rindo e tirando a mão dela de cima dele – sua mão fica gelada.

Antes de Alec cair, ela já o teria feito. Antes de Alec cair, ela pensava que isso era a coisa mais bondosa que pudesse fazer por alguém.

E é. É a coisa mais bondosa.

Mas ela manda George para cavar a cova, longe das sombras da cidade, para que ele não tenha tempo de pensar em onde estão ou quanto tempo se passara desde a última vez que estiveram ali.

Uma vez, ela olha para trás, para o centro do acampamento, e vê Elena a observando com seus olhos diretos e inclementes à luz turva do inverno.

Boss olha para Elena até que ela desvie o olhar.

"Ying", Elena diz rispidamente, "você pode morrer congelada, mas o restante de nós é útil o bastante para fazer falta. Pegue alguma lenha, ou jogue-se na fogueira para termos o que queimar."

Aquilo não contém o veneno que costumava (agora Ying tem os ossos e corre tanto risco de se partir ou congelar quanto qualquer uma das outras), mas é confortante para algumas pessoas ouvir histórias de ninar novamente, acha Boss.

(Ying era jovem demais, Boss pensa e para.)

Enquanto Ayar cava, Boss observa as ruínas.

Ela não se impressiona muito com cidades nos dias de hoje. As cidades antigas duravam mil anos. A de Alec ruiu em cem, só por causa de algumas bombas. Ele teria vergonha também, ela pensa, se tivesse vivido. Ele compreendia a fraqueza, mas gostava de coisas que fossem resistentes e fortes. Ele gostava de Ayar, de cidades, de Elena e do vento.

Boss percebe que os prédios altos haviam caído primeiro; suas vigas de ferro haviam se sobrecarregado e envergado, e suas torres desabaram sobre os tetos baixos, trazendo a cidade inteira ao chão.

É isso que acontece, ela pensa, quando ninguém se importa com os ossos de alguma coisa.

~ 34 ~

A maior parte dos homens do governo não é um acidente. Frequentemente, há um soldado a postos que calha de estar de pé após todo o resto ter caído; há um jovem rico que foi posto em seu lugar por aqueles que têm planos para ele; há um burocrata que consegue se manter longe do ninho de cobras por bastante tempo até ficar confuso e grisalho e tornar-se ministro de alguma coisa sem fazer muito esforço. Mas a maior parte dos homens do governo anseia por isso, a maior parte dos homens do governo faz planos; a maior parte dos homens do governo nasce, não é feita.

Quando um jovem garoto em especial vai ao circo e se esquece de aplaudir os acrobatas ou o homem forte por estar se perguntando se eles poderiam lhe ser úteis, ele é um homem do governo.

(Enquanto os observa, pensa em uma milícia ágil; um jeito de preparar os presos antes de colocá-los para trabalhar; um corpo para si próprio. Homens do governo nunca são jovens demais para se preocuparem com a morte antes de seu trabalho ser concluído.)

Mais tarde, sua mãe lhe perguntará por que ele não gostou do circo. Ele dirá que gostou, mentindo. Ela acreditará nele; é um excelente mentiroso.

Mais tarde, após a batalha, ele se deitará em meio aos destroços de um prédio bombardeado, olhando para o céu e aguardando o resgate, e pensará em como poderia saltar por sobre as paredes se tivesse um esqueleto de molas.

Mais tarde, ele se esquece do circo. A guerra engole tudo em intervalos regulares e faz o mundo começar novamente do zero; até um jovem inteligente precisa prestar atenção se quiser se arrastar pelos escombros e manter a cabeça até o próximo governo.

(Há maneiras de se fazer isso. Ele encontra todas elas.)

Mais tarde, ele ressurgirá. Espremerá paz das cinzas de pequenas batalhas e fará alianças com aqueles que não pode derrotar.

Ele ressuscita fábricas sempre que pode dispensar os homens para vigiá-las. Ele cerca terrenos para os prisioneiros capinarem. Ele recolhe livros e partes chamuscadas de livros em sua capital; acha que algum dia haveria mérito em uma escola. Ele rouba gasolina suficiente para viajar e, aonde quer que vá, rejeita as ruínas para fazer uso delas como puder. Ele escuta, planeja, trabalha aos poucos para fazer um mundo à sua imagem.

As pessoas deixam-no construí-lo. É tirania, elas sabem, mas é a mesma coisa que elas fariam, se pudessem.

Ele retorna ao circo.

Ele assiste sem ver; faz planos. O circo acontece em torno dele, sem ele. Se você perguntasse como eram os rostos deles, ele não saberia.

(O garotinho no circo não notou a música de Panadrome, as lanternas rosadas, as fantasias brilhosas. Homens do governo não se deixam levar por qualquer espetáculo que não o deles próprio.)

Um homem e uma mulher entram no picadeiro. Ela só tem um olho; ele a ergue no ar com uma das mãos. Ela agarra os pulsos dele e luta com ele, encostando sua cabeça às traseiras de seus joelhos, envolvendo-o em suas pernas como uma doença.

Uma vez, ela fixa o olhar no homem do governo. O de vidro é desconcertante; o de verdade queima.

Ele não se lembra disso. Essa coisa não estava aqui antes.

Sem saber por quê, ele recosta-se em seu assento como se a tenda mergulhasse na escuridão e não conseguisse se lembrar do caminho da saída; como se alguém segurasse um espelho contra ele.

(Aqueles que têm grandes desejos nascem, não são feitos.)

~ 35 ~

Na noite em que a estranha cai, Elena finalmente profere um nome apropriado – "Pobre pássaro", ela diz, e eles sentem um arrepio, sabendo ter ouvido o nome verdadeiro de Bird pela primeira vez.

Ying vai primeiro, gritando (Ying sempre se preocupou), e as outras escorregam para baixo, uma a uma. Nenhuma delas olha para Elena, exceto Fátima, que desce logo antes de Elena e olha para ela a cada metro para baixo da plataforma, como se esperasse pelo choque e pela queda.

Elena vai até a caçamba de um caminhão para se alongar, sozinha; a última coisa de que precisa é um monte de perguntas idiotas, além de tudo.

Ela está andando de volta pelo acampamento quando Stenos sai da oficina de Boss.

Sua camisa está preta de sangue, seu rosto borrado e coagulado de vermelho como se houvesse mordido uma carcaça.

Algo dentro de Elena se revira, sombrio e destruidor; ele tem os ossos, ela pensa. Ele é um de nós, finalmente.

O desejo a atinge tão repentinamente que ela se recolhe, espremendo-se enquanto ele passa, no caso de ele perceber.

Mas ele não olha para ela – seus olhos estão vazios e vitrificados (ela se sente doente e louca), e passa por ela sem parar. O sangue escorre de seus braços como maquiagem cenográfica.

Ela sabe de quem é o sangue. Sabe o que aconteceu aos seus ossos de cobre e à pele frágil.

Não sabe por que esse momento a aterroriza. Não é como se esta fosse a primeira noite pela qual tivesse que passar depois de alguém ter caído.

Até que enfim, ela pensa naquele inverno, ao ver Stenos vindo em sua direção. Com isso, vem o pensamento, *Ele não é um de nós*, mas é uma verdade que acaba engolida por seu desejo.

Eles não têm tempo – sentirão sua falta –, e ele arrasta seus beijos contra a boca aberta dela com tanta força que ela sente seus dentes.

Depois de todo esse tempo levantando Bird, ele é mais forte do que parece.

("Como você pôde fazer isso com ela?", ele sussurra em seu pescoço, pressionando-a contra a parede. "Como pôde fazer isso?"

Ela fecha os punhos no cabelo dele e se pergunta se está condenada a ser rodeada de tolos.)

Depois, ele se afasta dela e a observa com os olhos escuros, enquanto ela desliza a saia para baixo e puxa o cabelo para trás.

"Você tem pó na sua perna", ela diz.

Ele limpa as calças com as mãos até o branco desaparecer.

Quando ele diz "Não conte a ninguém", ela espera um momento antes de sacudir os ombros e dizer "Claro", como se estivesse lhe fazendo um favor, como se fosse a privacidade dele que quisesse proteger.

(Ela é o quê, um animal?)

~ 36 ~

Achei que o homem do governo fosse sair ao final segurando Boss, dando ordens para prender a todos nós. Jonah também achava isso, tanto que ele e a equipe estavam silenciosamente carregando os caminhões, e ao final de cada número as dançarinas e os malabaristas eram levados até seus trailers para prepararem-se para a fuga. A essa altura a chuva já caía com força, e calculei quem estava a salvo pela quantidade de sombrinhas amarelas que havia flutuado da parte de trás da tenda para o pátio e voltado.

Ayar se opôs desde o momento em que Jonah o avisou, parado à porta traseira da tenda.

"O quê, então devemos fugir feito cachorros?" Ele pegou uma sombrinha de um membro da equipe e marchou pelo pátio lamacento debaixo de uma pequena poça amarela. "Não seja estúpido. Faremos como Boss mandar."

Jonah o acompanhou, passo a passo, apesar de Ayar ser mais que uma cabeça mais alto. "Ayar, precisamos pensar em nós mesmos."

"Nós mesmos sem Boss?", estourou Ayar. "Mais fácil falar do que fazer, Jonah."

Jonah hesitou, e Ayar tentou mais uma vez. "Ela disse que não há nada a temer. Pareceremos tolos se fugirmos."

"Só porque alguém diz que não há nada a temer não significa que não deva fugir", disse Jonah.

Isso fez Ayar parar, e por um segundo os dois ficaram no meio do pátio sob aquele cogumelo amarelo da sombrinha, com a chuva caindo ao redor deles como se fosse levá-los embora.

"Espero que esteja certo", disse Ayar, e entrou no trailer, onde eu sabia que iria colocar suas roupas normais e sair para salvar qualquer pessoa que conseguisse.

Jonah pareceu mais calmo após isso, embora mesmo de onde eu estivesse sentado as palavras de Ayar soassem pesarosas, como se estivesse convencido de que estariam mortos sem Boss. Parecia bobagem para mim; quem desafiaria Ayar e sobreviveria?

Pensei na coluna mecânica de Ayar. Será que Boss o fez imperfeito para que precisasse dela para consertá-lo? Será que pequenas panes aconteciam, não importava o que ela pretendesse fazer?

(Eu estava mais perto do que antes, por acaso; só porque eu estava acordando. Não estava mais perto de entender coisa alguma sobre o que Boss havia feito. Nunca dá para saber os motivos de outra pessoa. Você mal sabe os seus.)

Quando Bird e Stenos entraram na tenda, com uma única sombrinha pairando sobre eles (ele a carregava), eu não conseguia mais suportar. Deixei meu posto e deslizei pelo acampamento até o trailer no qual as trapezistas moravam.

Bati à porta. "Ying? Ying, está aí?"

Fátima abriu a porta e deu um passo para o lado. Pensei que fosse para me convidar para entrar, mas aí eu vi Elena e entendi que Fátima havia se mexido só para Elena poder olhar para mim.

"O que aconteceu?", ela perguntou.

Foi o menos grosseiro que ela já havia sido comigo, então devo ter conseguido parecer importante, apesar de mim mesmo.

Queria falar somente com Ying (dizer-lhe para esquecer a trupe e entrar no caminhão da cozinha com Joe e sair logo, seguir adiante, esconder-se e esperar por um novo governo que não a conhecesse), mas ao ver Elena eu disse: "O homem do governo está aqui. Boss está apresentando o show completo. Ele viu tudo".

Penna ficou sem fôlego. Nayah e Ying levantaram-se, como se houvesse algo a ser feito.

Elena disse: "Sentem-se e fiquem quietas".

Elas obedeceram.

Elena cruzou o trailer em cinco longos passos, e um instante depois ela e eu estávamos do lado de fora, na escadinha bamba que pairava acima do chão, coberta pela metade pelo teto. Cambaleei e tive certeza de que cairia a qualquer momento. Ela ficou com um pé sobre o outro, braços cruzados, olhando para o acampamento como se nem notasse a estreiteza da borda onde estávamos.

"O que Boss disse?"

"Que não havia nada a temer."

Seus lábios se estreitaram e, repentinamente corajoso, fiz uma suposição e perguntei a ela: "Este é o primeiro homem do governo que faz isso conosco?"

Ela me olhou com surpresa, como se eu fosse uma criança que acabasse de dominar a fala humana.

"Não", ela disse.

"O que aconteceu da outra vez?"

Elena apertou seus braços cruzados contra o peito até o metal ranger.

"Tenho que me aprontar", ela disse. "Algumas pessoas não podem dar-se ao luxo de correr por aí batendo em portas e preocupando as outras por nada."

"Então alguma coisa aconteceu", eu disse, mas ela já havia saído e a porta se fechado atrás dela. Lá dentro, ela gritava com as outras para empoarem as pernas direito ou unirem-se às dançarinas, que não se importavam se você estivesse desleixada.

Conheci o homem do governo no caminho de volta do trailer das trapezistas.

Ele e seu guarda-costas (que segurava uma sombrinha preta sobre a cabeça do senhor) estavam saindo pela entrada principal. Eu estava surpreso – ainda estávamos na metade –, mas aliviado por vê-lo sair para pensar naquilo.

"O senhor gostou do espetáculo?", apelei. "Está indo muito cedo! O senhor nem viu ainda os irmãos Grimaldi, e as trapezistas–"

"Sua mestra sempre procura os loucos?", perguntou o homem do governo, muito bruscamente. Seus passos eram cuidadosos sobre a lama, mas ele estava com pressa de ir embora.

De repente percebi que ele se referia a Bird. Ele havia visto Stenos e Bird; foi o número deles que o expulsou.

Atrevido e burro de alegria, eu disse de forma bem séria: "É o que acontece a algumas pessoas, senhor. Não dá para prever como a loucura cairá sobre você".

Ele me olhou de um jeito que daria orgulho a Elena, e em seguida se foi, descendo o morro até onde (eu vi porque o segui) o carro preto o aguardava.

Corri, escorregando, até a parte de trás da tenda, onde Stenos caminhava em direção ao acampamento, com Bird enrolada nele.

"Ele foi embora", eu disse, com alívio tão avassalador quanto meu pânico havia sido. Eu os abracei, e meus braços envolveram Bird e apenas tocaram Stenos. Bird aceitou meu abraço como uma estátua; após algum tempo, Stenos afagou meu ombro.

Eu me afastei e expliquei o que havia acontecido. Parei antes de contar a eles que fora a loucura de Bird que o havia afugentado. (Eu não era bobo; se ela não me matasse por dizer aquilo, ele me mataria.)

Bird disse, afinal: "Em quanto tempo você acha que ele volta?"

Pisquei. "Ele se foi", eu disse, como a uma criança.

Os dois olharam para mim com tanta pena que dei um passo para trás, pedi licença e fui até a entrada principal, onde poderia agradecer aos aldeões enquanto saíam, onde não poderia ver Bird nem se tentasse.

~ 37 ~

Você sai rapidamente quando os trapezistas já terminaram.

O que o prende ali? Após o último aplauso, a mágica já se acabou, a tenda se encolhe a seu redor até você ver as lâmpadas expostas novamente, a lona desgastada, os fragmentos de espelho brilhando como olhos de vidro afiados. Você deixa seu copo de cerveja no banco (ou o leva debaixo do casaco), reúne as pessoas com quem veio e passeia pelo pátio praticamente vazio a caminho de casa.

Agora o garoto das pernas de metal parece triste, dando adeus como se quisesse seguir você. Às vezes há algumas dançarinas balançando-se sem muito entusiasmo a uma música imaginária. Mas é mais provável que você esteja sozinho no escuro, e que suas sombras andem à sua frente como se estivessem ansiosas para irem embora, até você estar bem longe do circo.

Isso o enerva, e você não sabe por quê.

No momento em que chega em casa, está cansado, e no caminho passou pelos muros velhos ao redor de sua cidade, com o cheiro forte do capim-limão nascendo pelas rachaduras, e logo adiante sua casa está bem trancada, esperando por você – coisas que o fazem lembrar do mundo real, coisas que irritam, acolhem e afastam o desconforto crescente de um pátio escuro de circo.

Quando a porta se fecha atrás de você, pensa novamente em quão alegres os acrobatas pareciam, quão rápido os malabaristas jogavam as tochas para um lado e para o outro. Você fala das trapezistas – algumas delas, sob a maquiagem, pareciam até bonitas. Você brinca durante o jantar, jogando pães para um lado e para o outro da mesa.

Todos rirão e passarão os pães bem alto no ar, batendo palmas, até alguém começar a assoviar a melodia alegre do número do circo.

E então alguém (você) dirá "Parem, estou com fome, passem-me um pão", e a brincadeira de repente se acalmará, e a refeição começará novamente. A piada nunca dura após alguém relembrar a música.

É uma coisa ver um homem mecânico, mas Panadrome estraga a refeição de qualquer um, se você pensar nele tempo suficiente.

~ 38 ~

Panadrome foi um acidente.

Boss tinha sido uma cantora de ópera.
 Já havia uma guerra, claro; sempre houve guerra. Mas uma boa guerra era como um bom tempero, dava sabor a tudo. Naquela temporada, a venda de ingressos para a ópera havia crescido muito, quando o homem do governo disse que era uma das coisas que o inimigo bárbaro não respeitava. O seu povo também não a respeitava antes, mas é incrível do que um homem do governo é capaz.
 Os diretores da ópera fizeram daquela uma temporada sombria, exuberante, o tipo de coisa que causa profundo orgulho a uma nação em guerra; eles montaram *Três Jovens Soldados*, *O Feiticeiro*, *Rainha Tresaulta*, *Haynan e Bello*.
 Boss era contralto; ela fazia as enfermeiras, as bruxas, a cozinheira. A vez em que chegou mais perto da grandeza foi como a aia da Rainha Tresaulta.
 Annika Sorenson, a Rainha, cantava a ária final na ampla escadaria do cenário do palácio, descendo lentamente enquanto suas emoções cresciam, até chegar a hora em que a aia saía correndo de trás de uma grande pilastra e colocava uma faca nas mãos de sua rainha, para que ela pudesse se apunhalar e impedir os captores que queriam usá-la.
 A *Rainha Tresaulta* deles era uma produção poderosa; havia sido anunciada como a atuação da carreira de Annika Sorenson, e Boss estava além de contestá-la, por mais que todos detestassem Annika.
 Annika era o tipo de soprano visitante que exigia que o ar-condicionado fosse desligado nos camarins para preservar sua voz, como se ela nunca houvesse sido um membro do coro enfiando-se em um figurino em algum porão abafado.

(Ela nunca havia sido; uma voz como a dela nunca fora parte do coro.)

O maestro, um senhor robusto começando a envelhecer, deu para beber após os ensaios. Algumas semanas antes da estreia, Boss havia se deparado com ele na sala de adereços antes do ensaio, tomando goles de uma garrafa. Quando ele a viu, deu um sorriso meio desafiador, meio encabulado.

"Vinícola de minha família. Começo da primavera, tinto. Envelhecido apenas dois anos." Ele suspirou. "Eu deveria ter ficado lá. Não consigo fazer música que ninguém aprecia até que uma guerra comece."

Ela pegou a garrafa e bebeu.

"Não é um bom ano", ele desculpou-se.

"Não diga", ela disse, e ele riu.

Naquela noite, Annika Sorenson estava espetacular.

Ela superou até o teste com o qual havia conseguido o contrato, superou a fita da apresentação que os diretores da ópera distribuíram para vários governos para convidá-los à Conferência. Naquela noite ela cantou como se apenas as notas a mantivessem de pé. Na última ária, a plateia inteira estava em transe, arrepiada, inclinando-se para frente para não perder uma nota sequer.

Sua voz ecoava pelos lustres, rolava pelo teto abobadado e saía pelas portas. Quando caiu em silêncio (depois de "por este salão de pedra eu vivi", quando a indecisa Tresaulta recupera a coragem de se matar e livrar seu reino da desgraça), o teatro inteiro ficou em silêncio, arrebatado.

O silêncio era tanto que o silvo chiado da bomba ficou audível por um momento antes de alcançá-los.

Só houve tempo para Annika levantar a cabeça e mandar um olhar irritado para Boss, como se ela houvesse colocado fogos de artifício no telhado para arruinar a noite de Annika.

E então ela os atingiu.

Há algumas coisas que Boss sabe.

Boss sabe que grandes eventos têm um espírito próprio. Homens do governo falam sobre isso quando fazem comícios em lugares lindos com seus soldados enfileirados, mas eles não acham que seja verdade. A grandeza raramente se revela para homens do governo.

Boss sabe que a razão por que algumas cidades desabam após o Circo Mecânico Tresaulti ter passado por elas é que a vida de uma cidade pisca e treme quando eles estão próximos. Então o Tresaulti parte, e a vida da cidade tenta acompanhá-lo, mas não consegue; até os prédios tropeçam e caem, ficam perdidos. Quando uma cidade não tem grandeza, sua vontade vai embora; então a cidade é nada mais que um labirinto de cascas feitas apenas de pedra, aço e – muito em breve – poeira.

Ela não sabe por que algumas cidades têm uma grandeza que as permite ficar de pé, enquanto outras desmoronam em menos de cem anos após o circo ter passado por lá. (Ela tenta salvar essas cidades quando pode, colocando o Tresaulti fora do alcance delas, como se o espírito da cidade não pudesse se ofender se não os vir. "Talvez não seja um bom público", ela diz. "Vamos acampar mais adiante."

Ninguém desconfia de outro motivo; àquela altura, cada um deles já se afastou de coisas bastantes vezes.)

Boss acordou dentro de um cilindro.

Ela não sabia o que havia acontecido (a bomba – ela sentiu dor ao se lembrar) ou onde estava (presa dentro da pilastra). Ela tentou sair. A pilastra se desmoronou e descascou sob suas mãos, e ela engasgou-se com o pó fino e amargo enquanto se arrastava para fora de sua prisão, como se saísse de um ovo.

Não havia espaço para ela ficar; as escadas haviam se despedaçado e o teto havia ruído. O prédio agora era nada além de um labirinto de madeira pintada e mármore, veludo roxo e cacos de vidro do lustre que gemia e balançava-se, fadado ao chão.

Ela chamou, distraidamente, por Annika. (Era apenas o choque falando; ela já havia visto as escadas destruídas.) O ar estava tão fechado que, a cada respiração, uma camada de pó revestia seus pulmões.

O pânico a atingiu e ela gritou por qualquer pessoa, passando por canos de metal e cadeiras e os braços inertes dos mortos.

(Mais do que os corpos, porém, mais do que o ar que já estava rareando, Boss tremeu porque a ária havia ficado inacabada; porque o grande momento havia morrido.)

Ela deslizou cuidadosamente pelos destroços, procurando algum lugar com um pouco de luz ou ar, algum lugar que indicasse que havia uma saída. Ela tentou cantarolar, por companhia, mas desistiu – gastava ar.

Ela encontrou o maestro ao engatinhar para fora do palco, esperando por um pouco de ar no fosso da orquestra entre os estilhaços de instrumentos. Ele havia sido perfeitamente separado de sua cabeça e mãos por uma viga derrubada; sua mão direita ainda segurava a batuta.

Distraidamente, Boss amarrou-as em sua saia e continuou a escalar.

Ela levou três dias para engatinhar até o topo dos escombros.

Quando emergiu, carregava quilos de detritos consigo; molas que havia pegado sem querer, engrenagens que caíram em suas mãos abertas, arames enrolados que se descolaram dos destroços enquanto escalava. Ela havia amarrado uma fileira de dez teclas de piano a seu cinto; ela as havia arrancado da parede da sacada.

A cúpula no topo do Teatro de Ópera havia explodido para o lado e se incorporado ao que restara do teto. Ela escalou para dentro da curva revestida de latão e recostou-se, tomando fôlegos irregulares. Quando seu pânico havia diminuído o suficiente para se mover, ela desamarrou suas saias e organizou a coleção a seus pés em uma pequena guarda de honra de pedaços de metal e partes de corpo. A cabeça do maestro repousava perto da mão esquerda dela, olhando pesarosamente para sua cidade, onde a guerra havia chegado.

De onde estava, curvada contra o metal frio, ela podia ver telhados em chamas pontilhando o céu. Às vezes o estrondo agudo de tiros flutuava das ruas, mas era raro. A luta aqui havia acabado. Agora era só uma questão de o novo governo triturar o antigo até este estar morto e enterrado, e começar novamente com a próxima cidade da fila. Os homens que queimavam a cidade nunca olhariam para cima e pensariam: Que prédio lindo era este, com cúpula de metal e música; eles nunca olhariam para cima e pensariam: *Que pena.*

"Por este salão de pedra eu vivi", ela cantou suavemente. Seus pulmões, esticando-se com as notas, pareciam seus novamente, após tantos dias de esforço. Ela terminou a ária, uma oitava e meia abaixo da versão de Annika, tão calmamente que apenas as paredes da cúpula capturaram o som. Elas devolviam as notas para ela, metálicas, porém verdadeiras.

Ela depositou a cabeça do maestro em seu colo e alisou seu cabelo. "A música era linda", disse. "Meus cumprimentos."

Observou o céu ir de preto a cinza; lentamente o fogo ia se apagando, os tiroteios se acalmavam e finalmente era aquela longa hora entre a noite e o amanhecer, e ela estava sozinha no mundo.

Ela construiu Panadrome antes mesmo de descer do teto do teatro de ópera.

Não havia sinal de que ela havia adquirido um novo poder. Havia apenas o conhecimento da minhoca: se você empurrar o bastante, o defunto abre caminho. Ela sabia apenas que, se você puxar a chapa de latão com a barra retorcida, ela virará um barril em suas mãos e você pode amarrá-lo com força; que se você encontrar um lugar para cada engrenagem e bobina, para cada tecla de piano, você pode construir um lar.

(Ela não sabia, ainda, como fazer nada disso da maneira correta – as primeiras mãos de Panadrome definharam e tiveram de ser substituídas com mãos confeccionadas de prata – mas se ela não tivesse tentado por cansaço ou solidão ou medo, nunca tentaria.)

Ela o amarrou às suas costas para a descida da pilha de destroços que havia sido o teatro de ópera. Demorou mais do que deveria – parava, vez ou outra, para pegar arames e articulações e as traseiras planas das cadeiras do teatro, que eram úteis quando se raspava o queimado.

Quando chegou ao chão, montou o que restava. Ela refugiava-se no que restou das paredes externas que haviam sido arrancadas, e ninguém com uma arma olha em volta por tempo suficiente para vê-la, trabalhando silenciosamente no túmulo do teatro.

Ao fim, passou as mãos sobre o que havia feito, e Panadrome chacoalhou-se para a vida. Ele piscou e mexeu os dedos. Hesitantemente, ele tocou as teclas de piano que estavam ao longo de seu lado direito feito costelas. Ela observou o horror, a alegria, a resignação e o desespero passarem pelo rosto dele.

Após um longo silêncio, ele disse: "Madame, o piano não está afinado".

"Eu posso consertar isso", ela disse, e pôs-se a trabalhar.

(Os mortos abrem caminho perante a minhoca.)

~ 39 ~

Estas são as músicas que Panadrome toca:

Para os malabaristas ele toca uma marcha em quatro por quatro, tão rápida que ele mal consegue acompanhar as notas. Ele muda de música toda vez que mudam os malabaristas; isso lhe dá a oportunidade de compor algo novo, e os malabaristas nem notam.

Para as dançarinas, é uma música em tom menor, balançante. A melodia serpenteia lentamente pela tenda e, na noite certa, faz todos os presentes ali acharem que elas são melhores do que de fato são.

O homem forte ganha "O Rei Entra no Salão", de *Haynan e Bello*. A música é adequada para Ayar, e o próprio Panadrome gosta desta. Já faz tanto tempo que ele a toca que deveria odiá-la, mas como poderia? Esse é o tipo de música que ele nasceu para tocar, e é mais fácil fazer a música soar do jeito que você quer quando se toca todos os instrumentos.

Para Bird e Stenos, Panadrome toca o que gosta; observá-los se encontrar e partir é um conforto que o remete aos cantores caindo em silêncio antes que a faca seja entregue a eles no último ato. De vez em quando ele tem vontade de tocar o tema de Tresaulta, mas toda vez que começa, a música vira outra coisa, e ele deixa as novas notas acontecerem e segue a melodia para onde o leva.

Algumas partes do passado não podem ser recuperadas, ele sabe. Melhor não invocar fantasmas.

Os saltadores não ganham música nenhuma, apenas alguns sons e escalas, em que ele desliza essa nota ou aquela outra para realçar a distância que estão pulando, a rapidez de suas cambalhotas, para acentuar a tensão enquanto eles se agacham e esperam.

As trapezistas apresentam-se ao som de uma complicada valsa, uma majestosa um-dois-três, um-dois-três, sincronizada à duração do pêndulo do balanço. ("Não vá tocar para nós aquelas repetições baratas que os outros horrorosos ganham", disse Elena.)

Ele toca do mesmo jeito todas as noites, sem pensar. Nunca precisa acertar o andamento dessa música; as meninas de Elena têm melhor treinamento que a maioria dos músicos. Elas não falham; as meninas de Elena não caem.

Quando Alec tinha asas e mergulhava do teto do outro lado do circo, Panadrome ficava em silêncio. As asas de Alec cantavam enquanto ele voava, cada pena era uma nota, e o acorde sempre arrancava suspiros e aplausos da plateia. Cada noite era triunfal.

Panadrome estava esquecido, e quando olhou para Boss do outro lado da tenda, o rosto dela estava virado para cima para ver seu amante descendo em espiral sobre a plateia admirada, cada vez mais próximo de alcançá-la. Ninguém pensou em olhar para Panadrome para saber por que ele estava olhando sua criadora.

Talvez seja apenas porque ela estivesse na estrada com ele por muito tempo, tanto tempo que só os dois sabiam quanto, tanto tempo que ela havia passado de tratá-lo como maestro para tratá-lo como irmão, para tratá-lo como uma de suas extremidades. Ele olhava para ela nesses momentos invisíveis porque estava acostumado a olhar para ela; porque, de todos eles, ela era a única coisa que realmente permanecia. Esse era seu motivo; isso era tudo.

Melhor não invocar fantasmas.

~ 40 ~

Após Little George dar a notícia sobre o homem do governo e sair tinindo, lançando olhares ressabiados sobre seus ombros, o acampamento parece mais calmo, como se o pior já houvesse passado. O som de Panadrome tocando para os saltadores é abafado pela lona e pelos aplausos.

A distância, Stenos ouve pequenos barulhos de sinos da carrocinha de comida sendo guardada. É um equívoco; eles terão que tirá-la novamente, se ficarem.

Stenos carrega Bird para um dos caminhões onde possam sentar-se a sós. Ela prefere ficar longe dos outros quando pode. Ele nunca parou de odiá-la, mas ainda é melhor ficar a sós com ela do que com o restante deles.

(A essa altura ele já a conhece suficientemente bem, e odiá-la é o mesmo que saber a altura dela; é uma verdade a respeito dela; ela apenas existe. Ele a releva.)

Eles sentam-se lado a lado na borda de uma caçamba de caminhão, com as costas pressionadas contra os caixotes de madeira que carregam as lâmpadas. Ela tem se sobrecarregado; ele vê três marcas de raiva em sua túnica onde o sangue vazou pelas cicatrizes de suas costelas, as manchas escuras no tecido pareciam buracos de bala.

(Quando a segura, ele sente a pele em relevo onde ela foi costurada, uma cadeia montanhosa deslizando sob seus dedos.)

Um dos homens da equipe passa por eles e lança para Stenos um olhar de desaprovação. Stenos o ignora. Ele era um deles, mas assim que Boss o colocou com Bird a equipe começou a virar as costas para ele, como se ele tivesse os ossos por associação.

(Boss não disse nada sobre os ossos, como se esperasse por uma provação dele. Ele espera que ela não demore muito a oferecer; espera que ela só esteja esperando até ele merecer as asas. Não há sentido em sofrer mais de uma vez.)

A chuva recobriu a terra e, enquanto ela olha para a tenda, ele observa a lua, uma fatia branca fora de seu alcance.

"O que você acha que o homem do governo fará conosco, quando nos tiver?"

Ele olha para ela. "Soldados, eu suponho", ele diz, quando o medo da pergunta dela se desvaneceu.

Ela assente. "Todos os que não tenham ossos terão sorte, então", ela diz. Seus pés estão enganchados na armação embaixo do caminhão, e suas pernas formam duas pálidas luas crescentes sob a escuridão.

Ele pensa na última cidade em que se escondeu antes do circo chegar e diz: "Ou seremos todos fuzilados".

"Dá na mesma", ela diz, e abaixa o olhar para ele. "Nenhum de nós tem o coração voltado para a guerra."

Nós, ela diz; aqueles com os ossos.

"Se é que você ainda tem coração", ele diz.

Ela sorri como se ele tivesse feito uma brincadeira; em seguida aperta os lábios.

Ele tem a sensação de que ela está sempre à beira de lhe dizer algo importante, mas ela se cala sempre que estão sozinhos. Nada do que ela disse até agora o preocupa; ninguém no circo liga a mínima para a guerra, isso é algo que Stenos sabe com certeza, então não entende aonde ela quer chegar.

"Vamos ver o que os homens do governo dirão quando eu tiver as asas", ele diz.

O rosto dela de repente fica sério, e o olho de vidro brilha. "Não receba os ossos antes de o homem do governo voltar para nos buscar."

Ela só está dizendo isso porque quer as asas. Ele não pode confiar em uma palavra, ele sabe.

Ainda assim, quando ela olha para ele, ele vê desejo, medo e desespero, mas não a vê ardilosa. Ele fecha os olhos por um instante.

"Preciso de um cigarro", ele diz.

"Fale com as dançarinas. Moonlight vende barato. Ela é justa."

"Você só quer que eu morra do fumo", ele diz.

Ela olha para ele, depois se levanta e sai. Ele a segue, um passo ou dois atrás dela.

É sempre estranho vê-la andar. Sua coluna é perfeitamente reta, a cabeça inclinada como um pássaro, mantendo a tenda à visão periférica de seu olho bom. Há uma pequena marca perto da parte inferior de suas costas também, onde ela rasgou a pele e sangrou.

(Ele pensa em quando a segurou em seus braços naquela primeira noite, como ele a embalou e sentiu a espinha fria pressionando-se contra suas mãos. Ele pensava que ela era frágil, mas não percebeu de imediato o quanto, que era metal contra a palma de sua mão.)

Ela é tão leve que não deixa pegadas na grama pisoteada.

À porta do vagão das mulheres, ela para com a mão na maçaneta e diz, sem olhar para ele: "Digo a Elena que você está esperando?"

É a primeira vez em que ela diz o nome de Elena para ele. Ele não sabe como ela sabia. Não há como Elena ter dito a ela. (O que mais Bird vê quando ninguém nota?)

"Não", ele orienta, e ouve o clique da porta se fechando antes de encostar-se ao vagão.

Ele ainda pode ouvi-la passando pelo trailer barulhento cheio de garotas, e o barulho da água que ele sabe que só as mãos dela fazem.

Conhecê-la o deixa apavorado.

Ele não vê saída nisso, até que um deles tenha as asas. Stenos sabe ser a melhor escolha – ele faria melhor figura andando à frente do desfile do que a pobre Bird de um olho só. Ele saberia como fazer o público amá-lo.

(Ele sente falta de aplausos.)

Ao olhar para Bird, contudo, ele se preocupa; ele se pergunta se ela hesitaria em arrancar as asas de seus ombros enquanto ele dormisse.

Dentro do vagão ela já entrou na cama e virou seu rosto para a parede.

Ela o corta por dentro só por respirar.

~ 41 ~

Estas são as coisas que Jonah teme:

Ele teme o homem do governo, que vai embora mais cedo sem explicação. "Bird o assustou", diz Little George, rindo demais, mas Jonah já teve alguma experiência com homens do governo. Sabe que são difíceis de assustar, porque eles próprios lutam muito pouco; Jonah sabe que o circo nunca se livrará dele.

Ele teme a chuva. Os outros a aceitam; seus ossos estão sob a pele, e a chuva é um medo que passa. Mas as engrenagens de Jonah estão expostas, e não precisaria de muito para que ele se enferrujasse de dentro para fora. Ele não sabe o que Boss faria se isso acontecesse; talvez ela o salvasse, ou talvez o mantivesse entre a vida e a morte, caso quisesse algo de Ayar.

(Ele teme Boss.)

Ele teme o frio. Faz com que os ossos deles fiquem quebradiços, e só porque eles podem ser consertados não significa que seja indolor entrar na faca de Boss. Jonah sabe disso mais do que ninguém; ela o deixou oco enquanto estava morto e, quando acordou, ele estava preso para sempre em uma roupa que não cabia e se rachava quando o vento de inverno soprava.

Ele já perdoou Ayar, em geral.

Ele teme por Ayar. Ayar é o tipo de homem que faz qualquer trabalho que colocam diante dele sem fazer perguntas, mas às vezes ele se apega a uma causa perdida, e toda vez isso o deixa arrasado, como se Ayar nunca tivesse o coração partido. (Jonah sabe disso com certeza; ele estava semiacordado durante a longa caminhada até o pátio do circo, com Ayar segurando Jonah em seus braços feito uma oferenda.) Se o homem do governo voltar para buscá-los, Jonah e Ayar podem ser separados.

(Isso é o que ele mais teme.)

E quando passa pelo acampamento, dizendo a este ou aquele homem da equipe para carregarem os caminhões, percebe que não sabe os nomes deles. Tentou aprender os nomes de todos, e discutiu com Elena que valia a pena conhecer a equipe e as dançarinas, mesmo que eles partissem um dia.

Mas agora ele está preocupado, e só pensa em salvar as meninas de Elena, os acrobatas, Ayar e Bird. Parou de se importar com qualquer um que vem e vai e que envelhece e morre. Tornou-se como Bárbaro ou Alto ou Elena, que nem se incomodam em olhar para alguém até que eles tenham os ossos.

Se algum dia houve uma razão para temer, tornar-se como Elena é uma delas.

~ 42 ~

Na noite em que o homem do governo chegou, assim que Jonah havia sinalizado que a tenda estava vazia e a equipe havia montado a primeira vigília, eu me destravei de meus moldes de metal e corri até o trailer de Boss.

Ela estava sentada à sua penteadeira. As últimas lâmpadas tremeluzentes que não haviam queimado colocavam-na sob uma luz enfraquecida, mas eu ainda conseguia perceber que ela estava pálida. A tatuagem de grifo destacava-se como tinta no papel, de tão branca que estava, e ela estava tão distraída que nem havia tirado sua fantasia. Ela olhava fixamente para o espelho, como se pudesse ver através dele.

Bati à parede (não podia fingir que ainda não havia entrado).

"Entre, George", ela disse sem se virar.

Dei mais uns passos em direção a ela e travei as mãos para trás, como um soldado.

"Alguns de nós querem guardar tudo e ir", eu disse. "Você devia fazer uma votação, ao menos, para ver quem é a favor de ficar e quem é a favor de ir."

Pelo espelho, os olhos dela viraram-se para os meus. Seu olhar me atingiu como um soco, e por um segundo eu me senti como Stenos quando Bird apontava aquele olho de vidro para ele.

"Vou supor que ninguém com os ossos queira ir embora", ela disse.

(Eu não sabia o que ela queria dizer, e estava muito irritado para analisar o que ela disse.)

"Jonah está assustado", eu disse. "Não sei dos outros ainda. Elena está com medo, com certeza. Bird não quer ir embora, mas...", fiz uma careta que demonstrava o que eu pensava a respeito da opinião de Bird.

Boss sorriu para o espelho. "Não estou surpresa que Bird não queira deixar suas asas para trás", ela disse. E, então, após um momento preso sob seu olhar fixo, ela pareceu ter chegado a uma decisão.

Ela apontou para o banquinho ao lado do dela. "Venha sentar-se."

Levantei uma caixa com os antigos anúncios do circo de cima do banquinho e me sentei. Esperei, nervoso e olhando ameaçadoramente para ela, com a impressão de que ela havia me mandado sentar para que eu tivesse que olhar para cima ao falar com ela.

(Agora acho que ela me pediu para sentar porque minhas pernas estavam tremendo do esforço de lutar contra aqueles joelhos falsos de metal a noite toda, e quis me oferecer um pouco de alívio antes de me avaliar.)

Finalmente ela desviou o olhar de seu reflexo para mim, e tinha aquela expressão que eu mais gostava nela, na qual estava planejando algo e precisaria de mim. Se havia tristeza ali (e deve ter havido), estava escuro demais, e eu era tolo demais para perceber.

"George", ela disse, "você já se decidiu sobre o circo?"

Eu pisquei. "Como assim?"

"É isso que você quer, para o resto da vida?"

"Nunca cogitei outra coisa", eu disse, orgulhoso de mim por ter uma resposta pronta. "Quero ser um saltador, se puder." Ou um trapezista, se Elena não tentasse me matar, pensei, mas não falei. Não queria que Boss risse de mim até eu sair do trailer.

"E se você não pudesse fazer um número? Você ainda ficaria?"

"Sim", eu disse, o que pareceu menos corajoso, mas era tão verdade quanto. Aonde mais eu iria? Unir-me a Valéria e ser confeiteiro em alguma cidade que escurecia ao pôr do sol, até a guerra começar novamente e eu ser baleado na rua?

Os olhos dela não me deixavam. Após um longo tempo, ela disse: "Eu nunca quis que você fosse como os outros. Acho que é por isso que esperei. Mas agora eu tenho algo que preciso lhe dar, se você aceitar".

Era a maior prova de confiança que já havia escutado da parte dela. Foi a primeira vez que pensei que ela se importava comigo. Eu estava impressionado, mal podia respirar.

(Eu devia saber que o homem do governo estava se aproximando.)

"Sim", eu disse.

Quando ela pegou a agulha e o pequeno pote de tinta, o grifo em seu braço inclinou-se para frente e encolheu-se novamente, tremendo, com as engrenagens de suas asas de metal piscando à luz fraca.

"Levante a manga."

Eu a rasguei, de tanto que tremia, mas levantei a manga até o ombro e estendi o braço em sua escrivaninha sem que ela mandasse.

"Espero que nunca precise dele", ela disse, e então começou a desenhar.

~ 43 ~

O domador de lobos conduziu a fera ao acampamento à frente dele, estalando seu chicote sobre a cabeça do bicho, dando ordens caso ele se desviasse do caminho reto. O som do chicote se propagava e ele estava a oitocentos metros de distância quando o circo começou a se reunir e observá-lo aproximar-se. Ele assoviava de forma estridente, deixando o chicote cantar. A fera encolhia-se com as orelhas para trás e movia-se mais rapidamente.

Quando chegou ao acampamento, havia quase duas dúzias de artistas fantasiados esperando por ele, e mais outra dúzia da equipe em cores monótonas. O domador de lobos estava contente; se o circo podia sustentar tantos, poderia sustentar mais dois.

"O animal é seu?"

A mulher que havia se pronunciado tinha o porte de uma torre de pedra e estava com seus dois tenentes – um com costelas de metal, o outro com uma corcunda de metal – ladeando-a. Então esse circo possuía uma ordem; outro bom sinal.

"Sim, senhora", ele disse, escolhendo suas próximas palavras com cuidado. Esse circo era mais refinado do que o fosso de intrigas que havia esperado, e as palavras podem fazer diferença. "Eu mesmo o capturei na floresta nos arredores da cidade. Eu o treinei sozinho, e ele obedece aos meus comandos, e só a eles. Junto!"

O lobo colocou as orelhas para trás e deslizou imediatamente para o lado dele, meio agachado, esperando seu próximo comando.

"O que ele faz?", ela perguntou.

"Ele pula, dança e conta até dez."

A mulher assentiu. Depois ela deu um meio sorriso. "E o chicote é só de fachada?"

Ele havia-os impressionado, então. Ele curvou-se e sorriu.

"Ah, não", ele disse. "A melhor forma de o animal aprender é na ponta do chicote."

Ela assentiu com a cabeça uma vez e o domador de lobos pensou que estivesse concordando com ele até ouvir o assovio, uma fração de segundo antes do chicote descer em seu rosto.

(Jonah empunhou o fio fino enrolado – Boss sabia que ele tinha a mão mais firme e a vantagem de ser ignorado quando estava ao lado de Ayar.

Elena admirava sua mira.)

O domador de lobos pensou por um instante que devia haver algum engano, mas quando limpou o sangue de sua testa, viu trinta rostos sérios virados para ele.

Em seguida Jonah atingiu-o novamente, logo abaixo do joelho, e ele caiu aos berros.

O domador de lobos cambaleou para longe do ataque do chicote, primeiro por choque, depois por dor e medo. Tropeçou e rolou morro abaixo, batendo-se contra as pedras e o chão duro, até prostrar-se engasgando na planície abaixo. Levantou-se tropegamente e correu até que o pavor o abandonasse, e depois atravessou o muro da cidade e voltou pelo caminho que havia vindo.

Ele deixou seu chicote para trás; o animal não o seguiu.

O lobo cinza viveu com o circo por quase um ano.

Ele pertencia basicamente a Jonah, andando alguns passos atrás dele quando Jonah cruzava o acampamento e assumindo posição de satélite quando Jonah estava descansando. Ele não entrava no trailer de Ayar e Jonah, mas dormia no chão logo abaixo das escadas.

Quando o lobo percebeu que nenhum mal lhe seria feito, tornou-se mais ousado e severo, esgueirando-se em torno dos caminhões, mostrando as presas a quem não gostasse.

Era Ayar de quem ele menos gostava; era Ayar quem tinha de trancá-lo à noite quando estavam se apresentando. Animais daquela qualidade eram escassos, e ele era muito tentador para deixá-lo desprotegido. Ayar era a única pessoa suficientemente forte para segurar o lobo rebelde, e suas garras pareciam não incomodá-lo, mesmo quando o lobo tirava-lhe o sangue.

Às vezes, como se sentisse falta de crueldade, o lobo seguia Elena. Ele durava um ou dois dias sob os gélidos olhares dela, para em seguida afastar-se, escondendo-se nas sombras por uma semana antes de reaparecer debaixo do trailer de Jonah.

Um dia, o lobo estava selvagem o suficiente para correr para a floresta próxima ao acampamento, caçando algo que só ele podia sentir. Uma semana depois, quando desarmavam a tenda, o lobo ainda não havia voltado.

"Chame-o, se quiser", Boss disse a Jonah. "Nós esperamos."

Naquela noite, Jonah ficou por uma hora à beira do acampamento olhando para a escuridão da floresta.

Voltou de mãos vazias.

Ayar franziu o cenho. "Ele não veio?"

Jonah disse: "Eu não chamei".

Jonah ainda pensa no lobo às vezes, quando vê Stenos.

Stenos também procura Elena quando sente falta de crueldade.

Jonah se pergunta se Stenos também sentirá fome demais para esperar; se ele desaparecerá na floresta escura alguma noite e nunca voltará.

~ 44 ~

A primeira cidade a que fomos, após deixarmos a cidade em que o homem do governo havia nos visto, tinha o nome esculpido de pedra sobre o muro (Phyrra). Possuía um magistrado, calçadas pavimentadas, e as únicas pessoas que portavam armas nas ruas eram a milícia da cidade.

Quando adentrei a cidade com meus cartazes, o magistrado me pediu que mantivéssemos nosso acampamento bem longe do jardim da cidade. As ruas estavam abarrotadas de crianças quando o desfile passou. Eu nunca havia visto nada parecido com aquilo; até as cidades pacíficas e as cidades que ainda resistiam não eram como essa.

"Isso é mágico", eu disse a Boss, pulando para dentro do caminhão enquanto saíamos da cidade, subindo a colina onde a equipe estava montando o acampamento.

Foi a primeira vez em que a havia visto desde que fez a tatuagem em mim. Viajei com as dançarinas em seu pequeno trailer; havíamos perdido uma delas na última cidade (a cidade precisava de um pedreiro), e pude dormir em uma cama de verdade.

Ela olhou para mim e deu um meio sorriso, parecendo mais velha do que jamais havia aparentado. Deve ter tido uma viagem difícil. "A maioria das cidades era, antes da guerra", ela disse.

O novo grifo em meu ombro doía. (O sangue ainda estava secando em cima dos olhos e das articulações. Boss havia tatuado meu grifo com pernas de metal para combinar com as asas, pernas que se pareciam com as minhas.)

"Quando foi isso?", perguntei. "Antes da guerra. Há quanto tempo foi isso?"

Foi a primeira vez em que havia lhe perguntado algo daquele tipo, e minha voz tremeu.

Ela olhou adiante. "Mais tempo do que você imagina."

Nós passamos sob a sombra de um carvalho, e nos momentos de sombra ela parecia ter centenas de anos, como uma estátua maltratada pela chuva e rachada aqui e ali por um inverno rigoroso.

Eu nunca a havia visto daquele jeito antes e me perguntei o porquê até perceber que era a tatuagem; finalmente vi que havia algo mágico aqui, mais sombrio e mais profundo do que eu imaginava, que a tatuagem era como colocar óculos em uma criança de visão deficiente.

Olhei para o morro do acampamento com o coração na boca e imaginei como tudo se pareceria, agora que eu enxergava.

O homem do governo chegou no dia seguinte, quando o sol se punha, e nós estávamos nos preparando para o espetáculo.

Seus três carros subiram a colina e entraram em nosso acampamento, como três cães pretos chegando para um banquete. Tive medo dele, de repente, de um jeito que eu não sabia que podia sentir. Como ele conseguiu nos encontrar, a menos que tenha nos seguido? Como pôde nos seguir sem que soubéssemos?

(O magistrado deve tê-lo avisado quando nos viu chegar. Um homem do governo protege o outro, e o magistrado havia trabalhado duro para a paz em sua cidade.)

Eu estava à beira do acampamento em um instante, observando os carros. Boss veio atrás de mim. Ela os viu aproximando-se e depois andou pelo acampamento, para que, quando os carros chegassem ao topo da colina, ela estivesse emoldurada pela tenda. (Hábitos de mestres de cerimônia; Boss acreditava em um bom espetáculo, não importava a situação.) Em seguida ela cruzou os braços e esperou.

O homem do governo trouxe consigo mais homens dessa vez – seis deles, com casacos que pareciam apertados sob os braços, onde um coldre ficaria.

Dei um passo em direção a Boss. "O que devemos fazer?"

"Você fará o que eu disser", disse Boss, suavemente, e fez sinal com o braço esquerdo para que eu voltasse. A tatuagem de grifo dela pareceu encolher-se enquanto os homens se aproximavam.

Ao nosso redor, os artistas estavam se reunindo.

"Minha senhora", disse o homem do governo quando estava perto o suficiente para não precisar gritar. Ele sorriu e inclinou sua cabeça, como se estivessem sozinhos e ele contente em vê-la. "Você foi embora tão rápido."

"Nós gostamos de fazer o maior número possível de cidades antes da geada", ela disse. "Os caminhões andam muito devagar no gelo."

O sorriso dele ficou mais largo. "Interessante. Eu adoraria ouvir mais sobre suas operações. Sempre me interesso por exemplos de ordem. Você se importaria de vir comigo? Fico sempre mais confortável com conversas longas quando estou seguro em casa."

Os dois homens mais próximos dela mudaram de posição e colocaram as mãos dentro de seus casacos.

Boss olhou para o homem do governo e para seus comparsas. Em seguida ela deu de ombros, como se ele a houvesse convidado para o último copo de cerveja, e olhou friamente para mim por sobre o ombro. "Estou indo com o Primeiro-Ministro discutir o circo. Voltarei logo."

Ela tirou a chave da oficina de seu pescoço e a entregou para mim, bem na frente dele, como se não valesse mais do que uma tampinha de garrafa.

Eu pensei, então hoje em dia são Primeiros-Ministros. Eu pensei: É mentira. Ninguém volta quando um homem do governo o leva embora para responder a algumas perguntas sobre o seu negócio.

"Sim, senhora", eu disse.

Tão logo eles viraram as costas, coloquei a corrente em volta do pescoço e escondi a chave longe da vista.

Boss moveu-se tranquilamente pelo acampamento ao lado do homem do governo. Ela andou lentamente, porém, como se o peso de seu corpo a arrastasse (foi a primeira vez que havia visto aquilo, mas era um bom truque para uma caipira), e quando ela chegou aos carros havia tanta gente que o Primeiro-Ministro franziu a testa para todos nós. Gentilmente, ele pegou o braço de Boss e a fez virá-la para encará-los.

"Para que eles não se preocupem", ele solicitou a ela.

Ela sorriu e olhou para nós. "Voltarei em um dia ou dois", ela disse. "O Primeiro-Ministro tem algumas perguntas sobre mecânica."

A voz dela tremeu na última palavra.

Ninguém disse nada. De onde eu estava podia ver Ying, com o rosto branco feito giz e as mãos fechadas em punhos trêmulos, uma de cada lado. Nada mais se mexia.

Então, do meio dos artistas embolados, Bird saltou para fora.

O salto foi tão alto e tão rápido que pensei que alguém a tivesse impulsionado, mas Stenos estava longe demais.

Ela abriu os braços e dobrou as pernas enquanto saltou, os joelhos pressionados contra seu peito e os pés enganchados como as garras de um gavião, e percebi que ela pousaria no pescoço do homem do governo com seus pés e arrancaria a cabeça dele – então nós teríamos de lutar e matar todos eles antes que pudessem pedir ajuda.

Ela permaneceu no ar por séculos. Alguém do nosso grupo começou a gritar.

E então veio o disparo.

Bird deu um grito e caiu; vi o sangue saindo de seu tornozelo direito onde a bala havia atingido. Ela caiu no chão e afastou-se de nós, com um braço estendido e os dedos curvados para dentro.

Vi Alec, de repente, naquele corpo amassado – tão nitidamente como se eu estivesse de volta à tenda todos aqueles anos atrás, ouvindo as últimas notas trêmulas de suas asas.

Mina gritou. O homem do governo bradou uma ordem, e seus homens avançaram sobre Bird, arrastando seu corpo inerte para um dos três carros escuros. Alguém do grupo gritou para que os homens parassem, e algumas pessoas da equipe se aproximaram – foram correspondidos com uma saraivada de tiros para o ar. O grupo ficou paralisado, mas o burburinho cresceu.

"Não esperem por mim", Boss disse em meio ao barulho – ela estava olhando diretamente para mim, meu braço ardeu – e em seguida ela estava sendo arrastada atrás do Primeiro-Ministro para o sedã preto que os aguardava.

Stenos já estava correndo atrás deles quando Ayar o segurou.

Ele ergueu e virou Stenos para trás em um só movimento, para que, quando os homens do governo se virassem, vissem apenas as costas de Ayar.

Os motores dos carros deram os roncos de partida.

"Nós já perdemos o bastante!", Ayar ralhava sobre as debatidas de Stenos. "O que você pode fazer?"

A cabeça escura de Boss estava em silhueta à janela do sedã preto, enquanto os três carros serpenteavam pela colina até a estrada principal, dirigindo-se ao leste até a capital.

O acampamento estava em choque, tão silencioso que eu ouvi a respiração ofegante de Elena enquanto os carros desapareciam colina abaixo.

Stenos ainda puxava Ayar mesmo depois de os carros terem sumido, chutando o peito de Ayar, empurrando seu rosto, mirando suas costelas – um homem possuído, tentando conseguir uma chance de escapar. O único barulho no acampamento paralisado era o rangido e o estrondo do esqueleto de Ayar conforme Stenos jogava-se contra ele.

Ayar não deveria estar preocupado em impedi-lo (Stenos era forte, mas Ayar era invencível), mas me lembro de Ayar segurando-o com todas as suas forças como se, assim que ele soltasse, Stenos fosse sair de seu alcance e voar atrás do carro para matar todos eles.

(Eu queria que ele o tivesse soltado.)

~ 45 ~

É por isto que Elena está respirando com dificuldade:
Ela e Bird chegam ao grupo que se reúne ao mesmo tempo. Boss ainda não se virou de volta para eles e falou – parece que tudo já está resolvido, que Boss já se foi.
Elena sabe o que acontece agora e treme.
Bird pergunta baixinho: "Eles vão matá-la?"
Elena já foi levada por um homem do governo antes (talvez Bird saiba – Bird escuta quando você espera que ela não esteja escutando), mas aquele era outro governo. O homem sentia-se burro por não saber como o truque era feito e, após Boss lhe mostrar, ele se livraria dela o mais rápido possível.
Esse homem, ela sabe, é de outro tipo. Ela olha para seu rosto impassível, com expectativa em seus olhos.
"Sim", Elena diz.
Elas observam enquanto o homem do governo vira Boss para encará-los e a encoraja a mentir a respeito de onde está indo, como se fosse voltar.
Bird diz sem olhar: "Você pode me lançar?"
Elena dá uma olhada para Bird, medindo-a. Não faz sentido continuar sem a mulher que pode lhe dar as asas, Elena pensa. Ou talvez Bird tenha mais experiência em matar pessoas. Algumas pessoas se descobrem muito boas em matar, depois que começam. Você faz coisas estranhas mundo afora antes de entrar para o Circo.
"Você morrerá também", Elena diz.
Bird nunca tira os olhos do homem do governo. Ela diz: "Tudo bem".
Elena não pensa mais nisso. Agacha-se e cruza os dedos para dar a Bird um lugar onde pisar.
A equipe sabe que algo está errado, e a onda de descontentamento distrai o homem do governo, que não sabe para onde

olhar. Elena mantém o olhar fixo para onde Bird vai voar e contrai os músculos em volta dos ossos de cobre; ela sente vagamente o peso sólido do pé de Bird na catapulta de suas mãos (equilíbrio perfeito), e então, em um único movimento, tão suave que ninguém percebe, Elena se desdobra, levanta e solta.

Bird voa dois metros acima das cabeças da aglomeração, braços como as asas de um falcão prestes a atacar, e Elena não ouve nada além do sangue martelando em seus ouvidos.

Não é medo que torna a respiração tão difícil. Ela só não está acostumada a levantar tanto peso, só isso. Elena não tem nada a temer. Não foi ela quem saltou.

(Ela abaixa as mãos, para que ninguém veja o que aconteceu.)

Quando o disparo acontece, Elena é a única que não se assusta com o barulho.

E então Mina está gritando, tiros estão sendo dados, Ying já gritou, e Elena tem de dar um passo a frente e segurar o braço de Ying para impedi-la de correr até Bird e ser arrastada também.

(O problema com pessoas de coração mole é que não se controlam em más circunstâncias. Ela não sabe por que Boss continua deixando-as entrar.)

Elena observa Bird sendo empurrada para dentro de um dos carros pretos e espera que Bird seja melhor em planejar vingança do que pareça, porque nesse momento Elena tem suas dúvidas.

(Não é verdade. Bird nasceu para planejar vingança. É por isso que Elena ofereceu ajuda a Bird. Elena não acredita em causas perdidas.)

Depois que o grupo começa a se dispersar, Elena fica no mesmo lugar, observando os carros como se Bird fosse voar por uma das janelas e causar estragos neles. Mesmo após os carros terem desaparecido, ela continua a observar o horizonte. É o mais próximo de benevolência que já teve com Bird, na esperança de que Bird mate todos eles.

Vagamente, ela ouve Stenos e Ayar se debatendo, mas não se vira para ver. Se Stenos estiver esperando salvar sua chance de conseguir as asas, tarde demais, e se ele estiver correndo atrás de sua parceira, não é o tipo de demonstração que Elena gostaria de ver.

Para que fazer papel de bobo por alguém que você deveria odiar?

(Este é o grande problema com pessoas de coração mole. Falta de controle.)

~ 46 ~

O primeiro homem do governo que pede a Boss para que o acompanhe chega setenta anos antes do segundo.

O primeiro vem para uma visita e, embora uma das dançarinas lhe mostre que sua mão de cobre é apenas uma luva, ele fica desconfiado. (Ele era um tolo, mas não tão burro quanto alguns.)

Ele exige que Boss vá com ele imediatamente à capital, do outro lado da colina. (Eles estão mais perto da capital do que jamais acampariam novamente; depois disso, Boss perde o gosto pelos negócios com a capital.)

"E traga alguém", ele diz, balançando um braço para indicar que todas suas aberrações eram iguais.

O acampamento é pequeno naquela época – talvez dez artistas se a dançarina não fugisse, e nada de equipe. Mesmo assim, Boss nem olha para trás quando dá a ordem.

"Elena", diz Boss.

No salão de audiências com janelas como barras de prisão (deve ter sido uma fábrica algum dia), ele pergunta a Boss como ela consegue. Boss explica educadamente que não faz ideia, que às vezes essas coisas simplesmente acontecem.

"Mostre-me", ele diz.

Elena olha para Boss com os olhos apertados, mas fica onde está, ao lado de Boss.

Boss passa a mão sobre Elena e a mata.

O corpo cai no chão. Alguém corre das sombras para ver se Elena está realmente morta (alguém mais esperto e menos medroso que seu mestre, cujo lábio superior está suando).

"É um truque", ele diz.

O homem toca o pescoço de Elena, segura seu pulso, põe a mão sobre sua boca aberta. Ele balança a cabeça.

Após um longo silêncio o homem do governo diz: "Traga-a de volta".

Boss passa a mão sobre Elena. Nada acontece.

O homem do governo está suando agora, enxugando as mãos nas calças. "Mas – você pode trazê-la de volta."

Boss dá de ombros. "Às vezes sim, às vezes não", ela diz, com ar de sofredora.

Mais duas vezes ela passa a mão sobre o corpo de Elena. Então dá um passo para trás e pigarreia.

"Lamento muito", ela diz, solenemente. "Não consigo reavivá-la."

O homem do governo se frustra com aquelas palavras e olha para o cadáver de Elena. (Ossos ocos são mais flexíveis do que ossos reais; estirado no concreto do edifício do capitólio, o corpo dela parece uma aranha achatada.)

Ele é um homem do governo por acidente, nomeado por ter sobrevivido mais tempo que seus colegas. Foi informado de que o circo é uma fonte de renda, se ele pudesse ao menos convencer a mulher de que o circo vale mais do que a vida dela para recusar. Ele é novo na guerra; ver alguém sem vida ainda é novidade o suficiente para assustar.

"Vá", ele engasga. Ele se sente enjoado. "Saia daqui."

"O corpo–"

"Eu o enterrarei", ele diz, como se fosse um pedido de desculpas.

"Você vai descartá-lo rapidamente?", pergunta Boss. "É minha religião."

O homem do governo afundou um pouco em direção ao chão por seus joelhos terem cedido; ele olha para ela e pisca.

Não há carro esperando por ela ao portão, portanto ela anda os seis quilômetros de volta até o acampamento. (Nunca mais ela deixa o circo chegar tão perto da capital; pessoas importantes não têm modos.)

Ela se prende a Elena o tanto que pode, pensa no nome dela a cada passo, para amarrar Elena a ela até que eles possam encontrá-la novamente.

No alto do morro Boss passa por Star, a dançarina, dois malabaristas e Nayah e Mina no trapézio de treino. Nayah e Mina ficam paralisadas quando a veem andando sozinha, mas não descem do trapézio nem perguntam o que aconteceu a Elena. Em dias como esses, não é surpresa que alguém saia e não volte.

Alec a vê e vem correndo, com as asas cantarolando atrás dele.

Boss levanta a mão para impedi-lo de se aproximar e continua caminhando sozinha.

Ela se tranca em seu trailer e fecha as cortinas. Não é o mesmo que ser atirada em um túmulo, mas é quase isso.

Boss fecha os olhos e escuta, tentando alcançar Elena. Ela não pode acordar ainda enterrada (cruel demais até para Elena), mas se Boss não conseguir agarrar-se a ela até o escurecer, talvez nada mais reste de Elena para trazer de volta.

(Boss fez aquilo sem pensar; apenas fez o que sabia que mais o assustaria. Nenhum homem do governo gostava de ver aquele tipo de poder sobre algo que pertencia a ele. A única razão de governar era de não estar sujeito à mesma morte que as pessoas comuns.

Elena, contudo, sabia o que estava por vir. Aquela acusação de olhos semicerrados não era em vão.

Aguente, Boss pensa. Aguente.)

Boss ignora a respiração metálica à porta que significa que Panadrome está lá fora, pigarreando. Ela ignora, mais tarde, o glissando que dá início ao número do trapézio, que ele toca várias vezes, como se Elena pudesse vir à procura do som.

Boss mantém os olhos fechados e a mente focada na lembrança do teste de Elena: balançando-se no trapézio improvisado de olhos fechados, deslizando e girando no momento em que o peso deixa de existir, mergulhando e esticando-se para se segurar sem olhar, como se o trapézio fosse um ímã, como se soubesse que a barra nunca lhe faltaria.

※

Elena foi a primeira pessoa que fez teste; antes mesmo de existir um circo de verdade, Elena foi quem bateu à porta de Boss e perguntou: "Você tem trapezista? Eu sou treinada".

(Os primeiros artistas que procuraram Boss, aquela primeira geração de gente de circo, eram treinados. Os que vieram em seguida eram apenas talentosos – vidas inteiras de escalar paredes e achar coisas nas quais se segurar para não cair.

Não faz diferença para Boss como eles adquirem a habilidade, contanto que se apresentem. Alguns deles brigam feito cachorros sobre isso quando estão a sós, mas as pessoas sempre encontram algo por que brigar.)

Não foi o teste de Elena que impressionou Boss, embora tenha sido o melhor teste que Boss jamais veria para o trapézio. Foi que, após Elena ter feito o trapézio (de um pedaço de cano velho e duas cordas que amarrou a uma árvore), ela ficou em pé no galho e tirou seu casaco, suas botas, suas meias, seus suéteres velhos, o cinto com a faca amarrada. Quando deslizou pela corda até a barra, ela vestia apenas uma camisa fina e suas roupas de baixo.

Mesmo em tempos como aquele, no primeiro calor da guerra, Elena deixou para trás sua faca e suas botas para melhor se equilibrar em um trapézio caseiro. Foi isso que a impressionou.

Boss percebeu imediatamente que ossos mais leves e mais fortes seriam as únicas coisas que durariam nos trapezistas. Se deixados como estavam, seus corpos desmoronariam e se quebrariam. Durante todo o teste, Boss estava pensando em uma maneira de perguntar a Elena se ela estava disposta a morrer por aquilo. Embora ao vê-la desdobrar-se no trapézio, parecendo mais segura e mais forte do que estivera com suas botas e sua faca, Boss teria aceitado Elena mesmo que ela recusasse os ossos.

(No final, foi melhor ser prática. "Você morrerá se eu lhe der um esqueleto de metal", disse Boss. Apontou para Panadrome, que assistia do canto do trailer. Ela disse: "Mas depois pode ser que você acorde".

Houve um silêncio quando o "pode ser" encheu o recinto.

E então Elena disse "Bem, é uma coisa a menos", e deitou-se na mesa.)

Boss deixa Elena ficar enterrada até o anoitecer.

Assim que escurece, ela abre a porta. Alec está de pé ao lado dos degraus, esperando. Há um longo e reto sulco no chão onde ele passou para lá e para cá.

Boss diz: "Traga-a para casa".

Antes que ela termine, Alec já abre as asas e desaparece pelo céu noturno em uma rajada de vento e um sopro de notas.

Boss não se aflige se ele a encontrará no cemitério fora da cidade. Ele saberá onde ela está. Algo nas asas sempre lhe traz a sorte de que precisa.

Boss traz Elena de volta assim que o corpo dela é colocado sobre a mesa; não há por que perder tempo.

Quando Elena dá sua primeira respiração ofegante, tosse e cospe uma lama úmida e tira a terra de seus olhos. Boss deixa que Elena se esforce de volta à vida sem interferir, tentando não notar as lágrimas desenhando rastros limpos no rosto imundo de Elena.

Por fim, Elena volta a si. Ela se senta, com as pernas penduradas.

Boss não pede desculpas. Não diz que, se tivesse que escolher novamente, ainda seria Elena, porque era quem trabalharia mais duro para voltar.

"Bem-vinda de volta", Boss diz apenas.

O rosto de Elena está pálido após um dia sem sangue, e seus braços, que a escoram, estão tremendo. Ela dobra os dedos na borda da mesa, e fixa o olhar em Boss. Há uma folha embolada em seu cabelo, verde no meio da terra, e Boss se pergunta quão fundo eles a enterraram.

(Anos mais tarde, um homem levará um lobo ao alto da colina, e Boss verá este mesmo olhar. Anos mais tarde, Boss resgatará o lobo, pelos velhos tempos.)

Finalmente, Elena escorrega da mesa e sai andando sem dizer uma palavra.

Lá fora, a silhueta de Elena anda até um dos barris de chuva, e após um momento Boss vê gotas d'água reluzindo no escuro, caindo para o nada.

~ 47 ~

Elena lavou o grosso do túmulo e depois entrou pela tenda do circo.

As lâmpadas estavam todas apagadas para a noite, e a lona era como uma capa jogada sobre as estrelas, mas Elena se sentou e esperou por Alec. Ela era paciente; não era diferente de esperar debaixo da terra.

(As asas de Alec meio que a despertaram; ela se lembra de estar molhada e com frio, e se lembra de abrir a boca para chamá-lo. Foi quando a terra entrou.

Depois não houve nada além de escuridão até que ela ouviu Boss a acolhendo em casa novamente. Foi a terceira vez em que nasceu. Esperava que ficasse mais fácil. Foi uma decepção.)

Ela sabia que Alec estava chegando antes de ouvir suas asas, antes que ele afastasse as abas da tenda e deixasse a lua inundar o espaço de luz.

Quando correu em sua direção, ele a abraçou com tanta força que ela cortou as mãos em suas penas.

"Eu senti", ele disse com os lábios no cabelo dela. "Era como se alguém houvesse cortado minhas asas. Deve ter sido terrível. Oh, Elena."

Por baixo do fedor de terra que a havia invadido, havia um cheiro de tigelas de cobre no verão que ela sabia ser dele.

"Está tudo bem, irmão", ela disse, e o sentiu sorrir em seu pescoço ao ouvir a palavra.

Irmão era o nome mais próximo que ela tinha para ele. Boss dava a todos um nome quando acordavam novamente, mas ela realmente precisava dar novos nomes a tudo, Elena pensava, nomes que se adequassem ao que acontecia quando as pessoas se ligavam dessa maneira sem escapatória.

"Bem-vinda ao lar", ele disse, e ela podia sentir sua felicidade e preocupação. (As mãos dele estavam em carne viva por escavá-la.)

"Deixe-me ver", ela disse.

Ele virou-se cuidadosamente (as pontas de suas asas eram capazes de cortar até o osso, caso fosse descuidado), e até no breu total da tenda as asas brilhavam, dobradas contra seu corpo como as escamas de um dragão.

Quando ela tocou o topo de cada asa, o arco estava quente, e ela se sentiu em casa. Os ossos dela estavam dentro do metal esculpido ali, e o calor do corpo dele escorria pela medula. Sob as mãos dela, Alec tremia.

("Ela as fez com qualquer coisa que pudesse encontrar", ele havia dito a ela. Isso queria dizer que Boss usou costelas de estranhos para construir sua obra-prima, que agora Alec carregava, dobrada em suas costas, uma cacofonia infinita dos mortos.)

Ela sabia quais ossos eram dela (tocar aquele local era como acordar de um sonho), e às vezes ela tocava as pétalas, para consertar uma que o vento houvesse entortado, mas nunca tocava nenhuma outra parte da estrutura, onde os ossos eram revestidos. Tinha medo do que poderia acontecer se uma coisa morta vazasse para outra.

(Alec já estava sentindo as consequências. Ele não conseguia dormir; procurava em volta por conversas que ninguém estava tendo e dobrava suas asas cada vez mais forte em suas costas como se quisesse cobrir suas bocas.

"Conte a ela", Elena disse, e Alec balançou a cabeça, dizendo "Como ela poderia entender?")

"Eu estou bem", ela disse e, para provar, deu um sorriso, embora ele não pudesse ver. Ele o sentiria; era seu irmão.

Alec suspirou, e as asas moveram-se com ele, soando uma única nota que pareceu fechar o espaço entre os dois e trazê-la de volta para casa.

Elena repousou a testa na pele quente abaixo do pescoço dele e fechou os olhos. De todos eles, Alec parecia ser o único que trazia toda sua vida consigo; Alec era o único que nunca ficava com frio.

～ 48 ～

Isto é o que Elena vê na primeira vez que encontra Bird:
Desejo.
Elena vê a escuridão da tenda; a escuridão do túmulo; o tremor das asas quando Alec tremeu em suas mãos, as penas dele eram uma armadura que não protegia.
"Ela não vai durar", Elena diz.
Alec não durou.

~ 49 ~

Observei os carros por muito tempo, como se tudo tivesse sido uma brincadeira e a qualquer momento eles fossem dar a volta e se desculpar. Eu me senti enjoado, e minhas pernas tremeram uma vez como se fossem ceder, mas não conseguia tirar os olhos da faixa marrom da estrada por onde os carros haviam desaparecido.

(Parte de mim esperava pelo barulho de uma arma, como se houvesse um fio me ligando a Boss, e que um estalo o cortaria.)

Finalmente consegui virar minha cabeça e olhar à minha volta. A aglomeração havia sumido. Em toda aquela expansão de grama pisoteada onde eles estavam restava apenas Elena, e ela me observava.

Eu passei um momento apavorante imaginando que nós éramos as únicas duas pessoas restantes no mundo.

"Ela talvez queira que a gente vá a algum lugar mais seguro", eu disse. Não soou como se eu acreditasse naquilo – nem imaginava que pudesse ser verdade. Coloquei minha mão esquerda em torno de meu braço direito latejante. Eu não precisava escutar Boss. Deve ter sido em benefício do homem do governo. Como Boss deixaria um dia do circo acontecer sem ela?

"Se estivermos a salvo, quando ela e Bird saírem ela pode procurar por nós", eu disse. Tentei fazer parecer como o tipo de plano que uma pessoa equilibrada bolaria. "Aposto que Boss conseguiria nos achar em uma semana, após sair daquela cidade."

Elena apertou os lábios.

"Seu burrinho", ela disse muito docemente, "não há como voltar de onde ela foi, a não ser que Bird lhe faça um milagre que você não merece."

Através da minha camisa, eu podia sentir as cicatrizes em relevo do grifo sob meus dedos. A boca dele estava aberta, como se lamentasse por algo que havia perdido.

Andei de volta pelo acampamento por força do hábito, fazendo as rondas como sempre. Se parecia que toda a cor havia escoado do pessoal do circo, era só porque meus olhos estavam secos devido à poeira. Se parecia como se eu estivesse delimitando-os, era só porque eu havia mudado, não porque eles haviam.

(Claro que haviam mudado; sua chefe havia sido levada. Eles não eram mais um circo.)

Passei por Jonah e pela equipe e pelas dançarinas, que estavam guardando tudo, enrolando lona e amarrando qualquer coisa que pudesse se quebrar caso precisássemos sair rapidamente. Moonlight e Minette choravam enquanto levantavam as coisas, mas trabalhavam junto com o restante. Havia um show a se transportar; ninguém teve folga.

Ayar estava encostado à porta do trailer que dividia com Jonah e Stenos, e eu me perguntei por quê, até ouvir a pancada de algo contra a parede. Ayar me viu e abriu os braços.

"Eu ia fazer o quê?", Ayar me perguntou. "Ele não consegue se controlar, e eu não posso bater nele."

Se Ayar batesse em alguém, esse alguém não levantaria de novo.

"Deixe-o lutar até que canse", eu disse. "Se você puder esperar tanto tempo. Depois deixe Elena entrar – ela vai dar a ele um pouco de juízo."

Ele deu um meio sorriso e assentiu, e enquanto me afastava me perguntei por que ele havia pedido meu conselho. Eu era a pessoa que repassava as ordens, não a que as dava.

Panadrome estava dentro da oficina (ele não precisava de chave), catando pregos e parafusos do chão com seus dedos ligeiros e separando-os em frascos e latas, com o rosto feito uma máscara. Ele poderia estar sentindo qualquer coisa, ou nada. Panadrome mal era humano; ele era difícil de interpretar.

Meu estômago ficou azedo ao vê-lo. Eu me senti mais sozinho agora do que quando estava à beira do acampamento vendo Boss desaparecer, e não sabia por quê.

Dei duas voltas no acampamento antes de perceber por que eu estava inquieto: não havia visto Ying. Ying, cuja amizade desvanecia a cada ano que eu não conseguia os ossos – e, ao pensar no rosto de Boss nas sombras, senti-me um idiota por nunca ter percebido. Eu devia ter adivinhado; devia ter sabido.

Era importante, de repente, que eu soubesse que ela estava dentro do acampamento e responsável por ele, a salvo das garras de qualquer horror que planejasse nos visitar em seguida.

Ying estava dentro da tenda, sob as arquibancadas, e embora estivesse quieta, eu sabia antes de vê-la que ela havia chorado. (Ao longo dos anos Ying havia encontrado lugares estranhos para sofrer, porque ninguém chorava no trailer das trapezistas; Elena não permitia.)

O segredo que ela guardara durante todo esse tempo era uma barreira entre nós. Até agora mantive distância, esperando que ela percebesse que eu estava ali para falar.

"Ying", eu disse baixinho.

Ela levantou a cabeça. O rosto dela também estava diferente, agora que eu tinha o grifo em meu ombro. Ela não estava mais velha, mas percebi imediatamente como havia mudado, como os anos haviam se estabelecido nas cavidades embaixo de suas bochechas e na linha entre suas sobrancelhas, como se ela tivesse sido desenhada a tinta cem anos atrás e os detalhes tivessem se apagado.

Quanto tempo havia se passado fora do circo desde que eu havia chegado, em todos aqueles anos que eu estava apenas semiacordado?

"Elena está me procurando?"

Nós estávamos tão distantes agora que ela pensava que eu não a procuraria se algo estivesse errado?

"Não", eu disse, "eu estou."

Seu rosto ficou imóvel, e ela me observou com olhos profundos. Olhei para seu rosto secreto e me perguntei se eu havia mudado para ela da maneira que ela havia mudado para mim. Talvez houvesse algo de diferente por causa do grifo; talvez houvesse algo que ela pudesse entender como um sinal do que eu compreendia.

Deve ter havido, porque quando lhe estendi a mão ela deu um salto e me abraçou, com os braços travados ao redor dos meus ombros, suas lágrimas quentes em meu rosto.

Era a única parte dela que estava quente. O restante estava frio como o túmulo.

Gentilmente eu a envolvi em meus braços para trazê-la mais perto e repousei meu rosto em seu cabelo. Eu a senti se aquecer com meu toque e observei minhas mãos movendo-se para cima e para baixo em suas costas enquanto ela respirava.

(Havia coisas a respeito do circo que eu estava apenas começando a compreender.)

~ 50 ~

Isto é o que acontece quando você entra na capital em um sedã do governo:

Você está viajando desde antes de escurecer. (É um milagre que ele a tenha encontrado, em primeiro lugar; você faz questão de se manter o mais longe possível dessa cidade.)

Você espera à sombra dos muros da cidade – em sua maior parte intactos, preenchidos com estilhaços onde as bombas cavaram buracos na pedra. Os soldados nos portões olham para você do lado de dentro e depois voltam suas atenções para abrir caminho para o chefe desse ano.

Os portões da cidade são de madeira coberta com folhas de metal, e quando se abrem eles se assemelham com as entranhas de seus artistas, que parecem todos despertos e vivos até se atingir o centro e perceber que não são pessoas de verdade, mas esqueletos de armaduras com um humano ao redor.

Você se pergunta se alguém no outro carro está cuidando do tornozelo de Bird.

Os guardas não olham para você enquanto você passa por eles, o que significa que não esperam vê-la novamente no caminho de volta.

A cidade está trancada e silenciosa no escuro, com avenidas organizadas e comércios organizados construindo um monumento à competência do homem do governo que os mantém a salvo das hordas ruidosas.

(A essa altura o circo deve estar sendo desmontado – talvez a essa altura já tenham ido embora. Você cruza as mãos em seu colo, lentamente, para que o homem do governo não as veja tremendo.)

O capitólio é um lindo edifício, a coisa mais bonita que você viu do lado de dentro dos portões. Conforme os guardas a carregam pela porta da frente (engraçado, você achava que prisioneiros geralmente entravam por algum outro lado), você reconhece a arquitetura da câmara de audiências, os círculos de cadeiras, o teto abobadado, como um sonho que alguém lhe explicou há muito tempo.

O tornozelo quebrado de Bird range. Quando você olha para trás para ver a gravidade do ferimento dela, um dos guardas educadamente pressiona uma pistola a suas escápulas, caso você estivesse pensando em parar.

Você demora muito tempo para se lembrar (já se passou muito tempo entre seu começo e agora), mas de uma só vez a lembrança a ataca: isso era um teatro, antigamente.

(Annika olhou para você por cima dos ombros, porque o som da bomba que caía estava bem no seu tom.)

É nesta hora que você está mais perto de chorar.

"Isso era um teatro", você diz.

O homem do governo diz "Sim", pesarosamente.

Depois ele se recompõe e diz: "E será novamente. Qualquer mundo decente precisa de arte".

(Nesta hora você está mais perto de amá-lo.)

Eles a conduzem até o outro lado, e assim que pisa nos bastidores você sabe que nenhum prisioneiro vai para esse lado se eles esperam deixá-lo sair novamente.

Você espera que George tenha ouvido quando você lhe disse para não esperar. Você espera que todos eles estejam a quilômetros de distância, que nunca voltem a esta região. Há outros lugares mais seguros. Um circo sempre encontra um lar; todos querem um espetáculo.

O emaranhado de corredores dos bastidores dá para uma porta que é trancada apenas pelo lado de fora e outra escada. Quando dois soldados tentam negociar para descer com Bird pelas escadas, eles tropeçam e discutem.

"Basta um", você diz.

"Cale-se", alguém diz, mas o som de corpos se deslocando atrás de você significa que eles a ouviram.

(É bom que pensem que basta um homem para manipular Bird. Deixe que subestimem.)

As escadas descem, descem, descem, até que as paredes sejam pedras cobertas de bolor. A única luz vem de fios com lâmpadas expostas pregados às paredes entre as portas de metal. As lâmpadas refletem-se nas portas, lançando luz o máximo que podem, antes que a escuridão a engula.

Os guardas a esqueceram e mantêm as mãos próximas de suas armas. A escuridão é sempre assustadora se você nunca a viu de verdade.

(Você levou três dias para sair dos escombros. Você conhece o caminho no escuro.)

Bird está mais perto, atrás de você. O homem começa a ter dificuldades com ela. (Boss se esquece que é difícil carregar alguém quando não se faz isso todas as noites.) A ferida aberta cheira a uma moeda.

"Ela precisa de cuidados", você diz.

Você não sabe se pode fazer com Bird o que fez com Elena. Você nem sabe se Bird se entregaria a você o suficiente para morrer.

"Então é melhor você responder a algumas perguntas para mim, para que eu esteja disposto a deixar que você a ajude", diz o Primeiro-Ministro. Ele para e bate distraidamente em uma das portas. O som ecoa pelo corredor. (Fá sustenido.)

"Aqui", ele diz.

A pistola pressiona-se às suas costas e a conduz para dentro – você precisa se abaixar para passar pela porta – e em seguida você está trancada.

Há uma fenda na porta como em um capacete de cavaleiro, e quando você se pressiona contra a porta e olha através da umidade, tem o último vislumbre do soldado carregando Bird; quando eles passam, há o brilho de um olho de vidro em sua direção, iluminado como uma lanterna no escuro, até que eles viram uma esquina e desaparecem.

E então você está sozinha na cela, e o medo enfim aparece.

~ 51 ~

Ela não ficava sozinha havia anos; nem uma vez, desde que fez Panadrome.

Panadrome é quem dá mais trabalho – ele se quebra facilmente. (Ele foi feito quando ela não estava muito bem.)

De tempos em tempos ele entra na oficina ou no trailer dela, batendo de leve em sua carcaça.

"Estou semitonando um pouco nos registros agudos", ele diz, fazendo uma cara envergonhada. Ela credita isso aos hábitos de um maestro. É complicado ser traído por seus instrumentos.

Hoje ele bate ao trailer dela, e quando ela abre a porta ele já está fazendo caretas. (Ele nunca reclama abertamente sobre como foi feito, mas o faz de todas as outras maneiras possíveis.)

"Ré bemol", ele diz, e ela diz: "Vamos dar uma olhada".

A oficina é a segunda casa de Panadrome, de tanto que ele vai lá, e quando eles entram ele olha para as partes de metal espalhadas sobre a mesa e lança um olhar maligno para Boss.

Ela sorri e dá batidinhas na mesa. "Deite-se de costas."

Ela não o põe inconsciente – ele tem tanto metal que quase não resta nada para conter sua vida. Não faz sentido colocá-lo para dormir e descobrir que ele não poderá acordar novamente. Bons músicos são difíceis de encontrar.

Eles não conversam – é apenas o tilintar suave de suas engrenagens, e de vez em quando o toque de uma corda conforme ela testa o tom. Mas após um tempo ele diz, como se houvesse acabado de pensar naquilo: "Acho que Ying ainda está tendo dificuldades com a perda de Alec, mesmo depois de tanto tempo".

Que ela entre na fila, Boss pensa.

Ela solta a chave inglesa na mesa, fecha o invólucro de Panadrome com um clique cuidadoso. Ela diz: "Ela vai sobreviver".

Ele fica em silêncio.

("Você devia ter esperado", ele disse, quando viu que Ying havia ganhado os ossos, mas quando ela disse "Não há porque esperar mais" ele não discutiu. Um instante mais tarde ele fez uma escala com uma mão e disse baixinho: "Pobre menina".

Àquela altura eles já haviam visto crianças criadas à base de raízes e carnes roubadas o bastante para saberem que não havia flor da idade que valesse a pena esperar. Agora as crianças cresciam feito pequenos arbustos duros, curtos e resistentes, e com a pele mais grossa que casca de árvore, se quisessem sobreviver. Ying teria uma infância melhor nas barras, sob a mão de ferro de Elena, do que em qualquer outro lugar lá fora.)

Boss e Panadrome saem à luz do fim de tarde, e por um instante Boss sente que o circo é um lar de verdade. Às vezes, por acidente, eles se tornam uma família.

A equipe está descansando, jogando cartas nas caçambas dos caminhões com as dançarinas. Elena está treinando suas garotas na tenda recém-desenrolada. Jonah e Ayar estão sentados lado a lado, fora de seu trailer, passando um cigarro mal enrolado um para o outro. Os Grimaldi estão fazendo qualquer coisa que conte como exercício enquanto passam a maior parte do tempo saltando uns sobre os outros e rindo.

Eles não conseguem encontrar uma colina decente nessa terra esquecida, portanto ela vê Stenos e Bird (ainda uma nova atração) voltando ao acampamento muito antes do que gostaria.

Parece que as coisas não foram bem; de toda essa distância Boss ainda consegue ver as duas marcas vermelhas na fina camisa de Bird onde o sangue grudou. Bird está envolta nos ombros dele, de barriga para cima, como um cadáver ou a madeira curvada de um arco.

"Eu fico preocupado", diz Panadrome.

Boss sabe que ele fica (ela conhece cada parte dele, ela o fez do nada), mas o que pode dizer que ele faça – parar?

"Tarde demais agora", ela diz.

Ele não discute com ela, mas, quando abre a boca no momento seguinte, sai um suspiro em ré menor.

(Bird olhou para o teto enquanto Boss limpava seu olho ruim para colocar o de vidro.

"Meus pulmões estão cheios de fumaça", ela disse, e Boss não sabia se era melhor ou pior dizer a ela que Stenos estava com medo de vê-la morrer e deu-lhe ar do qual ela não precisava.

"Feche seu outro olho", disse Boss. "Isso vai doer.")

Boss levanta a mão contra o sol poente e observa as perpendiculares das costas unidas desaparecerem.

Talvez as asas não valham a pena, ela pensa. Devia desmontá-las. Isso resolveria a questão. Sem nada por que brigar, talvez o receio deles se esvaísse.

"Você devia desmontar as asas", diz Panadrome, após um tempo. (Eles se conhecem há tempo demais.)

"Eu devia", ela diz.

(Ela nunca o fará. Elas eram de Alec.)

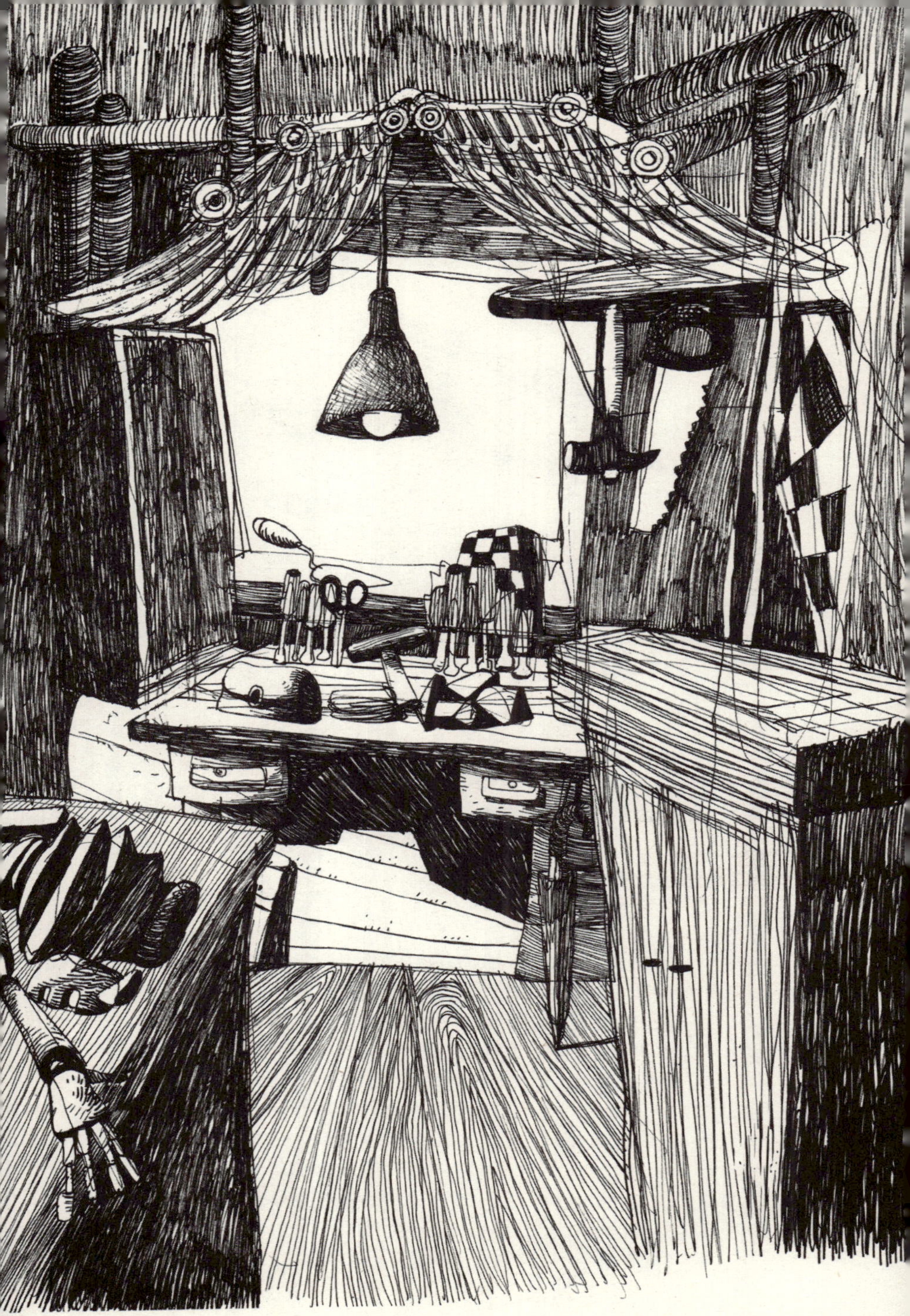

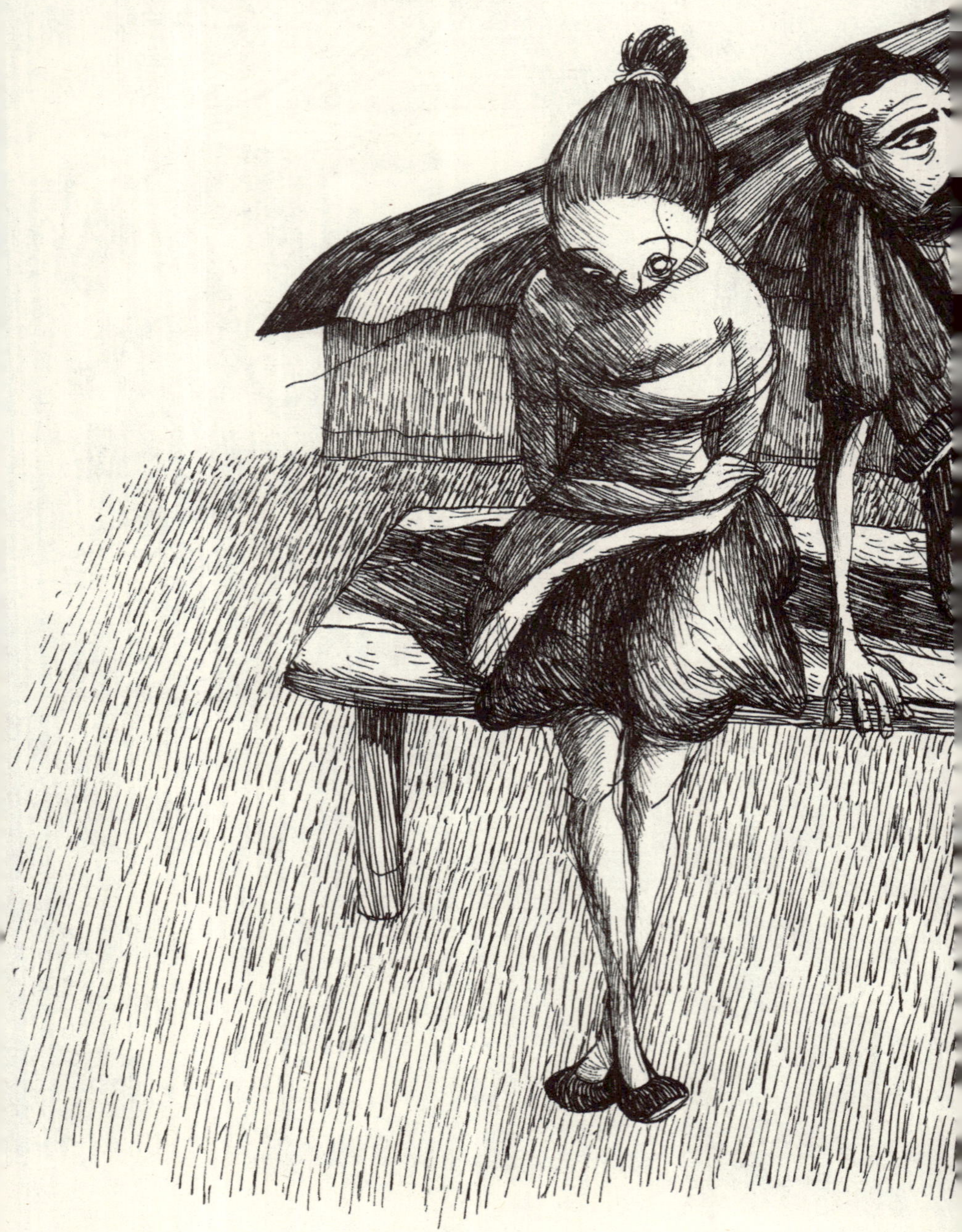

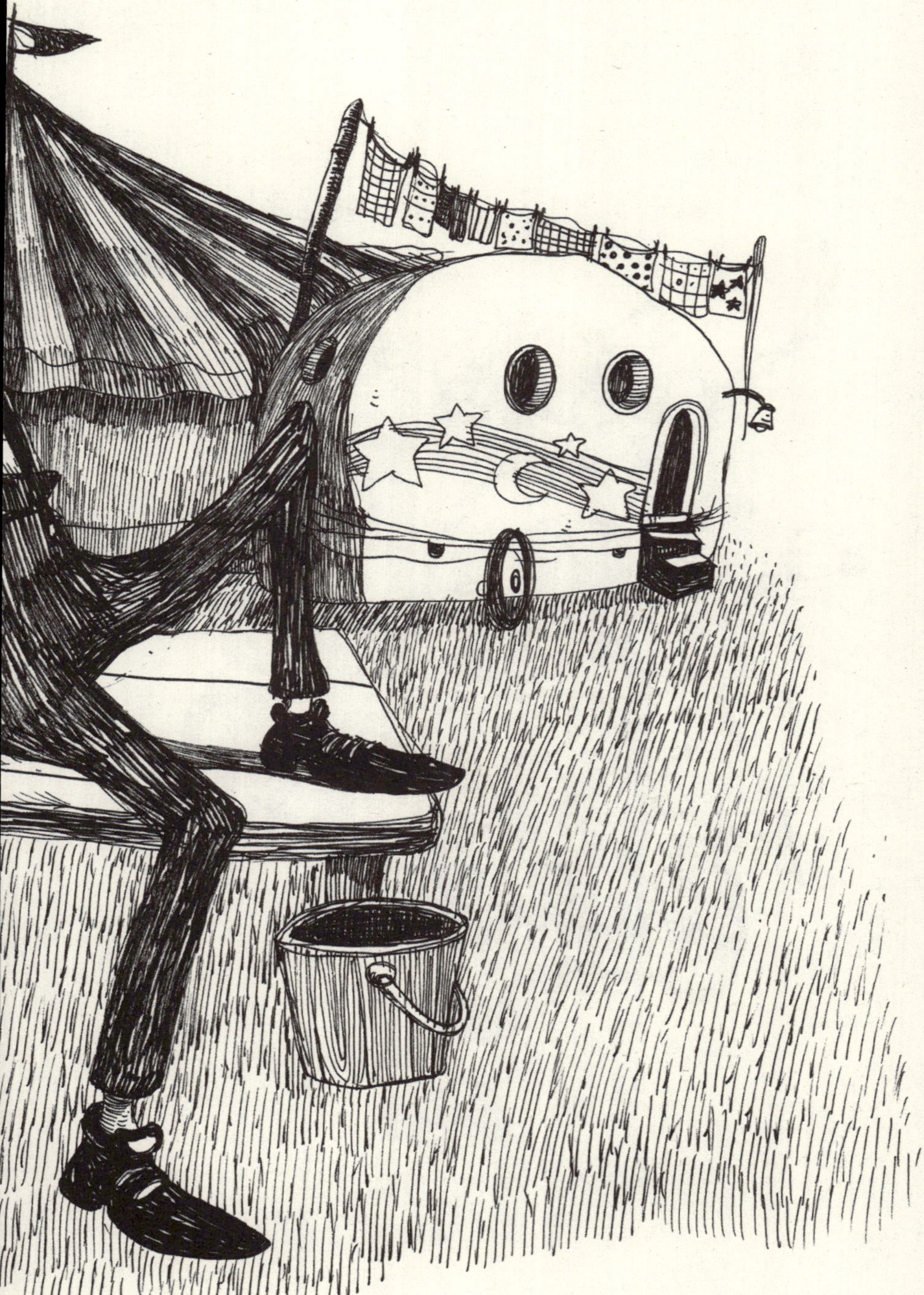

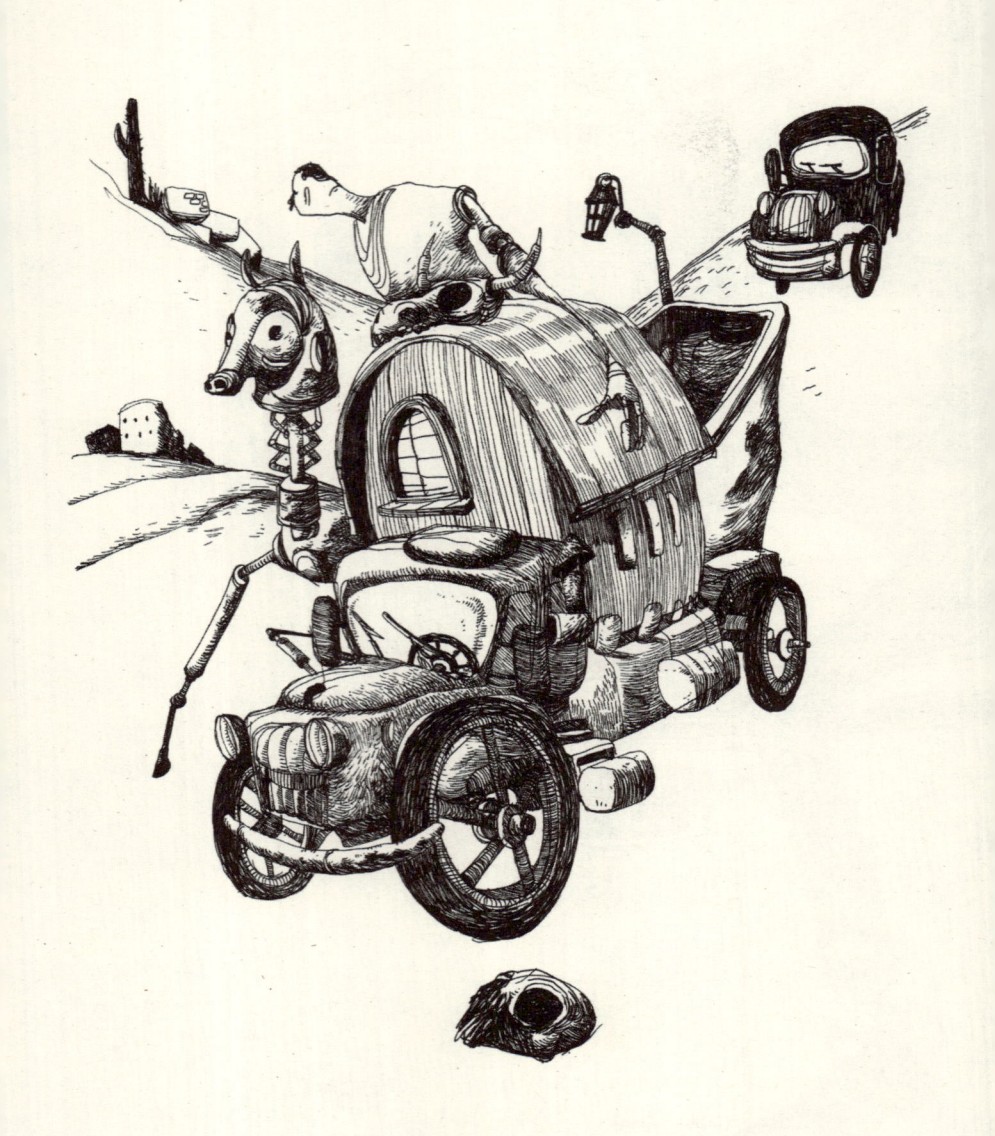

~ 52 ~

Elena nunca pensava em Alec antes de ele ganhar as asas.

Àquela altura, o circo estava crescendo. Eles tinham Alto e Altíssimo (os Irmãos Grimaldi, como se precisassem de outro motivo para se sentirem presunçosos – Boss às vezes exagerava nos nomes), e Nayah e Mina com ela no trapézio, e uma dançarina que era apenas uma refugiada enfeitada, deixando que o circo a levasse para casa de pouco em pouco, enquanto ela se envolvia em véus esfarrapados e atraía soldados para a tenda toda noite.

Elena não a queria ("O que vem depois, um bordel debaixo das arquibancadas?"), mas Boss tinha o coração mole para causas perdidas.

Às vezes Boss batia à porta dela e lhe pedia que desse uma olhada em alguém, se tivesse dificuldade em ver além do desespero do artista em agradar. (Uma coisa que Boss nunca se questionou a respeito de Elena era sua habilidade em dizer quem levava jeito para alguma coisa e quem não levava.)

Mas Elena ignorava quando Boss tirava alguma criança da lama e a criava como um cachorrinho, e ignorava quando Boss via um rosto bonito na plateia em uma noite qualquer e o elegia como seu favorito.

Ele passou pelo acampamento todos os dias daquela temporada nos arredores da cidade, com Little George correndo atrás dele quando ele passava perto o bastante, e a dançarina colocando de lado suas costuras para acenar adequadamente para ele. Boss os havia mantido perto dessa cidade o dobro de tempo que jamais ficavam no mesmo lugar – ele não era um seguidor de acampamento.

Ele era lindo (ela dava crédito a Boss pelo bom gosto, ao menos): cabelos dourados e um sorriso como se nunca tivesse visto guerra. Mas Elena não podia imaginar quais seriam os planos de Boss.

"Ela lhe dará os ossos ou não?", Elena perguntou a Panadrome. (Não adiantava perguntar nada a Boss.)

Panadrome observava Alec atravessando o acampamento e passou suas mãos humanas sobre as hastes de metal deles. "Você conseguiria cortar os ossos de alguém que amasse?"

Elena pensou na mesa que servia de bancada de trabalho antes de Boss ter o circo, no rápido vislumbre da lâmina antes da faca se abaixar, e em saber que qualquer coisa que viesse em seguida teria de ser melhor do que viver.

"Ele vai ser melhor do que qualquer um de nós", ela disse. "Espere e verá."

E essa foi a última vez em que pensou nele. Mesmo quando estavam de volta à estrada, e ele havia de alguma forma ido com eles em vez de ser deixado para trás na cidade, como qualquer outro visitante teria sido, Elena não pensou nada mais além de Boss ser uma tonta por ser tão amorosa, sabendo que o circo reduz tudo a pó com suas presas.

Big George chegou até eles com um braço funcionando, pedindo emprego na equipe, e acabou na faca como um trapézio vivo.

"Não gostei", disse Elena.

Boss disse: "Não estou nem aí. Quando eu o acordar, leve-o à plataforma".

"Você não pode continuar aceitando todo mundo", disse Elena.

Boss olhou para ela. "Até agora só me arrependi de uma", ela disse, e Elena revirou os olhos.

(Boss havia escutado, todavia; depois disso ficou mais cuidadosa com quem escolhia.)

"Você vai se acostumar comigo", George disse enquanto atravessavam o pátio. Ele mantinha os braços estendidos a sua frente como dois aríetes, nunca olhando diretamente para eles, e parecia que estava tentando convencer a si próprio. "Não é diferente de um parceiro de trapézio."

Elena disse: "Eu não saberia".

<hr />

Na próxima vez em que Alec chamou sua atenção, ela estava ensaiando Nayah, Mina e Big George, decidindo a melhor maneira de organizar os saltos, agora que o trapézio delas estava vivo.

"Ajudaria-nos pensar em você como vivo se você realmente puser energia no balanço", ela disse a George. "Nós geralmente deixamos as imitações de cadáver para a dançarina. Podemos mandá-lo até ela, se quiser. Há de haver algum jeito que você se faça útil por lá."

George piscou e franziu o cenho. Mina lhe lançou um olhar compreensivo. (O coração de Mina sofria por todos. Elena ficou surpresa por Mina ter vivido o bastante para encontrar o circo, para início de conversa.)

"Pode ser mais fácil se eu me segurar na horizontal", George disse, e Mina obedientemente se refugiou em um de seus braços para que ele pudesse se equilibrar.

Elena estava prestes a tomar uma decisão (horizontal era melhor, George estava certo, se ele aguentasse), mas ela sentiu um puxão repentino, como se alguém houvesse amarrado um fio em torno de suas costelas e o esticasse.

Quando ela se virou para ver o que havia acontecido, Alec estava saindo da oficina de Boss, abrindo suas asas pela primeira vez.

Ele as sacudiu em uma saraivada de notas, esticando-as bem abertas. Elena não conseguia respirar; o fio em volta de suas costelas estava dolorosamente apertado.

Alec franziu a testa por um instante e olhou para Elena, mas aí Boss disse alguma coisa e Alec virou sua risada em direção a ela, e Elena ficou olhando para o dorso das asas. Elas eram lindas – ela sabia que ele estaria melhor do que o restante deles – mas havia algo nas asas que doía nela.

Doía nele também. Elena viu o rosto de Alec quando ele a olhou, confuso e assustado, como se alguém houvesse lhe dado mais informação do que gostaria de saber.

No início ela pensou que o que sentia era desejo. Ele era lindo, isso não era segredo, e todo mundo no circo sentia-se solitário o bastante para achar alguém atraente, mais cedo ou mais tarde. Mas não era isso; ela não havia pensado muito nele desse modo antes, e continuava não pensando.

Então achou que fosse inveja por ele ter merecido o último número por causa das asas, quando ela havia feito todo o treinamento para tornar seu próprio número excepcional. (Mesmo antes da guerra, o número de trapézio deles era algo a se ver. Ela os treinava como se ainda houvesse um mundo intacto para impressionar; ela se recusava a deixar tudo se deteriorar só porque algumas pessoas se contentavam com pouco.)

Mas Alec a observava tanto quanto ela a ele, e ela sabia no fundo o que era; ela sabia qual era o problema desde que ele havia saído e olhado para ela de relance.

Foi a primeira vez que ele olhou Elena nos olhos, e havia apenas um motivo para ele se afastar de Boss, mesmo que apenas por um momento.

Algo estava errado com as asas.

Elena esperou quase um ano para ter com Alec a sós.

Antes do show começar ele havia subido a seu lugar na plataforma, onde esperaria o espetáculo inteiro para que as luzes no alto da tenda se virassem e o revelassem. O resto do tempo ele passava com Boss, que era a única pessoa que não parecia diminuída por estar ao lado de Alec. (Contra Boss não há quem possa.)

Mas uma noite, quando Elena estava sozinha na tenda praticando no trapézio, Alec a encontrou.

Ela estava de cabeça para baixo quando o sentiu, e ficou preocupada por saber que era ele antes de vê-lo. O som das asas deve tê-la avisado, ela pensou à época.

(Não era verdade.)

Ela enrolou uma perna na corda, dobrou-se para dentro, segurou-se e deslizou para cima. Quando teve certeza de que a corda aguentaria, ela olhou para baixo, para ele.

"Se você vai ficar encarando, deve pagar ingresso como os outros", ela disse.

Ele falou: "Elena, você pode descer por um instante, por favor?"

Ela não achava que ele tinha modos. (Ela nunca ouvia.) Supunha que as pessoas o amavam porque ele era lindo. Modos são uma coisa diferente – mais rara que a beleza, e mais duradoura.

Ela desceu.

Era o meio da noite, e a tenda estava um breu, já que Elena nunca desperdiçava óleo em uma lamparina só para praticar, mas quando desceu da plataforma ela já sabia onde ele estava.

Era só porque as asas tinham alguma luz, ela pensou. (Não era verdade.)

Quando ela o alcançou, o rosto dele parecia mais sério do que ela jamais havia visto, e por um momento seu coração se apreendeu como costumava fazer quando era criança e barulhos imaginários eram suficientes para assustá-la.

Ele perguntou a ela: "Você sentiu alguma coisa?"

Ela pensou sobre crescer durante a guerra, morrer, viver do circo.

"Não por muito tempo", ela disse.

O rosto dele ficou impregnado de compaixão, como se ele realmente achasse aquilo triste, como se quisesse entendê-la. Ela se perguntou aonde ele queria chegar.

"Você sentiu...", ele franziu o rosto e fez um movimento vago entre eles com as mãos. "Por mim? Comigo?"

Ela gelou.

"Por quê?"

Alec desviou o olhar. As asas se arrepiaram. "Ela fez as asas com ossos humanos", ele disse.

Elena pensou em detalhar sua falta de interesse nos procedimentos de Boss, mas a maneira como ele falou infiltrou-se nela, e após um tempo ela compreendeu.

"Os ossos de quem mais estão aí?", ela perguntou, quando recuperou a voz.

Ele deu de ombros e tentou sorrir. "Eles devem estar mortos. Eu não os reconheço."

Ela imaginou que tipo de ligação as asas lhe davam com aqueles dos quais elas foram feitas; para alguém que fora construído dos mortos, ele estava se saindo bem.

(Não era verdade.)

"Ela devia refazê-las", disse Elena. "Dá azar ter isso nas suas costas."

Ele não respondeu, mas ela soube de imediato, tão claramente como se ele houvesse dito que nunca diria a Boss que ela cometera um erro; ele preferia viver com os demônios a parecer tão fraco que pediria a ela para retirar o presente que ela havia lhe feito. Melhor morrer com orgulho.

Isso ela entendeu. Poderia muito bem ter sido ela própria quem disse. Deve ter sido a primeira coisa que ela havia realmente entendido em outra pessoa desde que entrara para o circo.

Ela sentiu uma pontada em sua caixa torácica.

"Aí. Aí! Você sente esse fiozinho?" Ele olhava para o rosto dela com os olhos brilhando como uma febre.

Ela disse, tarde demais: "Não sinto nada".

Ele pareceu pronto para argumentar; ela cruzou os braços e ficou onde estava. Ela não estava prestes a ser expulsa de seu próprio circo porque um homem imaginava que pudesse ler os corações dos mortos.

Por fim, por fim, ele se virou e saiu. Quando ele abriu a tenda, o luar caiu sobre as asas.

Bem, ela pensou quando estava sozinha, agora esse pequeno sentimento tem um nome, e esta é a última vez que terei de pensar nele.

(Não era verdade.)

~ 53 ~

Já era tarde da noite quando levei Ying de volta ao trailer das trapezistas. Duas vezes ela inclinou-se para mim e eu parei, descansando ali com ela e deixando-a roubar um pouco do calor do meu corpo.

"Você ficou mais alto", ela disse uma vez, como se isso a surpreendesse. Provavelmente era verdade – a última vez que nos tocamos foi após a queda de Bird, anos atrás.

Mina puxou Ying para dentro. "Por que você nunca fica conosco quando é preciso? Rápido, guarde suas coisas e depois seja prestativa, nós talvez tenhamos que nos mudar."

Do lado de fora, vi Elena ainda de pé à beira do acampamento, com o olhar pregado ao horizonte, os braços cruzados como se os desafiasse a voltar para buscá-la.

(Elena sempre teve mais luta dentro dela do que a guerra podia proporcionar.)

Após um tempo retornei ao trailer de Ayar, onde podia ao menos fingir ser útil.

Ayar não estava, o que era um bom sinal. Bati, contei até três e abri a porta.

Stenos estava sozinho lá dentro, sentado à beira dos beliches com os cotovelos apoiados nos joelhos. Espalhados pelo chão em volta dele estavam destroços de chapas de metal e cadeiras quebradas. Parecia a cena de um assassinato, como se um homem houvesse lutado por sua vida.

Stenos não se mexeu. A luz fraca que passava pelas cortinas de papel rasgadas ressaltava os hematomas recentes contra sua palidez – em seus antebraços, suas juntas, e um enorme que ia de baixo de seu pescoço até sua clavícula, onde Ayar deve tê-lo segurado dos carros do governo. Era tão roxo que seu rosto parecia quase cinza em contraste. Eu me perguntei se estava quebrado.

Sem pensar, eu disse: "Por que diabos você estava brigando?"

Stenos não levantou a cabeça. Tomou fôlego (com cuidado, por causa dos hematomas) e disse: "Eu queria as asas".

Deixei passar sem contestar. As asas conseguiam arruinar a paz de espírito das pessoas.

"Vá se limpar", eu disse, "e prepare-se para mudarmos."

Ele franziu o rosto e se levantou – rápido demais, ele dobrou as pernas e agarrou-se ao beliche de cima para se equilibrar. "Nós vamos embora? Eles voltaram?"

Quando não respondi, ele fez cara feia. Os nós de seus dedos ficaram brancos segurando a beirada do beliche. "Nós não podemos ir sem elas. Nós as deixaremos morrer."

Minha garganta secou. Era assim que eu pensava, no fundo.

"Arrume suas coisas", eu disse, e saí.

Eu não conseguia entrar no trailer de Boss, nem olhar para as coisas dela, mesmo que fosse para ter um momento sozinho. Não queria pensar no motivo. (Eu nunca havia aberto a porta sem vê-la lá dentro, sentindo como se eu houvesse chegado em casa.)

Jonah me achou ali, do lado de fora do trailer de Boss como se eu esperasse por ordens.

"Quem é o chefe do picadeiro agora?", ele perguntou. Sua voz estava grave e equilibrada, como se Boss houvesse acabado de morrer de velhice, em vez de ser arrancada de nós.

Jonah só queria ser útil, eu sabia, e o coração dele era mais bondoso do que a maioria de nós, mas olhei para ele e o odiei. Como podia estar ali parado? Não sabia que estava tudo acabado?

"Você quer ocupar o cargo?", ataquei.

Ele piscou. "Não. Achei que ela havia nomeado você. Quando ela falou com você antes – antes de ir embora."

O grifo ardeu.

Eu abri a porta com tudo, pulei para dentro e a bati para fechar. O trinco se fechou sozinho, e então eu estava sozinho no recinto fechado e escuro.

(Quando eu era garoto, entrava para receber minhas ordens da manhã e via Alec ainda dormindo, com suas asas enroladas em torno de si como um cobertor, e Boss sentada à penteadeira puxando seu cabelo encaracolado em um coque, e sem desviar o olhar do espelho ela dizia "Quase na hora, hoje", embora eu nunca estivesse atrasado, e quando eu sorria ela sorria também, sem olhar.)

Eu me sentei à penteadeira, na cadeira dela, e me senti gelado como se um fantasma estivesse ali. Desconsiderei – era minha imaginação. Eles não podiam tê-la matado tão rápido. Talvez eles nem houvessem chegado à cidade ainda e, quando estivessem lá dentro, quaisquer perguntas que o homem do governo fizesse, não teria pressa em obter as respostas que queria.

(Pobre Boss. Pobre Boss.)

Quando olhei para o espelho articulado, vi que ele estava virado para a grande janela do outro lado. Do meu assento eu podia olhar para os espelhos e ver o pátio, desde a tenda, de um lado, até o trailer das trapezistas, do outro.

Imaginei onde ela poderia estar; o que o homem do governo estava tentando que ela fizesse.

(Eu me perguntei se ela acabaria cedendo e fazendo alguns soldados para ele. Ela era prática; às vezes fazia o que podia com o que tivesse à disposição.)

Atrás de mim, o acampamento parecia deserto como um cemitério, e em meu braço eu sentia como se o grifo estivesse se esticando e puxando, ganhando vida sob a pele.

O trailer de Boss era quente e escuro, e a penteadeira cheirava vagamente a maquiagem, e eu poderia ter ficado ali a noite inteira sem me mexer se Stenos e Elena não houvessem entrado em guerra.

~ 54 ~

Alto chega ao circo quando eles estão se estabelecendo nos arredores de uma cidade sem fumaça no horizonte. (São os primeiros dias da guerra; bons sinais são relativos. Uma falta de fumaça é o melhor indício que Boss tem de que uma bomba não os atingirá enquanto retiram os mastros da traseira do caminhão.)

A pequena tenda de lona deixou de ser um espetáculo secundário; agora ela tem uma atração. Agora Boss anuncia A Incrível Elena, que se apresenta à música de Panadrome em um trapézio suspenso do travessão. Ao final do número, a tenda inteira se balança para lá e para cá, e as pessoas no canto da plateia precisam inclinar-se junto para que a lona não bata nelas. Alto se aproxima no meio da tarde, para que eles possam vê-lo chegar. (As pessoas que vêm em paz o fazem à luz do dia.) Ele espera do lado de fora do trailer por meia hora até Boss abrir a porta em resposta a seu chamado. Panadrome está atrás dela; Elena aparece como um fantasma de dentro da tenda.

"Eu sou acrobata", ele diz.

Boss diz: "Parabéns".

"Quero entrar para o circo."

Boss diz "Claro que quer", mas o olha de cima a baixo por um instante e em seguida diz: "O que você sabe fazer?"

"Sei fazer malabarismos", ele diz. "Posso ser carregador. Sei me equilibrar. Posso ser parceiro de trapézio."

"Nem que a vaca tussa", diz Elena.

"Mostre-me o equilibrismo", diz Boss. Ela olha para Elena e gesticula uma vez, bruscamente.

Elena revira os olhos e vai até o caminhão para pegar um mastro sobressalente. Ela o enfia fundo no solo, no meio do pátio, para que ele caia diretamente no chão sem amortecer sua queda com o trailer ou a tenda.

Ele sorri para ela e dá um salto para se segurar para a escalada.

Dez minutos depois, ele faz parte do circo.

"Você dormirá no caminhão até que possamos encontrar algo para você", Boss diz. "Traga o que conseguir carregar, exceto armas."

O coração de Alto se revira com a ideia de ficar tão desprotegido.

"Sem ofensa, chefe", ele diz (supõe que outro nome virá), "mas e se atirarem em nós em nossas camas?"

Boss gesticula para Panadrome sair do trailer. À luz do dia, longe das lanternas da tenda, Alto vê as pequenas soldas e parafusos que mantêm o barril fechado e todos os pedaços descoordenados de canos amarrados que compõem seus braços. A cabeça humana, com seu pequeno colar de latão segurando-a no lugar, parece uma brincadeira cruel a se fazer com uma máquina perfeitamente útil.

"Aqui, ser baleado é apenas temporário", diz Boss, e Alto olha para um lado e para o outro, e percebe como Panadrome ficou daquele jeito, que a cabeça não era uma brincadeira, é um homem.

Ele pisca e dá um passo para trás.

"Relaxe", diz Elena, do alto do trailer. Ela olha para Alto lá embaixo, suas pernas balançam suavemente para a frente e para trás. "Ela não vai conseguir fazer você parecer pior do que já é."

Ele range os dentes. "Sem armas", ele consente.

Boss diz: "Entre aqui".

(Pessoas que Alto já matou: 47.)

Altíssimo era dançarino. Quando a guerra estourou ele foi recrutado para ficar no portão improvisado, uma pilha bamba de portas e tratores e barris enferrujados. Todos que eram ágeis foram enviados para lá; podiam passar pela bagunça sem serem esmagados.

Durante sua vigília noturna, um de seus amigos que havia fugido pelo portão voltou. Após Altíssimo abaixar sua arma (o amigo dele apenas olhava para ela, meio sorrindo, como se ela fosse um cachorrinho), seu amigo se apresentou como Alto.

Altíssimo bufou e enxugou o suor de nervoso de sua testa com as costas da mão. "Você acha que um novo nome vai tirar você daqui?"

Alto sorriu. "Venha comigo. Veja o que encontrei."

"Eu não vou gostar", disse Altíssimo.

(Pessoas que Altíssimo já matou: 30.)

Eles são perseguidos saindo da cidade.

A guerra é suficientemente recente para que tenham desertado por razões profundas e abstratas – suspeita de bruxaria, suspeita de espionagem. (Mais tarde as pessoas desertarão por causa de ganância ou de tédio, que são mais fáceis de compreender e de fugir.) Quando os artistas correm até os caminhões, as balas pulverizam o chão a seus pés.

Quando eles saltam para dentro dos caminhões e disparam para vencer aqueles que os perseguem, Boss vê que eles têm mais três homens do que de início; eles sobem no último trailer e dão alguns tiros de cobertura durante sua fuga.

"O que vocês estão fazendo?", Panadrome grita, inclinando-se para fora da janela do caminhão.

"Você acha que iríamos ficar naquele pardieiro?", um deles responde. Ele se vira para a estrada, ergue a arma em seus ombros e atira.

Dois deles já estão sangrando quando sobem no caminhão, e no momento em que os soldados da cidade já desistiram e eles podem parar e fazer um balanço, todos os três foram baleados. Um deles já está morto. Outro morre um minuto depois, apertando as mãos nas de seu camarada morto, fazendo uma careta para a próxima vida.

Boss passa em volta do caminhão e olha para os dois homens mortos. O último homem ainda está vivo, apesar de sangue estar escorrendo pelas ripas do caminhão (a mancha permanece por anos) e seu tempo estar se esgotando.

Ela pergunta ao homem agonizante: "Você é ágil?"

Ele franze o rosto para ela em meio a lágrimas e balança a cabeça que sim.

Boss recosta-se e esfrega as sobrancelhas com o polegar. "Tragam-nos para a oficina, se ainda estiverem quentes", Boss diz. "E então veremos."

(Pessoas que Spinto já matou: 22.)
(Pessoas que Focoso já matou: 26.)
(Pessoas que Brio já matou: 13.)

Quando Brio acorda, já está rindo, recuperando o fôlego, tentando alcançar qualquer coisa em que consiga pôr as mãos. Ele estava feliz em ser qualquer coisa, qualquer forma, contanto que estivesse vivo.

É ele quem persuade Alto a tornarem-se amigos; é ele quem os torna todos irmãos.

Moto estava com uma milícia local que veio ao acampamento em seu último dia para exigir um dízimo de Boss (assim que decidiram que Ayar não mataria ninguém na saída, criaram coragem suficiente para portar armas e marchar até lá).

Quando os outros começaram a andar de volta à cidade, Moto ficou onde estava, com lama até os tornozelos.

"Você precisa de alguém?", ele perguntou.

Boss o olhou de cima a baixo, levantou uma sobrancelha. "Você é treinado?"

Era uma pegadinha – àquela altura o único treinamento que alguém recebia era de soldado –, mas Moto apenas balançou os ombros e sorriu. "Sou treinável."

"Seu patrão vai aceitar que você largue o serviço?"

Moto deu um sorriso ainda maior.

(Pessoas que Moto já matou: 19. As últimas quatro ele matou na noite em que deixou a cidade para entrar para o Circo Mecânico Tresaulti.)

Anos mais tarde, um homem faz testes para eles do jeito normal, o que Boss acha uma boa diferença da maneira como seus quatro últimos acrobatas entraram em seu mundo.

Bárbaro se parece com os primeiros Grimaldi do cartaz dela, cabelos escuros e maçãs do rosto salientes e a pele feito um carvalho. Ele salta e sorri para a plateia exatamente como um acrobata deve, e quando Moto e Focoso entrelaçam as mãos embaixo dele para que suba, ele pisa sem pestanejar e deixa que o lancem, girando três vezes antes de descer de volta. Boss não via acrobacias como aquelas desde os primórdios, quando seus candidatos eram treinados. Até Elena parece um pouco impressionada.

"Se você se unir a nós, entrega sua arma", ela diz. "Não há armas no Circo."

"Ah, já estou farto de armas", ele diz.

(Pessoas que Bárbaro já matou: 88.)

Às vezes, um membro da equipe é dedicado ao circo o bastante para querer ficar. É raro; a vida de viajante é dura o suficiente para quem precisa passar por isso, e a vida é preciosa demais para passar dez anos descarregando lona de caminhões. Equipes vêm e vão. A maioria deles nem se incomoda de dizer seus nomes; sabem que serão esquecidos.

Mas de vez em quando Boss acorda de coração mole, e quando um membro da equipe pergunta "Posso fazer um teste, Boss? Tenho praticado", ela se recosta em um banco na caçamba do caminhão, olha-o de cima a baixo e diz: "Certamente".

A seu lado, Little George parece que teve o coração dilacerado por ela. O teste inteiro acontece com os olhos de Little George pregados ao homem da equipe, como se George pudesse derrubá-lo com a profundeza dessa injustiça.

(Pessoas que Pizzicato já matou: zero.)

Ele se orgulha do número, porém quando Bárbaro lhe pergunta "Quantos?" ele diz "Seis", só para ter algo a dizer.

Bárbaro dá uma risada, um tapinha em suas costas e diz "Bem-vindo, irmão!" e todos eles se servem de um dedo do gim que Joe faz no barril que fica pendurado atrás do carrinho da cozinha. É pior que gasolina, mas Pizzicato está acostumado. Ele bebe de um só gole.

Ele nunca confessa o número real, embora talvez eles não sejam cruéis a respeito. Os irmãos Grimaldi não brigam entre si, não seriamente.

Essa regra não se aplica aos demais, claro. Com todas as outras pessoas do circo os irmãos Grimaldi ficam mais que contentes em arrumar briga.

~ 55 ~

A gritaria chegou até mim mesmo dentro do trailer de Boss, e tão logo abri a porta eu sabia que esta não era a discórdia habitual, porque o restante do acampamento estava em silêncio total, todos paralisados com uma mão ainda em suas tarefas, como se aguardando o resultado antes de se preocuparem em voltar a suas responsabilidades.

Ao me aproximar da tenda, passei por Ying e Mina, Jonah e Ayar, e Bárbaro e Brio fazendo apostas.

"Dez que ele vai embora primeiro", disse Brio.

Bárbaro sorriu. "Eu pago para ver", ele disse e tomou a sacolinha de Brio, que de repente pareceu nervoso com a aposta que havia feito.

(Brio nunca foi o mais esperto. Não se apostava contra Elena.)

Adentrei a tenda e tentei ficar invisível enquanto me situava.

Stenos e Elena eram as únicas pessoas ali dentro. Stenos estava dando voltas. Elena estava parada, de braços cruzados; ela podia muito bem ter sido arrastada da beira do acampamento e trazida aqui no escuro, de tão pouco que havia mudado da maneira que havia observado os carros do governo se distanciando. Sob o barulho dos pés de Stenos, eu ouvia o rangido agudo dos tubos de cobre conforme ela esticava a pele sobre seus ombros.

"Não podemos simplesmente deixá-las lá", ele gritava. "Nós somos o quê, animais?"

"Boss não gostaria que esperássemos", Elena disse. Ela não estava gritando, mas sua voz estava projetada – queria que todos do lado de fora a escutassem. "Os homens do governo a têm agora, já estão com ela há quase doze horas, e a qualquer minuto descobrirão o que Boss faz, de um jeito ou de outro. Por quanto tempo você acha que ficarão satisfeitos em dissecar apenas Bird?"

Stenos vociferou "Não fale dela", assim que Bárbaro abriu a aba da tenda e entrou. Brio estava atrás dele (procurando por olhos roxos, provavelmente), e quando a aba caiu vi que os outros estavam se aproximando.

"Você é uma vadia sem coração", disse Bárbaro, quase como um elogio.

Brio o cortou. "Ele não quer dizer isso", ele disse, "nós só estamos – Elena, nós não sabemos se nossos corpos irão enfraquecer se formos embora. Se nos afastarmos demais de Boss, quem sabe o que pode nos acontecer?"

"A mesma coisa que acontece se ficarmos", ela disse, olhando para Bárbaro.

Brio olhava para um lado e para o outro, pedindo uma trégua. "Mas se pudéssemos esperar só um pouquinho por Boss–"

Elena o interrompeu e disse a Bárbaro: "Depois, se os homens do governo não o pegarem, você envelhece duzentos anos e fica tão frágil que seus ossos se partem com um vento frio, e quando você finalmente cair aos pedaços eu dançarei no seu túmulo".

Stenos estava olhando para ela do jeito que o lobo havia olhado, muito tempo atrás – olhos apertados, os ombros para baixo, traído.

Era bom ver que outra pessoa não sabia de tudo que os ossos faziam com você.

("Nós somos o circo que sobrevive", Boss havia me dito, e eu era jovem e cego. Somente agora eu estava em terra firme. Pelo menos Stenos não esperou muito por suas revelações.)

Pensei que Stenos fosse lhe perguntar algo sobre como ela sabia o que sabia – de todos nós, ele talvez fosse o único que poderia obter uma resposta verdadeira de Elena – mas tudo o que ele disse foi: "Nós não vamos sair daqui".

Elena virou-se e saiu. Nós a seguimos até o lado de fora. Eu já estava com o estômago embrulhado, imaginando o que estava por vir. (O que Boss diria? Eu sabia de suas ordens, mas como poderia ir? Como eu poderia ir?)

"Apenas um dia ou dois", Mina disse a Elena quando ela saiu da tenda. Ying estava ao lado de Mina, assentindo, e alguns dos outros trapezistas estavam se aproximando, concordando silenciosamente.

"Pode ser que eles voltem", acrescentou Mina.

Elena deu uma olhada para Mina. Mina deu um passo para trás.

"Não há sentido em esperar", Elena disse. Sua voz se propagou. A equipe deixou suas arrumações para trás e começou a se aproximar, um a um, tentando ter uma visão melhor do que estava acontecendo. Os irmãos Grimaldi se reuniram de um lado, e os trapezistas se convergiram do outro, como duas milícias prestes a se enfrentar.

Meu braço ardeu. Senti o chão se inclinando sob nós, mas parte de mim ainda estava à beira do acampamento vendo Boss desaparecer no sedã preto, e eu não conseguia pensar por tempo suficiente para impedir o desastre que sabia que viria.

"Não adianta fugir!", disse Stenos. "Vocês acham que aquele homem do governo não vai nos encontrar de novo, se quiser? Nós somos mais úteis aqui, caso eles voltem. Nós podemos protegê-las aqui."

O rosto de Elena estava incrédulo. "Continue sonhando que de alguma forma elas voltarão", ela disse. "Elas estão marcadas para morrer. Nós só podemos esperar que, se fugirmos, elas durarão tempo suficiente para ele se entediar com tudo isso e não voltar para nos buscar um por um."

Fátima se balançou como se estivesse à beira de desmaiar. Eu compreendi.

"Boss sabia o que estava por vir", Elena disse à aglomeração. "Bird também. Elas fizeram suas escolhas. Nós precisamos fazer as nossas. Não devemos esperar."

Eu disse: "Nós esperamos por você".

Os veteranos ficaram paralisados como se as palavras os houvessem espantado; até Fátima e Ying olharam para mim como se adivinhassem em que tipo de encrenca eu havia me metido.

Lentamente, Elena se virou para me encarar. Nós não estávamos distantes – eu estava em seu encalço ao sair da tenda e havia apenas me deslocado para o lado para observar o grupo – e eu sabia que ela poderia ocupar o espaço entre nós em um pulo (sem nem tentar) e partir meu pescoço como Bird teria feito com o Primeiro-Ministro. Eu ouvi a coluna de Ayar ranger conforme ele se posicionou atrás de mim, onde poderia alcançar por cima de minha cabeça para pegá-la antes que fizesse alguma coisa.

Mas a raiva contida nela não parecia ser para mim. Nós ficamos em silêncio por um tempo; ela me olhou como se tivesse pena da minha estupidez.

Finalmente, ela inclinou a cabeça para o lado e disse, como se estivéssemos sozinhos: "Seu idiotinha, quem disse que eu queria ser acordada?"

Sua voz deslizou sobre todos como a primeira pá de terra em uma sepultura. A maior parte da equipe colocou as mãos nos bolsos. Ying tremeu.

Stenos ficou onde estava. Ele parecia ter relaxado agora que a briga era para valer, com as mãos soltas a seu lado e os olhos pregados nela, e pensei de repente (curiosamente) que ele deve ter sido um ladrão muito bom antes de Boss o capturar.

"O que o restante de vocês diz?", ele apelou, olhando de grupo em grupo dos artistas com os ossos. Sua voz estava leve, como se este fosse um chamado para cantigas de bar e não para uma batalha. "Não consigo imaginar que o restante de vocês esteja disposto a arriscar suas vidas por ficar longe demais de Boss."

Os artistas se entreolharam, nervosos e divididos. Atrás de mim, Ayar deu um grande suspiro.

Elena olhou em volta e bufou. "Vocês não podem estar falando sério."

"De jeito nenhum eu passei por tudo isso só para cair morto porque fugi de medo", colocou Spinto.

"Mas é bobagem ficar aqui e esperar para ser levado", disse Fátima.

Moto disse: "Então o que vamos fazer, ir até lá e pegá-las de volta?"

"Claro", disse Ayar, "porque a primeira coisa que devemos fazer é declarar guerra a nós mesmos."

Ying disse: "Mas não podemos nos afastar dela, não com o que aconteceu conosco–"

"Não", Elena retrucou. Ela olhou ao redor do acampamento para cada um dos artistas. "A guerra aconteceu conosco. Isto –", ela passou a mão por seu corpo, "– é uma escolha que vocês fizeram. Não finjam, nem por um momento, que Boss nunca disse a cada um de vocês quais eram os perigos."

Ying abaixou o olhar. Eu me perguntei o que Boss poderia ter dito a ela, para fazer tanto caso que Ying houvesse aceitado os ossos, e onde eu estava que Ying não havia me contado – estive cego por tanto tempo que era difícil saber quando havíamos nos afastado.

(Não importava; mais cedo ou mais tarde, você concordava com qualquer coisa que Boss lhe pedisse. Meu braço ainda doía onde ela havia tatuado o grifo.)

Stenos tinha a atenção do grupo agora; eles estavam esperando serem convencidos.

Mas Stenos não estava gritando. Ele ficou com as mãos nos bolsos como os homens da equipe, como se não houvesse acabado de defender que todos fossem corajosos o bastante para esperar por Boss.

Ele teve de defender, pensei, e meus músculos doíam. Teve. Minha mão apertava meu braço.

"Eu fico, então", ele disse. "Dê-me um caminhão, e eu vou o mais próximo que conseguir da cidade. Esperarei que elas saiam ou..." Ele hesitou. "Ou. Eu as encontrarei."

Encontraria as cabeças delas em espetos e ele sabia disso, pensei, ficando totalmente gelado. Talvez Elena soubesse o que estava fazendo; talvez Boss estivesse certa.

"Não", eu disse, alto demais. "Vamos todos embora."

Os irmãos Grimaldi pararam sua discussão e olharam para mim, chocados e satisfeitos. A equipe pareceu surpresa que eu houvesse falado. Fátima me olhou como se eu finalmente tivesse colocado a cabeça no lugar.

Ayar disse: "Nós sabemos que você a amava, mas quem é você para nos dar ordens, Little George?"

"Boss me deu sua última ordem antes de ser levada embora", eu disse, aproveitando o silêncio momentâneo, tentando parecer ter certeza. "Ela disse que não deveríamos esperar por ela. Eu acho, em questão de ordens, que essa é bem clara. Alguém quer discutir as últimas palavras dela?"

Elena olhou para Stenos; Stenos olhou para longe de nós, para baixo do morro até a estrada.

De seu posto à margem do grupo, Panadrome se virou e caminhou em direção ao trailer de Boss.

Engoli seco, uma vez, mas o circo e a equipe estavam todos olhando para mim, e eu não podia desistir ou perderia a todos eles.

"Carreguem tudo", convoquei. "Nós partimos assim que o acampamento estiver arrumado, e viajaremos direto até o anoitecer, sem parar."

(Mais cedo ou mais tarde, você concordava com tudo que Boss lhe pedia.)

~ 56 ~

O tornozelo de Bird continua a arder mesmo após o sangramento parar, o que significa que a bala perfurou o osso e há pequenos estilhaços de metal em atrito com o músculo. Nas primeiras horas escuras em que fica sentada sozinha na cela, ela pensa que, quando sair, precisará que Boss retire tudo da articulação, raspe-a até limpar e comece novamente.

O homem do governo volta logo depois e acrescenta itens à lista de coisas de que precisará ser consertado em Bird.

Primeiro as duas costelas, que ele aperta até o cano ranger e se entortar. Ele corta seu antebraço até o osso. Ele desloca um dedo e faz um corte cuidadoso para ver como a articulação é construída.

Ele retira o olho falso dela e o rola por entre dois dedos, perscrutando como alguém que nunca viu algo feito de vidro. Ele o segura na altura de seu próprio olho, como se houvesse um espelho na cela que lhe mostrasse como ele fica com uma íris leitosa.

"Adorável", ela diz. A palavra sai um pouco mais alta do que ela gostaria – a forma como está amarrada quase não deixa espaço para respirar – e parece que ela está trinando, como se fosse começar a rir.

Ele desvia o olhar e joga o olho de vidro ao médico que trouxe até a cela. O médico se vira e fixa o olho de volta em sua órbita quase sem olhar para ela. O vidro desliza-se para seu lugar com uma sucção úmida, como se seu corpo ansiasse por ele.

Ela não pensa nisso. Não é a hora. Poderá se preocupar quando estiver em casa novamente, na parte de cima do beliche do trailer das trapezistas, com o vento de inverno passando pelos buracos dos pregos perto do teto e a batida do coração de Stenos, forte e constante, através da parede.

Agora ela precisa prestar atenção; precisa estar focada quando escapar.

Quando ele corta até o osso, ela vê onde ele mantém a faca (dentro de seu cinto, em uma bainha fina que fica quase reta contra sua cintura). Ela inclina o lado cego de sua cabeça em direção ao chão e ouve o tilintar de ferramentas na bolsa do médico, para ver se há qualquer coisa lá dentro que possa usar. (Ela sabe, por causa de seus dedos, que ele tem um alicate. Bird espera que não chegue a isso. Uma vez que começar a destroçá-lo, talvez não consiga parar, e o tempo é importante. Ela precisa libertá-las; não pode se perder com vingança.)

Em algum momento ela para de escutar – você não pode ficar escutando as coisas que eles dizem, é o que leva você ao limite – e abstrai.

O teto parece ser escorregadio demais para dar apoio; o bolor está quase amarelo sob a luz que o homem do governo trouxe consigo. É apenas suficiente para enxergar, mas não para realmente examinar (o médico que ele levou resmunga o tempo todo em que a monta de volta. Ela não sabe por quê; claro que ele está menos interessado em explorar do que confirmar o que já pensa, como a maioria dos homens do governo. É como um menino com um inseto).

Insetos têm asas, ela pensa, e sorri para a gosma amarela que se espalha acima dela como penas na parede. À luz certa, as asas de metal seriam amarelas, ou vermelhas sob a luz das lanternas do circo, ou azuis, se você as abrisse bastante, pouco antes de amanhecer, e pegasse o último momento da noite profunda.

("Faça-a parar de sorrir", diz o homem do governo, soando temeroso, e ela sente uma agulha em sua mandíbula.)

Ela sonha que Boss já lhe deu as asas.

Ela sonha que, assim que entraram na oficina e Bird as viu, Boss sorriu para ela e disse "Elas não são ruins, se você aguentá-las", e as desamarrou, abanando uma asa para inspeção.

"Eu quero tê-las", disse Bird-Sonhadora, e Boss disse: "Claro. Sente-se na mesa enquanto mato você, e aí começaremos".

Quando Bird se virou sobre a mesa, Boss abaixou os óculos de proteção sobre seus olhos e pegou a serra de ossos e a chave inglesa; Boss parecia a mãe mais gentil que já existiu.

As articulações das asas entraram no lugar sob a pele de Bird como se tivessem sido feitas para ela, e quando ela respirou, o ar percorreu as nervuras.

Boss disse: "Isso deve dar. Como se sente?"

"Completa", Bird disse e suspirou, e repousou o rosto sorridente no metal frio da mesa de trabalho.

Boss sorriu e colocou as articulações no lugar, com um barulho de uma porta se fechando, com o som de um cadeado deslizando-se finalmente para casa.

Quando Bird acorda, está sozinha e leva muito tempo para se lembrar de que não tem as asas, de que seus ombros estão se flexionando em torno de nada.

Então ela se lembra de onde está e do que aconteceu. Depois vem a dor.

Ela enrola a manga de sua camisa em volta do braço para estancar o sangue, e usa um pedaço da lona amarrada a seu pé para fechar a ferida em seu dedo. Vai infeccionar; Boss terá trabalho a fazer.

A cela escura cheira a cobre.

Ela tenta ouvir algum sinal de Boss. Ouve barulho de passos na pedra, mas o corredor tem tanto eco que poderia vir de qualquer lugar.

Ainda assim, é uma companhia. Ela fecha os olhos e tenta apurar.

Boss está na cela à direita da porta, três ou quatro portas adiante – aquela respiração incrédula, pelo nariz, de alguém que passou um tempo sob interrogatório e quase ruiu. (Bird conhece aquele som. Ela foi um soldado uma vez.)

O guarda está mais adiante no corredor e só se mexe para trocar sua arma de ombro, que se arrasta à parede de pedra atrás dele toda vez que ele muda a perna na qual se apoia. Os barulhos vão se espaçando; ele está caindo no sono e acordando em intervalos. Fora isso, Bird e Boss estão sozinhas.

Agora, ela pensa. Agora.

Ao final do corredor está uma porta com cadeado. A porta leva às escadas (oitenta e dois degraus, ela pensa, ou oitenta e quatro – quando eles empurraram seu tornozelo e ela apagou, perdeu as contas), e em seguida vêm o labirinto de corredores, o palco vazio e as fileiras de assentos, e a longa, longa corrida da porta da frente pelas ruas da cidade até a muralha, a qual Boss terá de aprender a escalar se quiser viver. Depois, retornar ao circo.

Bird não pensa além disso. Boss controla o circo como um ovo; o que quer que Boss faça então será a coisa certa, a coisa mais segura. Ainda assim, Bird espera que elas peguem o caminho do leste até uma cidade portuária, onde possam pegar um barco até outro país. Ela sempre quis voar sobre mar aberto.

(Ela terá as asas. Isso não está em questão; isso não pode estar em questão, se for para ela resgatar Boss. Boss tem suas razões para resistir ao que as pessoas querem, e joga uma coisa contra a outra para ganhar tempo, mas até Boss sabe o que é justo. Até Boss tem de saber que as asas não foram feitas para Stenos.)

O barulho de raspagem não é feito há vários minutos. O guarda está dormindo.

Há uma borda irregular de metal que ela pode alcançar se vasculhar o buraco que o disparo fez em seu tornozelo; ela reprime a náusea e a torce para fora. Ela corta os dedos enquanto desparafusa a moldura da estreita janela embutida na porta.

(As costelas entortadas a ajudam a deslizar pelo espaço minúsculo, mas o rangido do cobre ecoa em seu crânio conforme ela arrasta os quadris através dele e se contorce para fora.)

Ela anda na ponta dos pés pelo corredor. A dor é como uma lança sendo enfiada em seu tornozelo e subindo até a coluna. Ela a ignora. Sua frio; não resta muito tempo antes de a infecção se estabelecer.

Ela não consegue ficar de pé em frente à porta de Boss; sem o impulso para andar, seu tornozelo cede. Ela segura o ressalto acima dela e se ergue até conseguir olhar pela janela da cela.

Boss parece inteira, mas Bird sabe que isso não quer dizer que o homem do governo tenha sido mais bondoso com Boss. Provavelmente foi pior para ela; pelo menos não se esperava que Bird respondesse a nenhuma pergunta.

"Boss."

Do escuro, os olhos de Boss brilham.

Bird comprime os lábios. Eles quebraram o maxilar de Boss? "Eu posso arrombar a fechadura", Bird diz, "tenho uma chave."

"Seja rápida", diz Boss, tão baixo que as paredes engolem a maior parte das palavras.

Bird se ajoelha e começa a arrombar a fechadura.

Há o raspão da arma contra a pedra quando o soldado se estremece e desperta.

Boss chia: "Vá".

Não. Não. A garganta de Bird fica seca. Ela não pode ter feito tudo isso para deixar Boss sozinha nessa cova úmida. Ela tenta, com os dedos suados, segurar a lasca de metal firme dentro da fechadura.

"É a você que ele vai matar", Boss diz pela porta, "não a mim. Ele vai voltar a qualquer minuto, e será o fim para você."

Boss sempre sentia quando problemas estavam por vir; sempre sabia quando um dos seus estava mal. Ela provavelmente também sente o cheiro de cobre, e Bird passa por um momento de vergonha por sua criadora tê-la visto dessa maneira. O tornozelo havia sido um ferimento de guerra, mas ter se deitado no chão, ter sido jogada contra a parede para tornar os cortes mais fáceis – ela deveria ter lutado, deveria ter arrancado a faca diretamente da mão dele e o apunhalado pelas costelas, em vez de ser fraca.

Ela trabalha mais rápido na fechadura; seu rosto arde.

Boss se levanta atrás da porta e, mais rápido que Bird possa piscar os olhos, chega à janela, esticando os dedos pelo espaço aberto.

Bird balança-se sobre seus pés e estende a mão para os dedos de Boss, sentindo a dor se esvaindo de seu corpo conforme ele cura as feridas feitas pelo homem do governo – um dedo, dois dedos. No momento seguinte a dor lancinante em suas costelas se ameniza o suficiente para que ela enxergue com clareza.

Boss diz "Vá, ele voltará a qualquer momento", e Bird sabe que é verdade, mas ainda assim ela desce da janela e se inclina sobre a fechadura. Há tempo, ela pensa freneticamente, há tempo se ela ao menos conseguir abrir a porta–

As botas do soldado arrastam-se ao chão conforme ele se levanta.

"A passarela do lado de fora deve ter uma escada", sussurra Boss através da fechadura, mas Bird já está se mexendo.

Seria prudente voltar a sua cela, quase fechar a porta e esperar até que ele durma, mas há pavor demais em voltar, perigo demais que o homem do governo venha novamente antes de ter outra chance, e o primeiro instinto de Bird sempre foi subir, subir, subir.

Quando o soldado caminha pelo corredor e espia para a cela de Boss, Bird está agarrada ao teto curvado, escondida na sombra e em silêncio, com os pés descalços escorregando na gosma amarela.

Bird sabe que não há lugar na cela onde pudesse ficar fora de vista. Ela tem alguns segundos, talvez, antes de o guarda continuar caminhando pelo corredor e perceber que a cela está vazia.

Quando o soldado passa embaixo dela, ela cai silenciosamente sobre os ombros dele.

Após tanto tempo, ela sabe onde pousar para que seu parceiro saia ileso, e onde pousar para que ele fique preso. Seu impacto é duas vezes mais forte do que os ossos dele podem aguentar, e então ele se balança para a frente e desaba no chão, batendo contra a pedra com um barulho repugnante e molhado.

Bird sai de cima do corpo e mete a mão dentro do casaco dele. Quando sente o punho da faca (no mesmo lugar onde seu mestre a carrega), ela a coloca entre os dentes. Não há tempo para procurar por mais nada; nada mais que ela possa carregar, se houver alguma chance de sobrevivência.

Bird vai em direção à porta de Boss. Há tempo, tem de haver tempo suficiente–

Do casaco do soldado vem um estouro de estática de rádio. "Câmbio. Chamando?"

De trás da porta de madeira Boss diz, como uma bênção: "Encontre George".

Bird sai correndo.

~ 57 ~

Isto é o que aconteceu com Boss:

Ela estava sozinha em um recinto com ele. Ele sentou em frente a ela e a olhou muito seriamente, tão seriamente que ela poderia até ter gostado dele, não fosse pelo sangue embaixo de suas unhas. Seu cabelo era grisalho, como se fosse o pai dela.

"Quero que você entenda uma coisa", ele disse, e não havia vestígio do falso cavalheiro; era a voz de um homem honesto.

Ele a observou e, quando ela permaneceu quieta, continuou: "Eu não sou um tirano mesquinho querendo importuná-la por uma parte dos lucros. Não quero matar ninguém do seu circo, a não ser que você me dê motivo para usá-los contra você. O que eu quero", e aqui ele se sentou um pouco mais à frente, com os olhos tão vivos quanto os de um garoto, "é fazer esta cidade como o mundo antigo".

(Boss não respirou; não conseguia.)

"Quero fazer todas as cidades como o mundo antigo", ele disse, "uma por uma. Para isso preciso de tenentes que não morrerão baleados. Eu preciso de soldados que consigam saltar sobre os muros das cidades e que tragam todos para um mundo que não seja apenas colônias de animais ralhando uns com os outros."

Os olhos dele eram azuis e firmes, como se houvesse engolido o céu.

"Preciso", ele disse, "viver o tempo que isso levar."

Quando Boss recuperou a voz, disse: "Boa sorte".

Ele franziu o cenho e se recostou. "Sei que você está contra mim", ele disse. "Sei que você não quer desistir de seu pequeno espetáculo. Mas você possui um grande dom e eu vou usá-lo de um jeito ou de outro. Não adianta lutar contra mim."

"Você não pode forçar alguém a fazer isso contra a vontade", ela disse. "O que impede que um soldado imortal vire-se contra você?"

Nessa hora ele sorriu. "O que manteve os seus tão próximos a você?", perguntou. "Deve haver algo do qual eles têm medo, maior do que você. Todo mundo tem medo de alguma coisa."

Boss não lhe deu uma resposta; não havia nenhuma a dar.

Ele se levantou, ajeitou seu casaco distraidamente. "Você pode decidir até onde eu posso levar isso", ele disse. "A da outra cela deve durar mais alguns dias e depois eu mandarei trazer os outros, se nós dois ainda estivermos esperando."

À porta, ele parou. "Foi um erro mantê-los humanos", disse, olhando para ela. "Fiquei decepcionado em ver que eles sangram."

Ela ficou sentada sozinha aquela noite inteira, pensando na última noite de sua vida real, quando esteve diante de centenas e aguardou sua chance de cantar.

Ela estava aterrorizada demais para conseguir dormir, para chorar, e quando Bird apareceu para resgatá-la, Boss se levantou da cadeira pela primeira vez e descobriu que o medo havia derrubado suas pernas. (Ela engatinhou os últimos centímetros até a porta de sua cela.)

Isto é o que aconteceu com Boss:
Ela começou a entender o homem do governo.

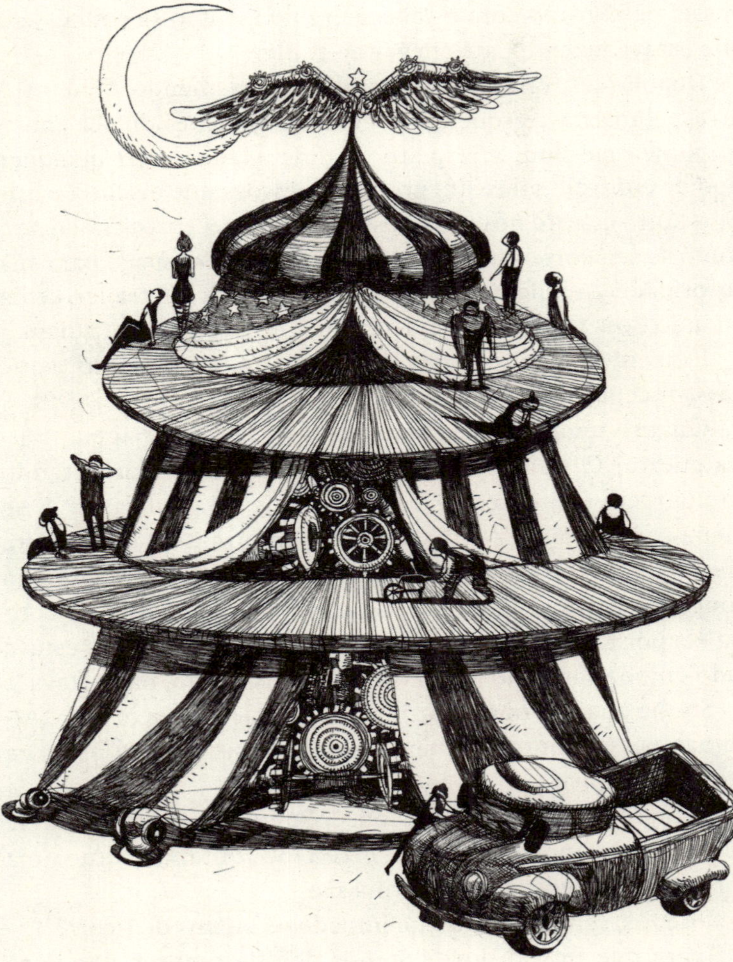

~ 58 ~

Passei pelo grupo com a cabeça erguida, como se soubesse o que estava fazendo, até chegar ao trailer.

Depois me afundei na cadeira de Boss, tremendo. Meu rosto no espelho estava esquelético; eu havia envelhecido dez anos.

Nunca me iludi a respeito da dificuldade de ter qualquer tipo de controle sobre um grupo de pessoas que discutia e brigava tanto quanto nós, mas Boss sempre pareceu à altura disso, como se seu corpo tivesse crescido só para ter espaço para sua autoridade. Até Elena, que era uma tirana em seu trailer, cedia quando Boss falava. Boss era alguém que as pessoas seguiam.

E eu era a pessoa que chamava as outras para o circo, e que havia recebido sua última ordem. Só isso.

Quanto tempo levaria para que o circo virasse apenas outra guerra? O que eu faria quando eles estivessem gritando comigo, em vez de esperarem para que eu explicasse? E se Elena se levantasse contra mim e se amotinasse? Ela não era querida, mas era esperta e difícil de se opor. Stenos, agora há pouco no pátio, foi a primeira pessoa que havia lutado contra ela por tanto tempo, e mesmo assim... bem, o circo estava indo embora, mesmo depois de tanta discussão, não estava?

Soube quando ouvi a batida que era ele do outro lado. Algumas pessoas nunca sabem quando desistir. Bird, e agora Stenos. (Acrobatas eram loucos.)

O rosto de Stenos se esticou. "Ninguém o nomeou chefe de picadeiro ainda", ele disse. "Estou lhe contando como uma cortesia, não pedindo sua permissão."

"Stenos, se você for, o que impede os outros de ficar?"

"Para que impedi-los?", Stenos deu de ombros. "Se você tentar ser tirano, eles farão um complô contra você. Se você deixar as pessoas à vontade para ir e vir, suas chances de ser chefe de picadeiro para quem ficar são maiores."

Stenos estava errado, em tudo. Eu não queria ser o chefe do picadeiro. Queria colar cartazes nos muros das cidades. Queria entregar os ingressos, apontar a direção da cerveja para os aldeões, entrar na tenda pela porta de trás sob o desfile de sombrinhas amarelas que guiavam os artistas na entrada e na saída do acampamento. E os outros que ficassem estariam condenados – Elena raramente se enganava a respeito da perversidade das pessoas e eu havia visto o brilho no olho do homem do governo enquanto ele empurrava o corpo de Bird para dentro de seu carro. Eu não queria ninguém ficando para trás. Não poderia liderar pela metade um circo fraturado aos trancos e barrancos, preso entre dois perigos, sofrendo de um jeito ou de outro.

Eu disse: "Se você chegar perto daquela cidade, eles irão matá-lo". Eu já soava mais velho também. Cansado.

Stenos balançou os ombros. "Eles ainda precisarão de alguém para levá-los de volta ao circo."

Ele estava me olhando como se pudesse ler minha mente, e eu franzi o rosto e coloquei as mãos nos bolsos. Não interessa o quanto era bom em ler as pessoas, ele não podia ler o futuro. Não sabia mais do que eu o que poderia acontecer.

Só que eu sabia algumas coisas que Stenos não sabia; eu tinha uma tatuagem fresquinha gravada em meu ombro e uma última ordem que se parecia mais e mais como um peso jogado em meus braços por alguém prestes a morrer.

"Você pode fazer com que Ayar me mantenha prisioneiro se não quiser que eu vá", continuou Stenos, "mas é a única maneira de me segurar com vocês, e imagino que Ayar acabará se sentindo meio solidário."

Eu havia esquecido quão convincente Stenos podia ser quando mantinha a calma – ele deve ter sido persuasivo para conseguir uma posição no circo depois que Boss o pegou no flagra –, mas agora ele estava quase sorrindo, como se tivesse compaixão por mim, como se estivesse aqui em nome da pessoa que fosse o verdadeiro problema, e eu me peguei pensando exatamente do jeito que ele queria antes de dar-me conta. Eu não conseguia acreditar nele; não conseguia entendê-lo de jeito nenhum.

"Para que você está ficando?", perguntei, admirando.

Stenos titubeou como se eu houvesse atingido o alvo e rapidamente, bruscamente, disse: "Boss me deve um par de asas".

Pensei em Boss tendo que lidar por anos com o olhar de lobo de Stenos, de um lado, e o olho de vidro de Bird a observando, de outro. Boss devia ter um coração de pedra para conseguir dormir à noite.

Quando não respondi, ele franziu o cenho, bufou, e disse: "Que outro motivo eu teria?"

Não havia me ocorrido antes daquele momento que ele estaria pensando em Bird. Eu imaginava que eles houvessem se separado quando Bird foi baleada. (Eu havia sido rápido em dar Bird como um caso perdido, mais rápido até do que Elena.) Mas ao olhar para Stenos fazendo cara feia para mim no meio do pátio, pedindo para deixar o circo e ficar onde os homens do governo poderiam encontrá-lo, tive minhas dúvidas a respeito de Stenos ter se desapegado de Bird.

"Fique se quiser", eu disse. "Pegue seu trailer. Ayar e Jonah podem ficar com os irmãos."

Isso significava que eu ficaria no trailer de Boss, onde o chefe de picadeiro dormia. Eu me senti enjoado. Como poderia dormir na cama dela sabendo que ela estava provavelmente morrendo atrás dos muros da cidade?

"E se outros quiserem ficar?"

Eu fiquei pálido. "Quem mais seria tão burro quanto você?"

Se Stenos ficou ofendido, não demonstrou. Disse somente: "Nunca se sabe", esperando minha reação.

"Olhe, não sou o chefe", eu disse, arrepiado com o seu olhar. "Não tente me transformar em um tirano só para atrair as pessoas à sua causa inútil. Estou aqui só até Boss voltar ou podermos eleger alguém para a posição. Só – pegue quem quiser. Qualquer um que queira ficar aqui e ser morto, por mim tudo bem. Não me importa."

(Acreditei naquilo quando disse; não me importava com ninguém que não se importasse o bastante para ficar, porque aquilo era bem simples.

Eu ainda não sabia quem pediria para ir com ele.)

"Se você quiser o trailer, comece a tirar as coisas de Ayar e Jonah", eu disse. "Nós partimos assim que a equipe terminar. Pegue a comida que conseguir arrumar com Joe antes de ele amarrar tudo."

"Em que direção vocês estão indo?"

À Morte, mais devagar do que você, pensei. E então percebi que não havia pensado nisso. Tentei me lembrar do circuito que fizemos da última vez em que estivemos ali – de repente parecia que havia sido há cem anos. (Teria sido?)

Eu disse: "Direto para o norte por dois dias. Depois pegaremos um caminho para o leste, se pudermos, mas se não pudermos eu não sei aonde iremos. Pode ser que você nunca nos encontre".

"Boss saberá onde vocês estão", disse Stenos, e quando ele sorriu eu sorri de volta, só porque era bom fingir que Boss ainda estava viva.

Do outro lado do acampamento, Elena estava ao lado do trailer das trapezistas, observando-nos com a expressão de alguém resignado em saber que todas as coisas estranhas e terríveis que havia previsto iriam enfim tornar-se realidade.

~ 59 ~

Isto é o que a vendedora de frutas vê quando sai de manhã cedinho para montar sua barraquinha na praça em frente ao edifício do capitólio:

A praça vazia se estende à frente dela, as torres e a cúpula do capitólio projetam sombras no chão. Tudo está quieto. Os pés dela foram os únicos a tocar o chão desde o toque de recolher.

Ela monta suas mesas com a facilidade de longa prática. O caminhão de produtos agrícolas está a caminho, vindo da fábrica do governo que fica uma hora ao sul, portanto trabalha com calma; ela tem tempo. (Ela acha que essa coisa toda é uma atuação, uma aparência de uma vida pitoresca da qual ninguém se lembra, mas pelo menos aqui não há tiros e quase a metade das pessoas que vêm paga com dinheiro em vez de escambo. Ela estava muito pior antes de vir para essa cidade, então apenas se cala e vende o que quer que lhe digam para vender.)

Ela está amarrando o último toldo nos postes de apoio quando vê um relance de cinza no canto da visão, como um pedaço de material apanhado pelo vento. Ela se vira – um de seus toldos se soltou novamente...

Alguém está se mexendo ao longo do telhado do capitólio.

A figura é magra e pálida, correndo irregularmente, e onde a boca deveria estar, há apenas o brilho do metal. Não há espaço suficiente para virar – ela se pergunta o que essa pessoa irá fazer na beirada do telhado.

Não pule, ela pensa. É um desperdício.

Em seguida ela pensa nos prisioneiros que entram no capitólio para julgamento e não saem. Decide que talvez seja melhor para o pobre homem pular mesmo.

O corredor no telhado se acelera.

Não há lugar para o corredor ir – nenhum telhado próximo, apenas a praça aberta, algumas árvores bombardeadas e filas de casas invadidas distantes demais. Os pulmões da mulher se contraem. Ela não quer limpar sangue nenhum hoje.

A figura dá três passos largos ao chegar à beira do telhado. Em seguida, desaparece por um momento (está agachada? caiu?) e irrompe novamente quando pula.

A mulher cobre a boca e dá um passo para trás, para que o sangue não a atinja quando a pobre alma aterrissar.

Mas a figura está voando, pernas juntas, braços abertos, mãos apontadas para a grande árvore negra.

Impossível, a mulher pensa, é longe demais, mas a figura está alcançando, agarrando o galho no ar. A figura gira, dobra-se, e parece flutuar daquele galho para o próximo, embora a mulher ouça a madeira se partindo quando a figura se agarra, o rangido de protesto por receber tanto ímpeto de uma só vez.

Algo se abre ruidosamente dentro do vestíbulo do capitólio; há o som de um homem gritando, de botas no piso de mármore.

A figura saltou para uma segunda árvore, mais além; ela gira uma vez, duas vezes, para ganhar velocidade; ela se solta cegamente (impossível, impossível) e gira em pleno ar, com os braços já estendidos para agarrar-se ao que for possível. Ela segura o toldo do prédio mais próximo (a mulher ouve a lona se rasgar) e pula para o telhado. A mulher tem um vislumbre de uma silhueta com a boca pontiaguda, antes de a figura desaparecer.

A mulher está no meio da praça, com o coração palpitando, até que ouve as portas se abrindo e se joga de joelhos, puxando as cordas do toldo bem apertadas em tornos dos apoios, amarrando os nós e mantendo a cabeça abaixada.

Ela vê um par de botas de soldados a seu lado e olha para cima. Atrás do soldado, o céu passa de cinza para azul; já é quase manhã.

"Você viu uma mulher passar por aqui?"

Ela balança a cabeça. "Não, senhor."

"Ela é uma prisioneira", ele diz. "Acrobata fugitiva. Perigosa. Não queira ser pega a escondendo."

Ela se senta em cima de seus calcanhares e dá um meio sorriso. "Acho que nem tentaria esconder nada de ninguém nessa cidade."

O rosto austero do soldado se suaviza um pouco. Eles já se viram antes; ele comprou frutas dela (todos compram) e, uma vez quando ela precisou examinar uma praga nas maçãs, ele foi o soldado que liberou sua saída da cidade e lhe lembrou de estar com os papéis prontos ao portão. ("Alguns caras ficam nervosos quando você põe a mão dentro de uma bolsa", ele disse enquanto pôs a arma no ombro, deu um passo para trás e acenou para o caminhão pegar a estrada.)

"Tenha cuidado se a vir", ele diz. "Ela tentou matar o Primeiro-Ministro."

Ele não parece muito indignado – admirável, se ela caísse nessa. Ela não sabe se deve sorrir ou se é uma armadilha. Não quer arriscar.

"Terei cuidado", ela diz com sinceridade. Após um instante o soldado parece satisfeito e segue rua abaixo. Outros se juntam a ele – eles saem de todos os becos ao mesmo tempo, são piores que ratos. Eles se consultam rapidamente e se espalham novamente, logo ela está sozinha na rua.

Uma acrobata tentou matar o Primeiro-Ministro. O mundo é estranho.

Quando ouve um ronco, ela ergue a cabeça, mas é só o caminhão da manhã e o agricultor desce para ajudar os soldados da fazenda a descarregá-lo. Ela carrega caixas de pêssego e ervilhas, arruma as pilhas de milho, indica onde as últimas maçãs devem ficar.

"Aconteceu alguma coisa?", o agricultor pergunta, quando estão próximos.

Deve haver mais guardas do lado de fora.

"Procurando alguém", ela diz. "Alguém tentou matar o Primeiro-Ministro."

Ele ergue uma sobrancelha, vira-se para o caminhão sem lhe responder.

O dia inteiro, enquanto vende as frutas para as mesmas pessoas que sempre aparecem, enquanto acena com a cabeça para os soldados e observa duplas deles espreitando-se por vielas, a mulher mantém um olho na árvore negra.

Ela imagina a acrobata descendo de uma árvore ao lado da estrada, curvando-se, girando e atingindo o Primeiro-Ministro como uma flecha com suas mãos afiadas, levando-o diretamente ao chão.

Ela espera que os soldados nunca a encontrem.

~ 60 ~

Assim que estava livre de George, o suposto pequeno chefe de picadeiro, Stenos correu para o trailer de Ayar e Jonah.

O trailer era seu também – morava nele quando estavam na estrada e dormia no beliche em frente ao de Jonah –, mas era a casa deles, não a de Stenos. Ele dormia lá só porque a equipe não o queria mais, depois que Boss o transformou em uma atração, e os irmãos Grimaldi não queriam nenhum estranho, ponto.

O trailer estava limpo e livre, com três camas recém-fabricadas e três vazias. A única coisa que Ayar e Jonah realmente possuíam era uma coleção acidental de livros e pedaços de livros que haviam encontrado. Estes teriam de ser encaixotados e mexidos com cuidado. Mesmo em sua fúria, Stenos havia deixado os livros intocados.

Stenos chegara ao circo sem nada e não havia acumulado nada. (Ele não morava no circo ainda; todos esses anos estava apenas esperando.)

Ayar o encontrou quando ele estava empacotando os livros em um caixote forrado de lona. Stenos pensou em se desculpar pela confusão, mas não poderia estar arrependido, então apenas acenou com a cabeça e continuou a trabalhar. Ayar o perdoaria por levar o trailer, se compreendesse.

"Não faça isso", disse Ayar, olhando para os livros.

Stenos disse: "Não tente me impedir. Já tive problemas demais hoje".

"Eu quis dizer que não precisa guardar minhas coisas. Não vou com o restante deles."

Por aquilo Stenos não esperava. Ele se levantou, com um livro ainda em uma das mãos. "Você tem certeza?"

Ayar deu de ombros, suas costelas de metal rangeram. "Tenho uma dívida com Boss. Está na hora de pagá-la."

"E Jonah?"

O sorriso de Ayar murchou. "Ele sabe melhor do que ninguém que às vezes você precisa escolher a batalha perdida."

Após um instante, Stenos entregou o livro a Ayar.

"Vamos nos apressar e terminar", ele disse.

Ayar voltou com a cara amarrada, uma caixa de mantimentos do caminhão de comida de Joe e Bárbaro e Brio a tiracolo.

Stenos cruzou os braços. "Vocês vão ficar também? Isso está virando uma festa."

Brio disse: "Nós todos deveríamos ficar. Espero que meus irmãos percebam isso antes do circo partir".

Se todos os irmãos percebessem, o trailer iria ficar apertado.

Enquanto Brio e Ayar levavam os mantimentos para dentro, Stenos olhou para Bárbaro, que estava fumando o último centímetro de um cigarro achatado. Era difícil de acreditar que Bárbaro estava embarcando em uma missão compassiva; ele fora uma máquina de soldado, embora nunca dissesse muito a respeito. Quando você se comportava como Bárbaro, ninguém precisava perguntar.

Bárbaro olhou para ele e deu de ombros, como se Stenos lhe houvesse feito uma pergunta. "Quando nós fugirmos para morrer, levarei algumas balas por você, antes de você ser baleado", ele disse, examinando o horizonte atrás do ombro de Stenos. "A essa altura, mais algumas na minha cabeça não farão diferença."

"Ninguém está fugindo para morrer", disse Stenos.

Bárbaro olhou para ele, ergueu as sobrancelhas e deu uma tragada no cigarro. A fumaça serpenteou por suas narinas e por um momento Stenos viu o que os inimigos de Bárbaro devem ter visto – seu rosto sem expressão, os olhos como duas miras de pistola.

"Com certeza", disse Bárbaro. "Erro meu."
Ele apertou o cigarro entre os dedos e apagou o fogo.

Stenos entrou pela última vez na oficina de Boss. Ele havia adivinhado – ninguém a havia trancado ainda. (Sem Boss, somente Panadrome ou George pensariam na oficina; George estava disperso demais para pensar nela, e Panadrome estava triste demais para lembrar.)

Stenos pegou qualquer coisa que se parecesse com uma arma e que não faria falta: chaves inglesas, um punhado de pregos, um semicírculo de roda dentada que parecia ter sido arrancada do ombro de Ayar. Era tão afiada que Stenos cortou o dedo ao pegá-la e teve de enrolá-la em uma folha de lata só para carregá-la.

"Sabia que o acharia na cena do crime", disse Elena atrás dele.

Ele não parou de arrumar as coisas. "Então estou descuidado na minha velhice."

"Você não sabe nada sobre velhice", ela disse, já entrando. A oficina se encolheu em volta deles; quando ele se virou para olhar para ela, teve a sensação de que estavam juntos em um caixão.

"Você sabe que é bobagem ficar aqui e morrer", ela disse.

Era difícil de argumentar.

Ela chegou mais perto, tão perto que o ombro dela roçou no dele. Ele abaixou a cabeça sem se mexer; ela preenchia sua visão, com a pele fresca, a suave vastidão de seu cabelo amarrado para trás.

(Ele se perguntou como pôde ter sido tão cego por ela, para ficar tão próximo dela tantas vezes e não perceber que algo estava errado, não perceber o que era diferente em todos que tinham os ossos.)

"Traga-as de volta", ela disse baixinho, e ele ficou tão surpreso que a olhou nos olhos. Deve ter entendido mal.

Ela não pestanejou e sua voz estava firme. "Traga-as de volta", ela disse, "se você viver."

Tão perto que ele podia se inclinar e beijá-la.

Ele mostrou os dentes. "Até Bird? Por que não deixar os homens do governo terminarem o seu trabalho?"

O rosto de Elena mudou, e por um instante ele se perguntou se a havia magoado. (Como? Como se pode magoar alguém com um pedaço de metal onde deveria estar o coração?)

Então ela se inclinou e disse, muito docemente: "Se não puder resgatar as duas, sugiro dar-se por vencido. Você pareceria um tolo atravessando os portões da cidade duas vezes".

Ela foi embora tão silenciosamente quanto havia aparecido, pelo pátio vazio estendendo-se à sua frente.

Por um momento ele se sentiu inseguro, como se a houvesse pressionado por algo sem saber. (Era Bird? Por que ela se importava se Bird voltasse?)

Lá fora o ar crepitava com expectativas. A tenda havia sumido, os caminhões estavam carregados e, mesmo que soubesse que não iria com eles, ele checou os caminhões conforme passava, por hábito, certificando-se de que as cordas estavam amarradas direito, que todas as trancas estavam fechadas.

("Não me importa quem deixou cair", Boss costumava dizer. "Vocês todos pagam juntos por qualquer coisa que quebrem. Cuidem das coisas ou não, a escolha é sua."

Claro que cuidavam das coisas. Eles já recebiam muito pouco sem ter de pagar pelos pregos para consertar os bancos quebrados.)

Alguém a seu lado disse: "Leve-me também".

Era Ying. Seu rosto estava confuso e pálido, mas ela caminhou ao lado de Stenos sem hesitação. Ele franziu o rosto para ela; era uma estranha. Já haviam se falado antes?

"Volte", ele disse. Sabia que Ying era mais velha do que ele (o dobro da idade? Cem anos mais velha?), mas ela não pode ter vivido por muito tempo na guerra antes deles a terem acolhido. Boss nunca o perdoaria por levar aqueles que ela havia salvado de volta à lama.

"Não", ela disse. Olhou em volta, nervosa, mas sem se mexer. "Não. Eu vou ficar."

Eles estavam perto do trailer agora, e Ying pareceu surpresa em ver dois dos inseparáveis irmãos Grimaldi à vontade no pequeno trailer.

"Quantos de nós estão aqui?", ela perguntou. Parecia satisfeita. Aliviada.

Stenos lançou um olhar para ela e se perguntou quantas vezes deve ter sido deixada para trás, para sentir-se tão unida àquelas pessoas estranhas que estavam ausentes, para ansiar por um novo grupo tão logo estivesse perto de um.

Ayar estava lá dentro e, ao ouvir a voz de Ying, pôs a cabeça para fora da porta do trailer, franzindo o cenho.

"Não", ele disse a Stenos, apontando como se Stenos a tivesse arrastado. "Ela não vai ficar. Elena irá nos matar."

Os homens do governo provavelmente os matariam primeiro, mas Stenos apenas abriu os braços. "Não sou senhor de ninguém. Se ela quiser ficar, pode ficar."

O rosto de Ayar pareceu cair um pouquinho e ele lançou um olhar triste para Stenos. "Como podemos deixá-la?"

Então Ayar também sabia que nem todos voltariam para casa. Talvez fosse até melhor que todos suspeitassem do pior. Faria com que fosse mais fácil lidar com a derrota.

"Ying!"

Era George, andando rapidamente pelo gramado. Rápido demais para seu conforto – então ele não era cego. Sabia que Ying não estava ali para se despedir. Ele esperava evitar o desastre.

"Estamos prontos para partir", disse George assim que se aproximou. Ele parou do outro lado de Ying e por cima da cabeça dela Stenos pôde ver quão cansado George já parecia, após liderá-los por menos de um dia.

"É melhor você entrar logo no trailer antes de Elena dar pela sua falta", George disse. "Já estamos quase prontos."

Ying olhou para ele. "Adeus", ela disse.

Sob o olhar dela, o rosto de George lentamente perdeu a cor.

"Você não pode", ele disse. "Você não pode – eu só entendo agora, você não pode ficar aqui quando–"

"George!", gritou Jonah. "Estamos prontos para zarpar."

"Um minuto!", ralhou George por cima do ombro, e voltou-se para Ying e segurou os dois pulsos dela.

"Se eles a pegarem, você irá sofrer", disse George entredentes e, mais uma vez, tenso de medo: "Você irá *sofrer*".

Pobre George, pensou Stenos; crianças apaixonadas sempre exageram. Ainda assim, ele se arrepiou. (Little George tinha olhos feito pratos, e suas mãos puxavam as de Ying como se ele pudesse fazer crescer sobre ela um emaranhado de trepadeiras e mantê-la consigo, protegida e escondida.)

"Você não pode ir", sussurrou George.

Ela puxou os pulsos do controle dele, lentamente, e deu um passo para trás. "O circo é uma trupe", ela disse. "Eu assinei um contrato. Estou honrando-o."

Ele olhou para ela com olhos suplicantes. "Não posso ficar", ele disse. "Nós temos de tirar todos daqui. Não posso–"

"Adeus", disse Ying.

"George!" A voz de Jonah soou como um sino. "Todos estão prontos. Se quisermos alcançar água até o anoitecer, temos de sair *agora*."

Por um momento George ficou tenso, colocado à beira de uma decisão. Stenos prendeu a respiração. (George amava Boss, não amava? Essa fuga não poderia ser o que ele queria – não poderia ser o que escolheria.)

Em seguida, George beijou a testa de Ying; um instante depois estava correndo pelo acampamento, levantando poeira sob suas botas.

Os motores roncaram, com o barulho das rodas moendo a terra, e os caminhões saíram um a um. O trailer de Boss foi primeiro, depois os trailers da equipe, o caminhão da cozinha, os mantimentos, os artistas, o circo inteiro desaparecendo em menos de um minuto.

Sobre o ruído da confusão, um som bruto flutuou como uma voz humana (pode ter sido Elena chamando o nome de Ying), e então os cinco estavam sozinhos no terreno vazio.

Ayar ofereceu uma mão a Ying, que a segurou para subir as escadas, embora Stenos soubesse que ela podia ter saltado sobre o caminhão sem fazer esforço. Brio a seguiu para dentro do trailer, olhando para Stenos atrás dele.

"Vamos para o leste", disse Stenos e fechou a porta do trailer.

Bárbaro estava aguardando na cabine, no assento do carona, o que convinha a Stenos. Ele conhecia a estrada para a capital e chegariam lá mais rápido se ele dirigisse. Atrás deles, a janela para os aposentos estava aberta e Stenos ouviu os pequenos ruídos de todos se preparando para uma longa e desconfortável jornada.

"Boa sorte", disse Ayar, desaparecendo atrás das finas cortinas de seu beliche. A madeira rangeu sob seu peso.

Foi a última coisa que se disse até o escurecer, quando a grande muralha de pedra da capital apareceu ao horizonte.

Então Bárbaro disse: "Merda, eu queria ter uma arma".

Ninguém pediu explicações e eles rumaram direto à escuridão, para os muros da cidade.

Stenos olhou para aquela silhueta, um animal corpulento feito de preto sobre preto, e se perguntou onde Bird estaria.

(Ele sabia que ela não estaria ainda em uma cela de prisão. Bird tinha uma maneira de fugir do seu alcance, não importava o quanto você tentasse segurá-la.)

~ 61 ~

Uma das cidades que eles encontram naquele ano é mais civilizada que a maioria – guardas comuns, centro da cidade desmilitarizado, até uma escola –, e Boss estende a temporada para três semanas. A equipe monta mastros e lonas extras sobre um dos caminhões para servir de camarim aos artistas, para lhes dar algum outro lugar além de seus trailers apertados para passar o tempo, agora que têm um pouco mais de espaço.

As trapezistas ainda se arrumam em seu próprio trailer ("Já é difícil o bastante botar essas meninas para fazer alguma coisa sem todos vocês interrompendo", Elena diz), mas todos os outros se aglutinam no caminhão, agachando-se sob o teto de tecido, acotovelando-se por um lugar em frente aos três pedaços de espelho que conseguem na primeira noite em troca de ingressos.

(Ayar não consegue se envergar – sua coluna não permite – e então ele se recosta de lado, espia lá dentro e faz piadas dali.)

Os malabaristas pintam seus rostos infantis primeiro, olhos arregalados e bocas sorridentes, e se empilham até a tenda. Jonah normalmente não usa nenhuma pintura. ("Quem olha para o meu rosto?", ele pergunta, rindo, estendendo-se além do teto de lona para entregar a Ayar o lápis de carvão para seus olhos.) Os irmãos tendem a ficar juntos, mais parecidos às trapezistas do que qualquer um deles admitiria, portanto, por um bom tempo, ficam apenas Bird e Stenos no caminhão.

Bird roubou um pouco de maquiagem dos outros e está pintando o rosto todo – pele branca, uma pálpebra da cor de ferro. Há um pote de vermelho ao lado dela e Stenos imagina como sua boca ficaria se ela a pintasse de vermelho. Provavelmente como se estivesse bebendo o sangue de alguém antes de entrar em cena.

"Senhoras e senhores", chama Boss, "nós os convidamos a maravilharem-se com a força de Ayar, o Terrível, e seu Esqueleto de Aço!"

Os aplausos ecoam pela tenda.

"Imagino como era o barulho que eles faziam quando o Homem Alado pousava", Stenos diz, meio que para si mesmo. (Tudo que ele queria eram aplausos pelo seu trabalho. E os silêncios admirados e carregados depois que eles se apresentam começavam a ofender. Ele nunca percebe o silêncio até estar do lado de fora, e os aplausos aliviados que recebe o retorno de Boss chega às suas costas como a maré enchendo.

Ele nunca chegará a lugar nenhum com mercadorias danificadas.)

"Você nunca descobrirá", diz Bird, passando a mão por seu pescoço, até a gola de sua túnica.

Ele se levanta e se move atrás dela. Ela não para, as mãos estão no pescoço, espalhando a maquiagem cada vez mais para baixo, como se estivesse esculpindo um novo corpo de argila branca.

Ele diz: "Você só está me dizendo isso porque as quer só para si".

"Claro", ela responde. É a primeira vez em que falavam disso, mas ela age como se já houvessem tido essa conversa mil vezes.

(Eles já tiveram; toda vez que ela gira nos braços dele, toda vez que ele a pega, estão falando das asas.)

Stenos baixa o olhar para ela. "Quando Boss se cansar de me punir com você e me der as asas, você se sentirá uma idiota por ter sido tão mesquinha comigo."

Ela para, abaixa a mão e franze a testa em direção ao espelho.

"Você não entende?", ela pergunta ao espelho, sem ser indelicada. "Ela nunca dará as asas. É apenas a promessa que nos impede de enlouquecer. Ela queria um número nosso e conseguiu. Sou a criatura selvagem, você é a gaiola. Somos mais baratos do que manter um casal de animais, só isso."

Stenos fica branco, com o olhar fixo no espelho. Ela não se vira para olhar para ele; o rosto dela no vidro esfumaçado está tão imóvel quanto um cadáver. Seus lábios estão secos (deve ser inverno) e ela os lambuza com maquiagem roubada até que eles desapareçam no mar de branco.

Seu olho castanho brilha sob a luz do único lampião. Ele não vê o olho de vidro, contudo; nunca o vê. Ele só vê a órbita quebrada daquela noite longínqua, o véu de sangue em seu rosto, seu olho bom olhando para as estrelas acima.

Ela suspirava de leve em seus braços, com as costelas abertas pressionadas contra os dedos dele.

Ele envolve uma mão no pescoço dela, pressionando para baixo, um pouco aquém do limiar da dor.

"Eu não sou a gaiola", ele sussurra por fim, como um homem se afogando.

Ela olha para ele através do espelho, sem piscar.

Um longo tempo depois, de algum lugar bem atrás deles, Jonah abre as abas da tenda e diz: "Vocês são os próximos".

~ 62 ~

Isto é o que acontece quando você está prestes a morrer:
 Você perde, lentamente, o controle de seus músculos. Primeiro você fica apenas um pouco mole. Depois acha que a vala ao lado da estrada deve estar cheia de pedras que o fazem tropeçar. Mas é o seu corpo se desligando, desativando o que você realmente não precisa (ele lembra mais do que você sobre o processo prático da morte), e logo você começa a cambalear. Você dá um passo em falso. Você desaba.
 Seu sangue está oxigenado (você está hiperventilando – o pânico já se instaurou, e aquele animal mudo, o medo da morte, crava seus dentes em você) e você precisa de toda a sua energia para se deslocar de onde caiu até às árvores ao lado da estrada. Elas foram bombardeadas uma vez, mas começaram a crescer novamente, e finos galhos verdes se libertam de seu cadáver.
 A letargia vem no encalço do pânico, quando seu corpo já usou a última gota de adrenalina, e não há reserva de energia; agora não há nada que você possa fazer a não ser cair morto.
 A temperatura do seu corpo baixa. O efeito é pior se você está sangrando, e vem mais rápido; o corpo não consegue compensar a repentina falta de circulação, e se você alguma vez sangrar até a morte, sua última lembrança real é de dor e frio.
 Em seguida a demência se estabelece e as coisas pioram.
 Você esquece onde está. Acha que é primavera. Você não fugiu de uma cidade cheia de soldados e mentirosos e deixou sua chefe para trás. Você nunca nem viu um circo. Você está em patrulha, descansando nesta árvore até dar a hora da sua vigília. Você é uma criança, escondendo-se em prédios já bombardeados onde é menos provável que os soldados irão lhe procurar. Algo frio e metálico está apoiado à sua perna – um cano do prédio destroçado, talvez. Sua espingarda.

(Sua perna, você pensa, esforçando-se para manter-se consciente, é apenas a sua perna, e o metal está dentro dela, mas isso é pior, isso é a loucura se estabelecendo; quem tem ossos de metal?)

Você corre ao longo das beiradas do telhado do teatro de ópera várias vezes, assustada demais para pular, sabendo que é muito longe para correr e que, se você pular, não vai alcançar, e você precisa do seu outro olho. Você corre em volta da cúpula, com os sinos amarrados em gaiolas para não fazerem barulho, pássaros enormes com as asas dobradas, e como você pode deixar Boss aqui, como você pode deixá-la?

Mas você pula e depois disso não se lembra do que acontece consigo.

É noite quando você abre os olhos, portanto horas devem ter se passado (você está repousando), o frio já chegou (é inverno?) e as sombras estão se levantando para encontrá-la.

(Quando Boss deitou-a na mesa de metal da primeira vez, você sentiu todas as sombras dos cantos se abaixando mais, puxando-a gananciosamente, e você olhou para ela com admiração e uma certeza feroz. Sem medo.

"Imagino o que você fez para obter esse tipo de poder", você disse, como um elogio, logo antes de todas as luzes do mundo se extinguirem.)

Você também estava fria ali. E se pergunta se já esteve quente desde então.

Isto é o que acontece quando você está prestes a morrer:

Você apenas sonhou que estava descansando.

Você ainda está correndo, cambaleando por detrás de árvores e arbustos próximos à estrada, e se não fosse pela noite sem lua já teria sido avistada por um dos soldados enviados em rondas para encontrá-la.

Você quer desistir – *quer* descansar, quer que isso acabe –, mas não consegue. Lutar é um hábito muito antigo. Você arrasta um pé à frente do outro, tropeçando, empurrando-se para cima novamente com a mão que está tão ensanguentada quanto o resto. (Você costumava voar pelos ares.)

Você continuará seguindo em frente até seu tornozelo reclamar e se partir, até a última gota de seu sangue se esvair, até seus pulmões falharem, até você cair na terra e os vermes começarem seu trabalho.

E então você está nos braços de alguém – foi capturada, os soldados a encontraram, depois de tudo isso morrerá como prisioneira – e ataca para cortar o pescoço dele (você ainda tem a faca em sua mão, antigos hábitos são difíceis de largar, você não pode descansar, continua a lutar), mas você está sendo apanhada com cuidado, aninhada próxima demais para causar algum dano, e conhece essa sensação; este é o seu lar.

"Bird", ele diz, e a voz dele a apunhala, "Bird, pare." (Você está surpresa em reconhecer o próprio nome.)

Você pensa: Ele sabe meu nome; você pensa: Eu devo ter tido um amigo.

(Você já esteve nesse caminho antes, lembra; esta é a segunda vez em que você morre e ele carrega seu corpo para casa.)

A casa é a tenda; a casa é a oficina com a mesa larga, com as mãos de sua mãe costurando-a novamente.

Sua mãe. Você fez uma promessa.

"Encontre George", você diz. Você não se lembra do que isso queira dizer; não importa mais.

Ele a ergue mais perto; sua pele arde de tão quente e você fecha os olhos, pressiona seu rosto contra a garganta dele (sua pálpebra está prestes a congelar). Sua mão está bem apertada entre os seus pulmões e os dele.

Ele não tirou a sua faca; seu punho ainda está fechado em torno dela. Se você virasse seu pulso um centímetro poderia enterrar a faca no coração dele.

Seu amigo corre com cuidado, para onde quer que a esteja levando; a escuridão a engole por completo e em seguida você não sente nada.

~ 63 ~

Tão logo o caminhão parou, Ying abriu as portas (ela estava gelada, sabia que algo estava errado) e pulou ao chão, correu em volta da traseira do caminhão e observou Stenos saltar do banco do motorista e correr pela escuridão como se os lobos estivessem atrás dele.

O único farol do caminhão a funcionar mal iluminava em direção ao nada – Stenos apareceu sob a luz por um instante antes de desaparecer –, e ela não conseguia imaginar o que ele havia visto. Havia ele enlouquecido? Quão próximos da cidade estavam a essa altura?

(Ai meu Deus, ela pensou, se estivermos perto da muralha, não deixe que os soldados o vejam, Stenos, por favor.)

Estava um breu absoluto, sem lua, e ele tinha de estar tão cego quanto os outros. Não dava para dizer aonde ele pensava que estava correndo.

"Eu lhe dou um minuto antes de irmos sem ele", gritou Bárbaro da cabine. Ying não acreditava que ele daria a Stenos o minuto inteiro, mas mesmo assim começou a contar.

Após setenta e oito segundos Stenos reapareceu à luz crepitante, correndo com um saco de trapos em seus braços que Ying demorou a perceber ser Bird.

"Tirem tudo da mesa", ela disse, só que saiu como um berro, quase um grito.

Ela ouviu Bárbaro passando para o banco do motorista e, assim que Stenos passou pelo farol, Bárbaro ligou o motor.

(Aonde eles estavam indo? Aonde eles poderiam ir?)

Por força do hábito, Ying seguiu Stenos quando ele passou correndo, pulou para dentro por trás dele e fechou a porta como se a trupe estivesse sendo expulsa da cidade e ela fosse a última trapezista a entrar.

(Ela nunca havia sido; Elena sempre ia por último, para ter certeza de que as outras haviam entrado.)

Ayar estava esvaziando os sacos de ferramentas e comida enlatada em cima do beliche mais próximo para abrir espaço na mesa, gritando algo para Bárbaro que Ying não escutou. Ele tinha de se curvar quase ao meio só para ficar no nível da janela da cabine.

Stenos deslizou o corpo de Bird sobre a mesa, Ayar franziu o cenho por um momento antes de reconhecê-la e chiou para dentro, duvidando: "Não".

Ying teria lhe respondido, mas quando abriu a boca sua garganta estava seca demais.

À luz dos dois lampiões, Bird parecia ainda pior do que devia parecer no escuro, porque o rosto de Stenos ficou sério e, após ter deitado Bird, ele agarrou a mesa em cada lado como se fosse desmoronar assim que retirasse os braços dali.

"Aonde estou indo?", berrou Bárbaro, embora já estivesse dirigindo em frente, mais perto da cidade.

Stenos cerrou os dentes. "De volta ao circo."

"O quê?" Ayar balançou a cabeça. "Boss ainda está na cidade–"

"De volta ao circo", disse Stenos, como se Ayar não houvesse falado. "Ela irá morrer se não a ajudarmos."

"Como podemos ajudá-la?" Ying chegou mais perto, espiando as ataduras encharcadas de sangue. "Estes são ferimentos que só Boss pode curar." Ela tentou limpar um pouco das partes mais imundas. "Não consigo nem saber onde ela está machucada", disse a Stenos, quase perguntando. "Há sangue por toda a parte."

Ayar chegou perto do tornozelo de Bird. "Ela foi baleada na perna, isso nós sabemos com certeza", ele disse, pegando o pé dela para procurar o ferimento. Então ele o viu e parou de repente, olhando a ferida.

Brio deu uma olhada e logo em seguida virou o rosto. Ele passou em volta de Ayar no trailer apertado e se ajoelhou,

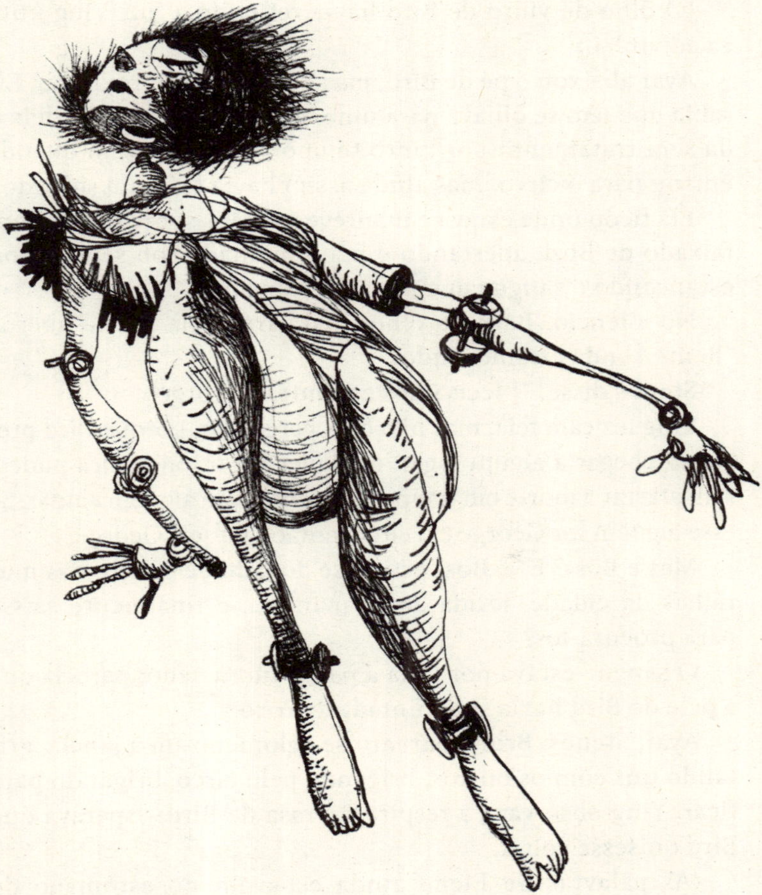

remexendo os suprimentos – procurando água, Ying esperava. Eles nem conseguiam ver onde ajudá-la, com toda aquela terra nela.

Como Stenos pode tê-la visto, camuflada dessa maneira, mexendo-se no escuro?

(O olho de vidro de Bird havia refletido a luz. Ying nunca adivinha.)

Ayar abaixou o pé de Bird, mas Ying não se aproximou. Ela sabia que não se olhava para uma ferida aberta que foi deixada sem tratamento por tanto tempo. (Ela era jovem quando entrou para o circo, mas ainda assim havia sido um soldado.)

Ela ficou onde estava e manteve as mãos sobre o braço enfaixado de Bird, apertando o pano molhado sob seus dedos, estancando o sangue que restava estancar.

No silêncio, Bárbaro olhou para trás pela janela aberta. "Bem? Aonde estamos indo?"

Stenos disse: "Precisamos encontrar George".

Ying fez cara feia, mas não quis perguntar, porque Bird precisava chegar a algum lugar, qualquer lugar, onde eles pudessem afastar a morte em tempo suficiente para alguém ajudar. Se esse alguém for George e o circo, então que seja George.

Mas e Boss? E se Boss estivesse do lado de dentro das muralhas da cidade, ferida dessa maneira, e finalmente saísse para procurá-los?

O sangue estava por toda a parte, incrustado; parecia que a pele de Bird havia sido pintada de roxo.

Ayar, Stenos, Brio e Bárbaro se aglomeravam à janela, gritando uns com os outros, brigando pelo circo, brigando para ficar. Ying observava a respiração rasa de Bird; esperava que Bird quisesse voltar.

(As palavras de Elena ainda ecoavam no estômago de Ying; era o que Ying mais temia, quando era jovem e estava viva, que a morte fosse reconfortante, e então ela tivesse que ser acordada.

George apertou o braço enquanto Elena falava nisso, sacudindo-se para trás, como se alguém o houvesse chamuscado e ele estivesse protegendo a queimadura.)

Como se alguém o houvesse chamuscado.

Ying abaixou o olhar para Bird, que havia fugido da cidade. Claro que ela teria ido até Boss primeiro, para tirá-la da cidade, e Boss teria visto os ferimentos de Bird – se Boss havia lhe dito para procurar por George, então deve haver um motivo. O que Boss sabia que ninguém mais sabia?

E onde estava Boss? Quão próximos da cidade eles estavam – se é que Boss ainda estava na cidade? E se Bird a tivesse libertado – e se Boss estivesse por aqui no escuro, sangrando e cambaleando ao longo da estrada, procurando por eles?

Ying havia deixado gente para trás em sua outra vida. Era a pior coisa que se podia fazer.

"Ying?"

Quando levantou a cabeça, Ayar estava olhando para ela. Estavam todos olhando para ela, exceto Stenos, cujo olhar continuava direcionado a Bird. Bird estava inconsciente agora, com os lábios retraídos de dor, os dentes reluzindo como a boca de um animal.

Os Grimaldi estavam olhando para Ying como se ela fosse um estorvo, mas Ayar olhava para ela do jeito que fizera quando ela entrou na tenda pela primeira vez, todos aqueles anos atrás, e pediu para fazer um teste – estava disposto a ficar impressionado, contanto que ela estivesse disposta a lutar.

"Estamos divididos", Ayar disse. "Dois de nós querem voltar. Dois querem ficar. Qual é o seu voto?"

Bird deu uma respirada irregular (molhada, como se o sangue estivesse vazando por todo o seu corpo) e Stenos se ressaltou como se ela houvesse batido nele.

Era a terceira vez em sua vida que Ying tinha o poder de decidir. A primeira vez a levou até o circo e a segunda vez trouxe-lhe os ossos. Ela nunca soube se havia escolhido certo; não havia jeito de saber realmente.

As mãos de Ying estavam firmes no braço de Bird e o sangue frio minava por entre seus dedos.

Ela disse: "Nós ficamos".

Não olhou para Stenos (não conseguia), mas olhou para Ayar e continuou antes de perder a coragem. "Cuidaremos de Bird aqui, mas não podemos deixar Boss. Não vamos deixar ninguém para trás."

Era a pior coisa que se podia fazer.

Ayar disse "Tudo bem", de um jeito que Ying reconheceu como aprovação. Em seguida ele continuou: "Bárbaro, estacione embaixo daquelas árvores por hoje. Brio, Ying, comecem a limpar Bird, façam o que puderem por ela. Stenos, você e eu ficamos de guarda. Talvez Boss esteja lá fora também. Continuaremos ao amanhecer".

Bárbaro mudou a marcha do caminhão e começou a movê-lo lentamente pela estrada até o abrigo.

"Eu preferia ficar aqui", disse Stenos baixinho. Ele não havia tirado os olhos de Bird.

Ayar olhou para ele e depois para os irmãos. "Brio", ele disse, "você e eu montamos guarda."

Brio deu a volta na mesa, pegou duas chaves inglesas de um dos beliches e abriu a porta do trailer.

"Avise-nos se encontrar água", Ying disse. Ela não acrescentou: *Para que possamos encontrá-la debaixo dessa camada de sangue e terra*. Seria muito parecido a algo que Elena diria.

(Durante toda a vida, Ying supôs que Elena fosse naturalmente cruel. Perguntava-se agora se a crueldade simplesmente surgia quando o mundo estava desabando e não havia nada mais a se fazer a não ser brigar.)

Brio voltou o olhar para ela e deu um sorriso fraco, como se ouvisse o que ela não estava dizendo. Em seguida, Ayar se mexeu na frente dela e logo a porta se fechou atrás deles, e ela e Stenos estavam sozinhos na cabine do trailer.

(O cheiro de cobre estava em toda a parte; era pior do que na oficina quando Ying foi feita.)

Stenos arrancou o lençol de seu beliche e o rasgou distraidamente em faixas, e em seguida abaixou-se para sua tarefa, passando o tecido gentilmente pelos braços e pernas de Bird, retirando as primeiras camadas de sujeira e revelando a pele por baixo. Olhou severamente para Bird como se ela houvesse feito aquilo de propósito, passando pela superfície do corpo dela com a tranquilidade de uma antiga familiaridade.

(Ying compreendia. Odiava Elena, mas após todo esse tempo com o circo, Ying sabia dizer, sem olhar, o comprimento do dedo médio de Elena em relação ao indicador e quais arcos eram dela em uma longa fila de pés esticados das trapezistas. Era estranho descobrir o quanto você sabia.)

Stenos em momento algum levantou a cabeça – pareceu ter se esquecido até de que ela estava ali –, mas quando Ying passou seu canivete ao longo da camisa de Bird, ele retirou uma metade enquanto ela retirou a outra, e quando Ying jogou água do cantil sobre os braços despidos de Bird, Stenos ergueu as mãos da pele de Bird por um instante para que a água fizesse seu trabalho.

Era pior do que Ying havia imaginado. Quando retiraram a sujeira, todas as feridas eram mais profundas e mais escabrosas do que pareciam. O sangue ainda vazava, mas Ying rasgou pedaços de pano para enfaixar Bird novamente e nunca retirou seu voto. Se Boss estivesse ali fora na escuridão, eles teriam de fazer o mesmo por ela, só isso.

(Se é que Boss sobreviveria a tudo isso. Se é que tudo isso incomodaria a Boss. Ninguém sabia o que Boss havia feito para viver por tanto tempo; o que quer que fosse, Ying esperava que durasse.

Ying pensou na distância a que o circo havia chegado. Talvez fosse o circo, e não Boss, que os mantivessem vivos, e eles estivessem todos bem e fortes, e talvez fosse Ying e seus companheiros que estivessem condenados.

Ou caso Boss fosse mesmo seu elo vital, Ying pensou se o circo já havia se afastado demais de Boss e todos os seus companheiros haviam caído mortos, e agora estariam todos esperando por eles para trazer Boss de volta e ressuscitá-los; as dançarinas e os malabaristas montando guarda, tudo o que havia restado com vida no circo.)

"Nós não podemos ir", ela disse. Sua voz era alarmante no trailer silencioso.

"Eu sei", disse Stenos, sem levantar a cabeça. "Pegue uma agulha do estojo e linha. Precisamos costurar o braço dela."

Stenos abriu a garrafa de vidro e o cheiro de álcool se misturou ao fedor de cobre e ao cheiro gorduroso da fumaça. Era coisa demais, e Ying apertou o nariz enquanto Stenos banhou os ferimentos em bebida barata, chegou o lampião mais perto e costurou Bird como uma boneca esfarrapada.

Quando o fedor e a fumaça a levaram às lágrimas, Stenos disse sem olhar "Vá descansar os olhos", o que foi a coisa mais bondosa que ela já havia escutado dele.

Quando ela se enrolou no beliche de cima fazia menos frio do que havia pensado, por causa da fumaça do lampião que havia ficado presa nas frestas. O som de linha passando através da pele (menos nojento quando se acostuma) era uniforme, e conforme caía no sono ela pensou que, se Bird sobrevivesse, talvez ainda estivesse tudo bem.

Quando ela acordou, o sol estava nascendo e eles haviam partido.

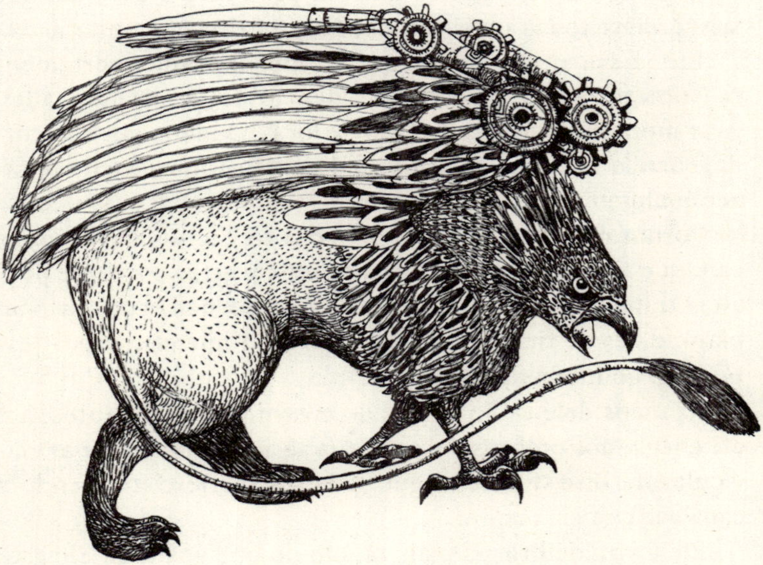

~ 64 ~

Disto é que Ayar esqueceu a respeito de Stenos:

Stenos pode concordar com você sem ceder.

Quando Stenos concorda com alguma coisa, é porque é a coisa política a se fazer. É uma forma de ganhar tempo até poder decidir no que realmente acredita.

(Boss sabia. Foi por isso que entregou Bird a ele e deu-lhe suas ordens, todos aqueles anos atrás, sem lhe perguntar nada.)

Ele já viu o que acontece quando discorda abertamente (trancado como uma criança dentro deste mesmo trailer, Ayar montando guarda do lado de fora). Quando você discorda, corre o risco de ser minoria. Isso não é maneira de se fazer qualquer coisa.

Portanto, quando Ayar declara o voto, Stenos acena com a cabeça e aquiesce. Quando Stenos e Ying estão a sós, ele põe-se a trabalhar no corpo de Bird e não diz nada contrário ao plano deles de ficar e costurar Bird para que ela pareça respeitável ao morrer pela manhã.

As mãos dele estão firmes ao costurar os ferimentos, até ele chegar aos ombros dela. A água se acumulou entre as clavículas de Bird. Ele consegue se ver no reflexo, tremendo a cada vez que ela respira.

Ele a vira de bruços mais rápido do que gostaria. Ele está feliz por Bárbaro e Ying estarem dormindo; não há ninguém para vê-lo e se preocupar.

Quando Brio e Ayar voltam e Ayar nomeia Bárbaro e Stenos para a próxima vigília, Stenos diz "Claro". (É uma maneira de ganhar tempo.)

Stenos sai com Bárbaro até a noite separá-los e engoli-los. Então ele volta, entra no trailer, carrega Bird até a boleia do caminhão. Ayar está dormindo, tendo algum pesadelo, e nem abre os olhos. (E por que deveria? Todos em seu grupo concordaram.)

Stenos a envolveu em sua própria camisa (é tudo o que tinham para vesti-la), mas ela está enfaixada em tantos panos que podiam muito bem ser roupas, e não treme com o frio.

(Ele sabe por que estão ficando – por Boss, se Boss viver. Ele sabe. Mas para ele, agora, não importa. Ele odeia Bird, mas ele não pode deixar que ela morra sob seu comando; não outra vez.

Ele pensou muito, no último dia, sobre aquela longa noite em que a segurou, apertando seus lábios abertos contra a boca ensanguentada dela para forçar a entrada de ar. Ele achou que foi por um triz levá-la até a oficina antes que ela morresse.

Ele acha agora que a morte no circo não é o que pensava que era. É a razão pela qual pode partir – Boss é inteligente demais para morrer antes que eles cheguem lá, esperta demais para doar o que qualquer um quiser enquanto tiver influência.

Boss mandou Bird embora para que houvesse uma coisa a menos a ser usada contra ela, Stenos sabe.)

O engate do trailer sai sem fazer barulho, e se você puser o caminhão em ponto morto, ele anda trinta metros antes de precisar ligá-lo.

Disto é que Ayar esqueceu a respeito de Stenos:
Antes de ser um homem de circo, ele era ladrão.

~ 65 ~

Os motoristas dos caminhões estavam aterrorizados o bastante para pisarem fundo pela estrada principal. Nosso tempo foi tão bom que chegamos ao rio antes do anoitecer e seguimos a corrente por quilômetros até ficar escuro o suficiente para que pudéssemos parar durante a noite.

Eu não queria ter andado aqueles últimos dezesseis quilômetros, e mesmo que nada houvesse acontecido, ainda andei na linha assim que os motores foram desligados, como se estivéssemos arrastando um demônio que ninguém mais pudesse ver.

Mas percorri as fileiras de cima a baixo (nós estacionávamos como soldados por hierarquia, para que em caso de problema quatro caminhões pudessem partir antes da desgraça realmente se estabelecer) e tudo estava calmo; cheguei até o trailer das trapezistas, e ainda nada estava errado. Era apenas uma noite fresca lá fora, e dentro de mim estava a sensação confusa de ter ido embora mais rápido do que gostaria de um lugar do qual não queria ter saído em primeiro lugar.

(Saudades de casa, é como Boss chama isso. Acontece, às vezes. Você se acostuma.)

Elena me pegou pela gola antes mesmo de eu saber que ela havia saído do trailer.

"Era Ying indo embora com os outros mortos-vivos?"

Dei um chute para trás e atingi a canela dela; quando ela me soltou, dancei para me afastar e me virei para encará-la.

"Eu não sou carcereiro", ralhei, "e Ying pode pensar com a própria cabeça."

Elena bufou. "O pouco que resta dela, aparentemente."

"Você acha que eu quis que ela fosse?" Minha voz se levantou. "Mas eu não posso mantê-la prisioneira! Eu não sou tirano!"

"Ainda não", ela disse.

Eu era uma isca, era isso. Ela só estava querendo me irritar. Eu me endireitei e puxei minhas roupas para ajeitá-las. "Bem", eu disse, "indique seu nome para a chefia. Assim você pode ser a grande tirana, e aí eu aprendo."

"Prefiro ser uma pequena tirana", ela disse. "Elas se safam de mais coisas."

Elena foi tão sincera que eu quase sorri, antes de lembrar que estávamos brigando. (Brigar com alguém do circo ficou confuso; era difícil ser cruel com seus irmãos e irmãs quando você sabia que a sua vez estava próxima.)

"Há algo errado com o acampamento", eu disse apenas. "Você está sentindo?"

Ela olhou para os caminhões e semicerrou os olhos, escutando como se os motores pudessem lhe dizer alguma coisa.

"Nós nunca devíamos tê-los deixado ficar", ela disse após um momento. "O lugar irá se desmoronar agora que as pessoas acham que podem ir embora. É um castelo de cartas hoje à noite. Tente não fazer muita besteira tentando nos manter todos juntos, está bem, George?"

Eu revirei os olhos. Não sei por que fui perguntar qualquer coisa a ela. "Pensarei duas vezes antes de armar a tenda e exigir uma apresentação para os peixes, que tal?"

Quando estava me virando para ir, ela disse: "Nós andamos um trecho a mais após termos chegado ao rio. Estamos longe demais para eles nos alcançarem antes do amanhecer. É isso que está errado".

Andei de volta ao meu trailer com a sensação de que meus bolsos estavam cheios de pedras.

Acordei com a mão de Stenos sobre minha boca.

Se eu havia ao menos pensado em lutar (e não se lutava com Stenos a não ser que se tivesse costelas de metal), desisti quando vi seu rosto. A aparência dele era como eu me sentia.

Quando ele viu que eu não me alarmaria, recostou-se à cama, equilibrando-se nas pontas dos pés à beira do estribo. No escuro (o último momento de escuridão, era quase manhã, e estávamos longe demais para ele nos alcançar antes do amanhecer), ele era pouco mais que uma silhueta com dois olhos reluzentes. Parecia ter crescido; sua sombra na parede era o dobro de seu tamanho, como se seu propósito o tornasse mais grandioso do que antes.

"Trouxe Bird", ele disse baixinho. "Ela morreu. Duas horas atrás."

Meu coração parou.

"Boss disse a ela para procurá-lo quando fugiu", disse Stenos, observando meu rosto. "Você pode ajudá-la? É por isso que Boss disse isso a ela?"

O grifo em meu braço parecia uma segunda pele.

"Posso tentar", eu disse. "Mas não posso – eu nem sei o que Boss me deu. Não sei o que fazer."

"Tente, então", Stenos disse, e eu nunca havia ouvido um aviso assim.

Eu sabia que não conseguiria. Rezei para que Stenos não me matasse quando falhasse.

Stenos se levantou e gesticulou para que eu saísse. O acampamento estava quieto, o barulho do rio estava mais forte do que os sons de dentro dos trailers, e eu me perguntei que horas deveriam ser para todos estarem finalmente dormindo.

Olhei em volta, procurando por Bird, mas quando me virei para perguntar o que havia acontecido a ela, Stenos estava descendo as escadas, e vi que o que eu pensava ser a sombra atrás dele era apenas Bird, caída sobre seus ombros.

Ele havia dobrado as pernas dela embaixo de um de seus braços, e a cabeça dela estava aninhada entre seu ombro e seu pescoço, como se por um momento ela tivesse ficado tímida. Um braço pendurava-se pelas costas de Stenos. Ela se parecia com um monte de galhos tortos a caminho do fogo. Mas foram os dedos flácidos (com as unhas incrustadas de terra) que me apavoraram.

(Pobre Bird, pensei, imaginando o que ela deve ter feito para escapar de trás das muralhas da cidade. E então, arrepiando-me até os ossos, pensei – pobre Boss, que ainda deve estar atrás delas.)

"Siga-me", eu disse, e virei-me para a oficina.

O interior da oficina cheirava a metal e terra e à miscelânea de óleos perfumados que Boss usava quando conseguíamos arrumá-los, e por um momento eu tinha cinco anos novamente, arrastando-me ao chão da oficina por entre os pés da mesa, catando os parafusos e pregos que haviam se soltado durante o dia.

Liguei o pequeno gerador e acendi a lâmpada da mesa mais próxima. A luz era desagradável e incorrigível; desejei um lampião, como se a luz suave pudesse tornar qualquer parte disso mais fácil.

Stenos colocou Bird sobre a mesa, olhei para seu rosto (um olho fechado, o de vidro azul olhando para o nada) e todas as ataduras amarradas bem fortes em torno dela, manchadas de vermelho, e fiquei enjoado.

"O que aconteceu a ela?"

"Parte disso foi de correr", Stenos disse. Depois caiu em silêncio, o que significava que o resto dos ferimentos dela veio do homem do governo cortando-a aberta para ver como funcionava.

Fechei os olhos. O grifo ardeu. Esperei que fosse um bom sinal; ele acordou para ajudar ou para advertir?

O ar ficou pesado, como se houvesse uma corrente elétrica ali embaixo da mesa, como se o corpo de Bird fosse feito de um milhão de filamentos e eu tivesse ímãs nas mãos. Estendi as palmas alguns centímetros acima do corpo de Bird, pairando para lá e para cá, tentando seguir a sensação, tentando encontrar o que eu pudesse atrair para mim.

Pensei na primeira vez em que havia visto Bird subindo a colina até o acampamento, como ela havia saído da tenda com as mãos empoadas, como seu olhar nunca vacilava.

Debaixo das minhas mãos, Bird resmungou: "Dê-me as asas".

Dei um pulo e puxei as mãos para trás. Consegui. Consegui, acordei os mortos, Boss não havia me avisado – eu não conseguia respirar, apertei meus pulsos a meu peito. Eu não me sentia diferente, eu não sabia o que havia feito.

(Mais tarde, soube que o que havia feito me prenderia cada vez mais ao circo, que ao passar minhas mãos sobre ela e usar o poder que Boss havia me emprestado, eu havia fechado o cadeado para sempre.

Mas mesmo se ela houvesse me dito o que significaria usar o poder, mesmo se houvesse me advertido a não agir, como eu poderia resistir, olhando para Bird estirada sobre a mesa, sabendo que ela seria enterrada se eu não fizesse nada?)

Stenos se assustou ao som da voz de Bird e por um momento chegou para frente, abrindo os braços para ela como se fosse abraçá-la. (Eu não o compreendia.) Em seguida as palavras dela devem ter sido assimiladas, porque seu rosto se anuviou e ele olhou para mim.

"Você não é o chefe ainda", ele disse. "Não é decisão sua. Boss não se decidiu. Nem tente."

"Eu preciso delas", disse Bird. Sua voz estava seca e rachada, como se estivesse morta há uma semana e seus pulmões estivessem empoeirados. "Ele a colocará nas gaiolas dos sinos, não há outra maneira de alcançá-la, ninguém consegue saltar tão longe..." Ela arquejou.

Eu queria acreditar que fosse apenas a febre falando, mas Bird não parecia histérica, e pelo olhar desesperado e ardiloso de Stenos, ele também não achava que ela estava dizendo nenhum absurdo.

"Qualquer um com as asas pode fazer o mesmo", ressaltou Stenos, como se eu fosse discutir com ele, como se ele quisesse parecer razoável o mais rápido possível.

(Ele era muito bom em parecer razoável. Poucos bobos chegam à idade dele.)

A maioria das coisas no circo era injusta; eu não era burro o bastante para não perceber. Todos tinham a mesma oportunidade de se apresentar, se passassem nos testes e esperassem calmamente pelos ossos, mas além disso dependia da sorte. Se você acabasse sob o comando de Elena, nunca mais ouviria uma palavra de carinho e não havia nada que se pudesse fazer. Todos tinham sua chance de se apresentar, às vezes com a pessoa que você mais odiasse no mundo (até Stenos, especialmente Stenos).

Algumas pessoas permaneciam humanas e belas, e ainda conseguiam ser estrelas sob as luzes do circo, enquanto seus parceiros eram mutilados desse jeito ou daquele, sem nada para mostrar.

Stenos olhava de um lado para o outro, do rosto branco como osso de Bird às asas amarradas e penduradas em um gancho de açougue quase fora da luz, como se estivesse medindo a distância, como se fosse ganhar dela se ela corresse para pegá-las.

(Ele até poderia vencê-la, mas se ela houvesse recobrado as forças para pegá-las, eu o teria parado no meio do caminho se ele tentasse.)

(Por que alguém iria querer as asas, eu nunca entendi. Até Alec deve tê-las odiado no final; ele pulou da plataforma só para escapar.)

"Ainda não acabei", eu disse. Stenos não era o único que sabia contar uma mentira convincente. "Ela só voltou por um instante. Eu preciso me concentrar se quiser ajudá-la. Você pode vê-la quando eu terminar."

Ele chegou perto – olhando para ela, não para mim. "Você irá embora assim que as conseguir, não é?"

Bird abriu o olho e o focalizou. "Como eu poderia deixar companhia tão agradável?"

Prendi o riso, tentei me concentrar na sensação de trazê-la de volta ao seu corpo. Estendi uma mão sobre seu coração e ela se contorceu.

Ele disse: "Você não pode doá-las. Eu estava esperando por elas".

Bird disse: "Não me acorde de novo sem elas. Se você for dá-las a ele, deixe-me ir. Já cansei da vida no solo".

"Pare com isso", Stenos disse com os dentes cerrados, mas não desistiu de sua reivindicação.

Eu nunca havia precisado tanto saber o que se passava na cabeça de Boss. Para qual deles ela estava guardando as asas? Ela havia guardado as asas para alguém ou elas eram uma lembrança de Alec que ela podia carregar consigo?

(Ela provavelmente havia mentido para ambos só para mantê-los na linha; era o que mais se parecia ao que faria.)

"Bird", eu disse, "não me faça decidir."

Ela virou seu olho bom para me olhar de soslaio. "Boss me disse para encontrá-lo", ela disse. "Se você não pode decidir, quem pode?"

"Boss", eu disse. "Ela encontrará uma saída. Ela nos encontrará aqui e então decidirá."

Lentamente, uma vez, Bird balançou a cabeça e em seguida suspirou como se fosse difícil demais, como se não importasse.

"As asas não são parte disso", Stenos insistiu.

"Você a trouxe por todo esse percurso de volta só para terem essa briguinha?", perguntei.

Stenos fechou a boca por cima de suas palavras e parou, como se estivesse decidindo por que ele a havia trazido de volta. Sobre a mesa, Bird olhava para um e para o outro, com o olho escuro se mexendo para lá e para cá.

Eu a senti escapando de mim, de repente, como a maré descendo, escorregando para longe do meu poder e de volta à escuridão.

"Ela está morrendo", eu disse, como se Stenos pudesse me ajudar. Segurei sua perna, seu braço, procurando alguma conexão que eu pudesse forçar. Não sabia o que fazer ou como fazer; odiei Boss por ter me colocado nessa situação.

A impotência comprimia meus pulmões, eu estava desesperado por respostas – respostas para qualquer coisa, de qualquer pessoa – e disse a Bird: "Você, você, as asas são suas".

(Eu estava falando sério, mas teria dito qualquer coisa para trazê-la de volta aos meus cuidados. Se eu não pudesse cuidar de todos eles agora, quem poderia?)

Eu a senti novamente, como se uma camada de poeira sobre ela estivesse sendo lentamente removida – fechei os olhos e tentei me agarrar a qualquer coisa que pudesse para mantê-la ali.

A porta da oficina se abriu.

Elena estava na entrada, com um atiçador fino de metal em uma das mãos, segurado como um dardo, e sem hesitar ela o atirou.

Eu era a primeira silhueta, acho, porque foi em mim que ela mirou. Ela tinha mão firme – devaneei se o poder de Boss funcionaria se o usasse em mim mesmo para não morrer ferido com o dardo.

Stenos estendeu a mão e capturou o atiçador casualmente no ar, tão rápido que eu nem vi – só o brilho do metal e depois Stenos parado com o punho fechado em torno dele.

Elena olhou para Stenos e após um longo momento de surpresa agradável em vê-lo, olhou para mim e notou Bird.

Ela ficou pálida. Em seguida a mão que segurava o dardo caiu, e ela finalmente murmurou: "Oh, meu deus".

"Quieta", Stenos ralhou. "Ela está viva. George está trabalhando nela."

Ela repousou a mão na porta. "E o que George pode fazer, a não ser limpar mais tarde?"

"Ele a trouxe de volta dos mortos", disse Stenos.

Elena olhou para mim com os olhos arregalados. Eu a vi mais surpresa nos últimos dois minutos do que nos últimos anos – pensava que ela houvesse deixado de se importar com o que as pessoas faziam.

Por fim ela conseguiu dizer: "Você tem o grifo? É isso que Boss lhe deu?"

O grifo se pressionou contra a minha pele como se quisesse se libertar e conhecê-la; apertei meu braço e encarei Elena, e isso era toda a prova de que ela precisava.

"Legal da sua parte trazer a carcaça de Bird de volta só para satisfazer sua curiosidade", ela disse, olhando para Stenos.

Ele a olhou de relance, e por um momento os dois compartilharam uma conversa silenciosa que eu não entendi. Eu não queria saber o que era, não podia arriscar que Stenos discutisse a respeito das asas novamente.

Por fim eu disse: "Fiquem lá fora".

Stenos disse: "Mas as asas–"

"A decisão não é sua", falei. Minha voz ecoou pela oficina. "Elas vão para a pessoa com maior necessidade. Elas são de Bird."

Elena virou-se de Stenos para mim. "Não", ela disse. Ela se aproximou. Seus olhos engoliam a luz. "George, você não pode dar as asas a ela."

"Elas são minhas para dar", eu disse, "não importa o que Stenos possa ter lhe contado."

"Não", ela disse a mim, depois parou e olhou por sobre o ombro para Stenos. "Não", ela disse, mais calmamente. "Você não as quer. Você não sabe o que elas fazem a você."

Stenos cruzou os braços e estreitou os olhos para ela. "Você está com medo de que eu finalmente me iguale a você?"

O trailer ficou em silêncio. Olhei para Bird, cujos olhos estavam fechados, mas seu peito estava expandindo-se e contraindo-se de leve, portanto ela estava escutando, ela estava aguentando.

(Eu não sabia por que havia olhado para ela naquele momento, não sabia ainda como você ficava rapidamente ligado às suas crianças; como, toda vez que elas se entristeciam, seu coração doía.

Pobre Boss.)

Finalmente Elena disse a ele, com mais ternura do que jamais a ouvira: "Não, seu tolo. As asas são feitas de osso; quando você as obtém você está se amarrando aos mortos".

Agora ela estava olhando para Bird, olhando finalmente para mim. "Isso levou Alec à loucura", ela disse, e era como se eu houvesse engolido uma pedra, portanto eu sabia que era verdade.

"Nunca me importei com os mortos", disse Bird. "Eu só quero ficar livre do chão."

Elena partiu para cima dela; rapidamente ela estava enjaulada nos braços de Stenos, ainda tentando alcançá-la, com os dedos esticados no ar.

"Você não entende?", ela disse, elevando a voz. "Deixei você cair para livrá-la das asas!"

Em dois passos, Stenos a levou à porta da oficina; em seguida a soltou (não, ele a jogou), e ela desenvolveu-se no ar e aterrissou suavemente nas pontas dos pés, com o rosto em chamas. Stenos saltou escada abaixo atrás dela. Do lado de fora, os outros estavam se reunindo, um a um, passando pelos pequenos círculos de luz que vinham das portas abertas dos trailers.

"Como você pôde?", ele gritava, as palavras ecoando como um sino. Ele avançava na direção dela. A cada passo que ele dava, ela se movia, levemente, fora de seu alcance.

"Boss não concede favores que não pode controlar", disse Elena.

Ele investia, ela desviava; um instante depois, a sombra dela a seguia.

"Ela aprendeu a lição com Alec", disse Elena. "Você não sabe o que as asas fazem a você, você nunca viu Alec no final. Bird teria ficado naquele trapézio, até que o desejo das asas a levasse a fazer o que Alec fez. Pelo menos quando eu a derrubei ela sobreviveu."

"Mas ela ainda quer as asas!", Stenos gritou. "É tudo o que ela quer!"

O rosto de Elena era uma máscara de tristeza. "Eu fiz o que pude. Não posso evitar que as pessoas sejam tolas."

"E quanto a mim?"

Elena hesitou, olhou em volta para a aglomeração antes de se virar para Stenos. Ela o fulminou com um olhar que deve ter invocado das trevas.

"Eu nunca teria olhado para você", ela disse, "se soubesse que daria nisso."

Eu estava observando, arrebatado (os rostos que eu podia ver estavam silentes também e pregados a Elena), e me assustei quando Bird disse meu nome, suavemente. Ela estava se esforçando para se sentar, com as pernas balançando-se à beirada da mesa de trabalho; ela os observava brigar também.

"Feche a porta", ela disse. "Não vai demorar."

Eu fechei, e quando estávamos a sós ela disse: "Você precisa decidir. Agora".

"Senão?", eu disse. Era para ter saído de forma corajosa, mas em vez disso soou como a verdade, que era que eu estava morrendo de medo e sem saber o que fazer.

"Ninguém mais irá voltar para buscar Boss", disse Bird. "Eu irei."

"Stenos voltaria."

Ela deu um sorriso fraco. "Stenos a deixou para me trazer até você. Você tem certeza de que ele voltaria para buscá-la após conseguir o que queria?"

Com Stenos não dava para saber (ele havia sido um ladrão antes; ladrões faziam como bem entendessem).

"Elena diz que elas a deixarão louca", eu tentei. "É por isso que Boss nunca as deu a ninguém depois de Alec."

Bird deu de ombros e fez uma careta pelo esforço. "Eu não acho possível que eu fique mais louca", ela disse.

Eu me mordi para não sorrir.

Lá fora, Jonah gritava para Stenos não ser estúpido. Eu me perguntei o que estava acontecendo (o que quer que fosse, eu estava com medo), mas sob o olhar de Bird eu estava enraizado ali, sendo forçado a fazer uma escolha que arruinaria alguém. (Só uma pessoa, se eu tivesse sorte. Se não tivesse, sabe-se lá o quanto ficaria pior.)

Bird deitou-se de costas na mesa e virou a cabeça para olhar as asas afiveladas ao gancho de açougue. Suas pontas refletiam a luz da lâmpada, pequenas piscadelas de bronze e ouro, e até eu tive de admitir que elas eram lindas.

"Eu sabia que elas estavam aqui antes de chegar ao Tresaulti." Ela fechou o olho. "Assim que as vi, sabia o que elas eram", ela disse, tão baixo que eu mal podia ouvir.

Meu braço doía para ajudá-la. Levantei os braços sem pensar e repousei uma mão em sua testa, outra em seu peito.

Tive a sensação de que a terra estava se inclinando, que eu estava sendo engolido, que não havia nada ao nosso redor a não ser a escuridão e o vazio, e percebi que estava sendo carregado com ela para a morte. Eu resisti, esforçando-me, implorando-lhe que lutasse por minha causa.

Houve uma sensação nauseante, e em seguida nós estávamos de volta à oficina. Eu estava suando por causa do esforço. Ela estava tossindo sangue.

Nos meus anos com o circo (e a essa altura eu sabia que havia estado ali mais tempo do que imaginara, que o circo me mantivera jovem e escondido do tempo), tudo o que eu queria era um lugar de verdade; uma necessidade – qualquer necessidade – que só eu pudesse suprir.

Boss havia me dado aquilo como um presente de despedida. Agora eu tinha a escolha de usá-lo ou continuar como era, o Little George que retransmitia as escolhas que outras pessoas faziam.

(Eu havia feito minha escolha assim que Bird abriu os olhos debaixo de minhas mãos e falou, mas às vezes você adia algo que não tem resolução. Até Boss adiara essa escolha, e eu havia aprendido todos os seus hábitos muito tempo atrás; hábitos antigos assim eram difíceis de mudar.)

Por fim eu disse "Vire-se", e me estiquei para pegar as asas atrás de mim.

~ 66 ~

Do lado de fora do trailer, no escuro, Elena dançava para se desviar de Stenos conforme ele avançava sobre ela. Seu rosto estava ameaçador e ele nem pareceu notar que não estavam a sós – seus olhos estavam pregados nela.

"Vou matar você pelo que fez", ele disse.

Ela disse: "Vá em frente, se quiser. Não adianta".

O pequeno grupo reunido em volta deles ainda estava sonolento, mas um ou dois artistas despertaram mais rapidamente e perceberam o que estava acontecendo, e olhavam de um lado para o outro de olhos bem abertos.

"Stenos, bem-vindo de volta", gritou Jonah, correndo até o círculo. "E onde está Ayar? Não sabia que vocês voltariam tão cedo."

O rosto de Stenos ficou tenso e ele olhou para Jonah, mas não respondeu.

Elena sabia o que aquela expressão queria dizer tão bem quanto se houvesse levado um chute; Stenos havia jogado um lado contra o outro. Ayar, Ying e os outros nem sabiam que ele fora embora. Ele os abandonara na primeira noite, pelo bem de Bird.

(Esse era o problema com pessoas de coração mole. Falta de controle.)

Enquanto Stenos estava distraído, ela deu dois passos rápidos e saltou em direção ao trailer. As asas ainda não estavam afixadas, o pequeno fio de prata ainda precisava se prender a ela, não era tarde demais se ao menos pudesse alcançar...

Stenos a capturou no meio do ar como se ela fosse um dardo e a prendeu em seu controle. Ele não era de metal, mas, em sua raiva, virava uma gaiola, e Elena se contorceu inutilmente nos braços dele.

(Ela conhecia esses braços tão bem; era cruel.)

"Solte-me", ela disse. "Ela não pode ficar com as asas."

"Você a matará", ele disse, baixo o suficiente para que as pessoas em volta não ouvissem.

"Eu vou matar *você*", disse Elena, e calculou a força que precisava fazer para quebrar as costas dele. "Você não as quer? Não vai me ajudar?"

"Quero", ele disse, mas era como um homem fala em um sonho – inseguro, resignado.

"Elas são suas por direito", ela disse, "você não pode desistir delas. Ponha-me no chão e vamos acabar com isso."

Por um momento, houve esperança. Seus olhos ficaram brilhantes e estreitos; mas então veio um arranhão metálico de dentro da oficina, como um sinal de alerta, e ele olhou pesarosamente para o trailer por um instante e balançou a cabeça em direção à porta e a Elena.

"É tarde demais", ele disse, e Elena o observou olhar em volta dela como se acabasse de perceber que as asas nunca seriam dele; que seu sonho havia terminado.

(Por um momento, o coração de Elena a traiu e sentiu pena dele. Em seguida, ela recobrou os sentidos e tentou tirar proveito disso. Era tarde demais para qualquer outra coisa; ela o usaria até tudo terminar.)

"Ajude-me", ela disse. "Deixe que eu entre e fale com George – ele não entende o que é ter os ossos, ele pode matá-la, certamente você não quer que ela morra, quer?"

(O estômago dela deu um nó que ela reconheceu; deve ter se sentido dessa maneira antes, em outra vida – desesperada e impotente, perdendo espaço para qualquer valentão, atacando qualquer coisa que pudesse enxergar e esperando tirar sangue.)

"Ponha-me no chão, Stenos", ela disse, e seu rosto estava quente, lágrimas queimavam o fundo de seus olhos, "você precisa me soltar, são meus ossos nas asas – eu tenho direito de decidir, tenho direito de decidir o que acontece –, George não pode dá-las a ela desse jeito, ele não sabe o que elas causam, Stenos, por favor, por favor."

A voz dela finalmente falhou; ela arquejou e o empurrou até deslocar o ombro dele, esperando por clemência que nunca veio.

(Ela não disse "Alec era um homem melhor do que você e até ele foi covarde no final". Ela não disse "Alec era meu irmão", porque ninguém mais entenderia.

Ela não disse "Eu tentei alcançá-lo quando ele caiu e ele puxou sua mão da minha, e nunca o perdoarei por isso".)

Por um momento Stenos ficou atordoado, surpreso com a ideia dos ossos de Elena fazerem parte das asas.

Elena sentiu a infinitésima afrouxada dos braços dele e aproveitou a chance – ela se contorceu e puxou, dobrou e se esticou e tentou escapar.

(De algum lugar distante, Jonah fez um barulho baixinho, como se só agora visse que havia algo realmente errado.)

Ela se distanciou o bastante para que ele tivesse que se esforçar para pegá-la, arrastá-la de volta pelo tornozelo e um braço, para que ela não se libertasse dele – mas Bird era a única coisa que Stenos não conseguia prender se quisesse, e ele se agarrou a Elena mesmo quando os ossos dela começaram a ranger por causa do esforço.

Ele segurou a perna dela para cima, por trás dela, prendendo o pé e a coxa para que ela não conseguisse se alavancar contra ele, seu outro braço estava em volta do tórax dela e sua mão contra o pescoço. Era uma posição impossível – ela estava aprisionada.

O corpo dela estava tremendo agora; pelo esforço, pela angústia, pelo frio e por estar meio adormecida, por saber que algo terrível estava acontecendo a três metros dali, algo que Elena não tinha o poder de impedir.

(Ela nunca havia prometido nada a Alec, nem uma vez desde a primeira em que ele falou com ela, mas ela teria prometido; se ele ao menos houvesse lhe pedido, ela teria lhe prometido qualquer coisa.

Ele havia puxado a mão para sair do alcance dela enquanto caía para longe de sua ajuda; na fração de segundo em que ela pôde vê-lo, ele a olhava com olhos tristes, já sabendo que ela nunca entenderia o que havia feito.

Não era verdade.

Quando ela soltou Bird, naquele longo momento antes do chão se elevar para encontrá-la, Bird havia olhado para Elena com alguma coisa semelhante a gratidão.

Como você poderia explicar o alívio de finalmente cair a alguém que não ama o ar?)

Quando Elena desistiu, por fim, Stenos caiu de joelhos com ela (ele estava ofegante, ela deve ter lutado por muito tempo). Quando ele aninhou a cabeça dela em seu pescoço para que os outros não vissem suas lágrimas, ela chorou ainda mais, pressionando os pulsos contra os ombros de Stenos para protestar contra essa bondade dele, quando já era tarde demais para qualquer coisa.

Quando ele repousou seu rosto contra o rosto dela, sua respiração aqueceu a pele de Elena; ela estava gelada de sono e de pavor.

(Ela o havia amado uma vez, e agora tudo estava acabado; era cruel, era cruel.)

~ 67 ~

Jonah ficou no círculo esburacado rodeando Stenos e Elena, mesmo após ela ter parado de brigar e os outros terem começado a se dispersar, procurando por um banho rápido ou outra hora de sono.

Jonah observava Stenos, paralisado em seu lugar por suas próprias hipóteses assustadas sobre o que havia acontecido, e muito tempo após querer sair dali ainda não havia se mexido. (Ele precisava saber o que havia acontecido a eles. Esperaria o quanto fosse para que Stenos respondesse.)

Logo após o sol nascer, Stenos se levantou, desdobrando Elena de seus braços e a colocando cuidadosamente na grama. Elena estava suja e cansada de sua luta, e Jonah se perguntou por que ela havia ficado tão histérica por causa das asas, se não havia perigo de ninguém receber nada até que Boss voltasse.

Se Boss voltasse.

Elena cambaleou quando Stenos a pôs no chão; quando ele foi ajudá-la, ela enxotou sua mão. O movimento a fez perder o equilíbrio e ela se ajoelhou, desabando sobre sua perna fraca e sem sangue, mas virou as costas para Stenos e rastejou para longe dele até que pudesse ficar de pé o suficiente para tropegar, e durante todo o trajeto de volta ao trailer das trapezistas ela não olhou para trás na direção dele.

(Jonah pensou: é a pior coisa do mundo, ficar tão sem coração quanto Elena.)

Finalmente Jonah e Stenos estavam a sós, e Jonah abordou Stenos – cuidadosamente, nunca era uma boa ideia surpreender Stenos – e perguntou: "O que aconteceu? Onde está Ayar?"

"Vivo, quando o deixei", disse Stenos, e sem mais uma palavra caminhou até o trailer da oficina e postou-se como um guarda às escadas.

Jonah gelou; Stenos estava escondendo algo terrível dele. Ele se aproximou e pressionou: "Mas está tudo bem com Ayar? Eles estão em perigo sem você? Como você chegou aqui sozinho?"

"Ayar ainda está vivo", Stenos ralhou, "o que é melhor do que a situação de Bird quando cheguei aqui, está bem, Jonah? Deixe que eu carregue um cadáver de cada vez."

Oh, Deus. O coração de Jonah se apertou. Pobre Bird, morrer depois de tanta dificuldade.

Por fim ele disse: "Mas você tirou Bird da cidade, então?" Até aquilo seria uma boa notícia; significaria que a cidade poderia ser violada, o que era mais do que Jonah acreditava ser possível. (Ele havia visto a capital uma vez, em um cartaz anunciando a nomeação de um Governador-Chefe. A ilustração parecia uma prisão com uma estrada atravessando por ela, não era nada parecido a uma cidade, e Jonah olhou rapidamente para outra coisa. Sempre era uma pena ver uma cidade usada daquela maneira.)

"Bird saiu sozinha da cidade", Stenos disse, como se aquilo fosse óbvio. "Nós a encontramos na estrada. Já era tarde demais para salvá-la. Ela morreu antes de eu achar vocês."

Jonah pensou nos quilômetros extras que eles haviam viajado, ao longo do rio, longe demais para que Stenos chegasse a eles a tempo.

Jonah não ousou perguntar mais a respeito de Boss com Stenos lançando-lhe aquele olhar. "Sinto muito por Bird", ele disse apenas. Ele não conseguia imaginar como aquela viagem havia sido para Stenos.

(Ayar entenderia melhor como Stenos se sentiu. Ele havia feito uma viagem como aquela, uma vez. Jonah teve mais sorte; ele não se lembrava de nada, desde o momento em que a febre o pegara até acordar na mesa da oficina com seus foles mecânicos injetando ar em seus pulmões, e Boss estava lhe dando as boas-vindas ao lar e dizendo-lhe para não ficar na chuva.)

Stenos disse: "Guarde sua dor para quando precisarmos dela".

Jonah franziu o cenho, imaginou o que aquilo queria dizer, e finalmente virou-se sem dizer mais nada. Stenos sempre foi estranho e Jonah tinha problemas maiores; o acampamento inteiro agora precisava chegar a um consenso sobre o quanto viajariam quando o sol se pusesse.

Conforme andava de trailer em trailer, computando os votos, ele sorria e apertava mãos, como sempre, mas intimamente ele estava vazio, hesitante; por trás de seus olhos surgia a imagem de Ayar e Ying e os outros sentados no pequeno trailer em que ele morava, parecendo uma antiga caixa com bonecas quebradas, todos eles sem vida e aguardando que Stenos retornasse.

O consenso no acampamento era que eles poderiam fazer mais cento e sessenta quilômetros durante a noite, se não chovesse. A maior parte da equipe pareceu esperar mais, como se quisessem chegar ao outro lado do mundo e não houvesse tempo a perder.

Mas desta vez ele reparou que havia um pouco mais de dúvida em relação ao dia anterior, quando estavam no auge do pânico. Agora a equipe olhava para o horizonte e dava uma olhada para Stenos na frente da oficina antes de responder.

Spinto e Alto se entreolharam, deram de ombros, e disseram "Se é o que os outros dizem", e Jonah pensou que a ideia de alguém trazer de volta o corpo de seus irmãos havia os tornado mais cautelosos em fugir com pressa demais.

As trapezistas, que levantaram a cabeça em uníssono quando ele abriu a porta do trailer, não tinham resposta para além dos olhares determinados e maxilares apertados. Quando ele disse "Qual a distância que vocês acham que podem percorrer hoje à noite?", elas olharam para ele por um bom tempo, antes de Penna dizer por fim: "Iremos o tanto que for preciso".

"Bem", disse Jonah, irritado com elas sem saber por quê (nada hoje estava do jeito que deveria). "A equipe acha que podemos fazer cento e sessenta quilômetros se não estourarmos um motor no meio do caminho. Partimos ao pôr do sol."

Fátima o acompanhou até a porta do trailer, inclinou-se no último momento e disse: "Nós vamos mesmo tão longe, tão rápido assim?"

Aquilo foi uma surpresa. Jonah disse: "Você quer que voltemos, em vez disso?"

Fátima olhou para a estrada. "Não", ela disse por fim e fechou a porta, mas seu rosto estava triste, como se ela também houvesse visto uma pequena caixa de brinquedos quebrados. Talvez algumas garotas do trapézio estivessem silenciosamente mudando de ideia.

Jonah queria perguntar a Little George o que ele achava, mas Stenos ainda estava de guarda e Jonah calculou que a resposta de George não teria mudado, principalmente após lidar com o corpo de Bird. (O que ele estava fazendo ali dentro?)

Jonah imaginou George puxando os ossos de Bird de baixo de sua pele, para guardar para o futuro, e perdeu o apetite para o café da manhã.

Quando Joe estava preparando a refeição da tarde, o desjejum de Little George havia ficado intocado por tanto tempo que Big George e Big Tom finalmente o pegaram. (Não se comia muito depois que se ganhavam os ossos, mas não fazia sentido deixar que uma refeição fosse desperdiçada.)

Jonah geralmente comia com a equipe, ou com Ayar, mas a equipe estava tensa e quieta, e Ayar não estava ali. Entre todas as pessoas, ele encontrou um lugar vago para comer com os irmãos Grimaldi. Eles deviam estar sentindo a mesma perda também, para abrirem espaço para ele do lado de fora de seu trailer. (Um buraco em um círculo familiar deve ser rapidamente tapado; qualquer ferida aberta era uma fraqueza neste circo. Jonah sabia que era por isso que a equipe nunca acolheu Stenos de volta; foi por isso que Stenos carregou Bird consigo, mesmo após ela ter morrido.)

"Eu gostaria de saber o que George planeja fazer sobre isso", disse Altíssimo entre mordidas. "Eu espero que os ritos do enterro não amoleçam o coração dele."

"Ele não é o chefe", disse Alto. "Ele não tem de fazer plano nenhum."

"O que devemos fazer então?", perguntou Spinto. "Continuamos sem um?"

Eles se entreolharam e até Jonah pensou que aquela era uma pergunta inútil. Eram como um bando de cachorros briguentos na maior parte do tempo, e nenhum voto duraria muito. Pior ainda, embora Jonah não ousasse dizer, não dava para saber por quanto tempo eles continuariam. Ele não achava que a coleira fosse tão curta quanto Elena pensava, mas ainda se preocupava se um dia eles acabariam se afastando demais de Boss, e seria a vez dele de cair morto ao chão.

"Depende de quanto tempo poderemos continuar", disse Alto, como se houvesse lido a mente de Jonah. (Todos devem estar pensando nisso, Jonah imaginou. A qualquer um com os ossos, o acampamento inteiro deve soar como um relógio tiquetaqueando.)

"Precisamos de um chefe", disse Pizzicato.

"A nova chefe deve ser Elena", gritou Altíssimo e deu uma cotovelada em Moto, que caiu na gargalhada. Após um momento, Spinto uniu-se a eles e, em seguida, Pizzicato fingiu rir também.

Jonah notou que Alto não estava rindo nem um pouco.

Jonah ciscou em seu almoço por tanto tempo que Moto finalmente desistiu ("Não vai virar outra coisa, está bem, Foles? Passe para cá") e raspou-o igualmente em cada um de seus pratos de lata.

Não havia nada para se fazer após a refeição a não ser esperar o sol se pôr. Jonah odiava ficar ocioso; não sabia o que fazer quando suas mãos não estavam ocupadas montando ou desmontando alguma coisa.

(Algumas pessoas da equipe odiavam isso, e um belo dia eles se levantavam e diziam "Não aguento desmontar esse circo mais uma vez sequer", e davam-lhe adeus conforme desciam do alto da colina para a estrada. Jonah compreendia. Ele podia ter paciência; para os outros, o tempo estava sempre passando.)

Fátima o encontrou quando o sol estava começando a se pôr por trás das árvores mais altas da floresta. Jonah estava ao lado do caminhão da tenda, observando a porta da oficina; observando Stenos, que não havia saído de seu posto durante todo aquele tempo.

"Se você quiser voltar", ela disse, "alguns de nós irão com você."

Jonah olhou para ela, para cima (ela era tão alta, ele sempre se esquecia; quando ela saltava de George para Tom ela parecia apenas uma fita no ar).

"Alguns de nós?", ele disse e sorriu. "Você mudou de ideia, Fátima?"

O rosto dela estava sem expressão. "Eu venho em nome de alguns dos outros", ela disse, "para que Elena não saiba que há dissidência."

Isso ele entendeu. "E você fala somente por eles?"

Ela não cedeu. "Ying era uma das melhores, mas não correrei perigo por causa de ninguém."

"E Boss? Ela fez você."

Fátima balançou a cabeça uma vez. "Antes de vir para o circo", ela disse, "eu estive presa. Desejei o tempo todo que estivesse morta. Quando saí – eu nunca mais posso me sentir daquele jeito. Por causa de ninguém."

Sua voz estava firme e monótona e parecia que não era dela, e por um momento Jonah só pôde assentir. Ele já estava morto fazia tanto tempo que sua vida humana, quando pensava nela, parecia um sonho incômodo. O maior medo de Jonah havia sido deixar Ayar para trás quando ele sucumbiu à febre, e nada mais que isso. Jonah não imaginava que a primeira vida das pessoas seria trazida com elas e as definiria.

(Assim que Fátima falou, contudo, ele sabia que era verdade; ele ainda era o mesmo que fora quando pegou a febre, nem mais corajoso nem mais inteligente. A morte não o mudara.)

Sem pensar, ele segurou a mão de Fátima e a soltou antes que ela tivesse tempo suficiente para olhar para baixo.

"Continue", ele disse, "se precisar. A distância que você precisar."

Ela o observou sem piscar os olhos, com postura cautelosa. "O que você vai fazer?"

Ele virou-se para a oficina e imaginou George cuidadosamente retirando os ossinhos dos dedos que Boss havia colocado com as próprias mãos, os quais ela moldou pressionando-os contra a borda da mesa.

Poderia levar a noite toda para que George terminasse com Bird, se era isso que estivesse fazendo com ela. Eles não poderiam sair até lá.

"Tudo depende", Jonah disse finalmente e deu de ombros. "Temos que ver o que acontecerá quando aquela porta se abrir."

~ 68 ~

O homem do governo não é bobo de deixar uma prisioneira onde os outros possam encontrá-la. Tão logo chega o relato de que o homem enviado para ajudar o guarda da prisão encontrou o pobre coitado morto e a cela da acrobata vazia, o homem do governo ordena que Boss seja algemada e levada até ele.

(Ele não sabe por que ordena que ela seja algemada, já que ela nunca relutou e sua cela foi encontrada trancada como antes, portanto ele sabia que ela não havia tentado escapar.

Ele não sabe ainda que, silenciosamente, no fundo, está começando a ter medo dela.)

Ele a encontra no palco vazio. Ele trouxe dois guardas consigo, e os dois guardas que enviou às celas estão a flanqueando. O vestido dela está um pouco rasgado na barra de tanto tropeçar na pedra áspera e as algemas foram apertadas demais.

Ela está olhando para as cadeiras vazias, com uma expressão pensativa em seu rosto como se recordasse tempos melhores (embora ele não imagine como). É um bom truque, mas ele já o viu antes, e não esconde o fato de ela estar com as mãos trêmulas em punhos fechados.

Vê-la dessa maneira faz um certo bem ao homem do governo e, conforme ele se aproxima dela (não perto demais, nunca se sabe com ela), ele dá um sorriso e decide pular as gentilezas.

"Eu acho", ele diz, "que é melhor você me dizer como faz seus brinquedos."

Ela ergue as sobrancelhas. "Eu lhe mostrarei tudo que quiser saber, Ministro."

A forma como ela diz isso o faz pensar, mas ele apenas diz: "Você terá que demonstrar em alguém logo, já que nosso espécime vivo se foi".

É a vez de ela sorrir. "É mesmo? Que bom para ela."

Ele ignora. Todos os prisioneiros tentam ter esperança perto do fim. "Eu preciso saber como, exatamente, você os faz. O que você põe dentro deles que os faz se movimentar daquele jeito?"

"Você sabe a resposta", ela diz. "Você a cortou bastante antes de ela sair voando."

Por um momento a curiosidade dele ameaça assumir o controle – ele *precisa* saber como o cobre fica tão fortemente envolvido nos ossos – se é que há ossos sob o metal – quantos ossos ocos há. (Havia uma coluna de metal sob a pele opaca da acrobata? Se ele a houvesse quebrado ao meio para descobrir, não haveria nada além de um invólucro de cobre e um emaranhado de cabos espalhados?)

Mas um bom homem do governo sabe as horas erradas de ser curioso, e agora não é a situação na qual ele quer fazer perguntas. É público demais; eles estão muito iguais.

Ela precisa ser esquecida por um tempo. Precisa estar um pouco mais fria; um pouco mais perto da cova. Quando ele lhe perguntar novamente, quer que ela não consiga ficar de pé, cega após dias de pleno sol. Ele quer que ela implore para ter permissão de lhe contar o que precisa saber.

O inverno está chegando, mas ele pode arriscar essa artimanha por um período; ela pode trabalhar com oito dedos tão bem quanto com dez.

(Você precisa quebrá-los inteiramente. Ele aprendeu essa lição cedo; é por isso que sobreviveu por tanto tempo.)

"Levem-na para os sinos", ele diz.

A centelha de pavor no rosto dela quando eles seguram seus braços o faz sentir o mais perto da felicidade desde que voltou ao circo, quando se sentiu encantado em ver os mesmos artistas, logo antes de a acrobata virar aquele olho de vidro na direção dele e ele ter a sensação de que nunca mais veria um momento feliz novamente.

No ímpeto de seu triunfo, e querendo dar fim a uma dúvida persistente, ele diz: "Quando encontrarmos sua amiga, avisaremos a você".

Ela o observa por um tempo mais longo do que ele gostaria. Em seguida, ela diz: "Boa caçada".

Ele deixa que a levem à coxia e ouve o baque e o tinido conforme ela é empurrada escada acima. Depois das escadas virá a passarela, em seguida uma escada de mão e, quando já estiver trancada em meio aos sinos, ele espera que ela tenha sido bem recompensada com hematomas por sua última resposta a ele.

Ele havia sido curioso demais, logo no final. Era seu pior hábito. Já deveria saber quando não valia a pena ser curioso. (Ele não sabe que está começando a duvidar.)

Do lado de fora do capitólio ele olha para a torre. Ela foi construída depois que a guerra começou, como um mirante e uma trombeta para os soldados que defendiam a cidade, e o homem do governo sempre imagina que a sombra formada por ela na praça pública é de alguma maneira mais escura, mais nova que as outras. Os sinos e as jaulas cortavam a luz em filamentos e ele se pergunta qual sombra é Boss, presa como um pombo entre os caibros.

Mas mesmo enquanto pensa o homem do governo sente uma pontada de pena. Ele lida com lealdade e teria apostado dinheiro que, de tantas acrobatas de sua própria fabricação, teria de haver mais de uma disposta a ir com ela até o muro da cidade.

Ele não imaginaria que ela acabaria tão sozinha.

~ 69 ~

Quatro dos artistas de Boss estão no frágil trailer estacionado em meio às árvores perto da estrada e eles acordam antes de clarear.

Ying é a primeira a abrir os olhos e ver a mesa vazia. Após seu pânico inicial silencioso passar, ela acorda Ayar e lhe diz o que aconteceu.

Ele fica em silêncio por um bom tempo e então finalmente se levanta (o máximo que pode se levantar no pequeno trailer, que nunca foi do tamanho certo para ele), e acorda Bárbaro e Brio.

"Estamos encalhados", ele diz. "Stenos a levou no caminhão. Precisamos decidir o que fazer."

Ele não diz que estão encalhados até que Stenos volte e nenhum deles sugere que talvez ele volte; eles veem onde estava a lealdade de Stenos e é tarde demais para esperar algo melhor.

"Merda", diz Bárbaro, "eu queria ter uma arma."

"Não podemos ficar aqui em plena luz do dia", diz Brio. "Estamos pedindo para morrer."

"Não podemos voltar", Ayar diz. "Boss ainda está presa."

Bárbaro bufa. "Em qual parte daqui você achou que estaríamos seguros?"

"Na cidade", diz Ying.

Eles olham para ela.

Após um momento Ayar diz: "Continue".

O mais difícil para eles não é esperar que alguém passe pela estrada principal (demora até quase o anoitecer para um caminhão passar por eles). Nem é difícil implorar por ajuda – eles foram traídos por seu mestre, dizem, e agora querem apenas ver a cidade (a verdade é fácil).

O homem inclina-se para fora da boleia desconfiado, mas não saca uma arma. Olha para Ayar, Brio e Ying.

"O que você fazem?", ele pergunta.

"Mão de obra", diz Ayar, como se pudesse dizer qualquer outra coisa, e Brio diz "Carpintaria", e, quando o motorista olha para Ying, Ayar passa os braços em volta dela como se isso explicasse por que ela estava na estrada com eles.

E explica; o homem ergue uma sobrancelha, mas não pergunta nada.

("Mas você é tão jovem", Ayar havia dito, e Bárbaro disse "O que mais uma garota dessa idade pode ser, estrada afora com dois homens?" e por um momento todos ficaram muito quietos, e suas vidas humanas moveram-se sobre eles como fumaça e preencheram o pequeno trailer.)

Após um longo tempo, o motorista sacode os ombros e diz: "Vamos ver o que os guardas dizem. Não dá para ir contra eles".

Eles brincam uns com os outros enquanto Ying e Brio tomam seus lugares atrás, sentados entre caixotes de frutas, e Ayar se senta perto da janela da boleia, e o motorista ri enquanto pega a estrada.

Ele não vê Bárbaro se movimentando ao redor deles atrás do trailer de Ayar, firmando-se no espaço de trinta centímetros de altura entre o fundo do caminhão e o topo da caixa de roda.

(Todos eles eram soldados, primeiramente, e alguns costumes vêm facilmente.)

Os soldados ao portão os recusam terminantemente, e aguardam com suas armas semierguidas.

"Não há nada na cidade inteira?", pergunta Ayar. "Precisamos encontrar trabalho em algum lugar. Eu sou um soldado decente, se precisar de um – vocês estão contratando?"

O soldado faz uma careta e sinaliza para eles irem embora com a ponta de sua arma. "Não podem ficar por aí esperando carona também", ele diz. "Comecem a andar e continuem andando."

Por um momento Ying hesita, preparando-se para resistir, mas Ayar põe a mão no ombro dela com força suficiente para machucar.

"Onde fica a cidade mais próxima?", ele pergunta.

O soldado aponta para o oeste, e Ying, Brio e Ayar começam a andar pelo caminho, enquanto o motorista do caminhão acena para eles e passa pelos portões para entrar na cidade e entregar suas frutas.

"O que faremos?", pergunta Brio.

Ayar diz: "Esperamos até anoitecer, encontramos Bárbaro e escalamos".

Ying anda ao lado de Ayar e não diz nada (o que ela pode dizer?), mas sabe que eles cometeram um erro; a pior coisa que se pode fazer é deixar alguém para trás.

Bárbaro desliza da caçamba do caminhão para baixo da mesa do vendedor de frutas e se levanta com uma maçã na mão, como se houvesse acabado de se ajoelhar para pegá-la.

Quando olha para cima, ele está parado à sombra da torre do sino. Por um momento ele para e os pelos de sua nuca se arrepiam, sabendo que é ali que encontrarão Boss. (Você tem noção, depois de um certo tempo, de quais prédios são prisões.)

Ele vaga pela praça por vinte minutos, observando soldados entrando e saindo. Há um beco estreito e escuro aonde alguns deles vão fumar cigarros.

Bárbaro decide que, em uma cidade com tantos soldados, há lugar para mais um passar despercebido. Ele precisará de um uniforme e depois precisará ficar no portão à noite, no caso de os outros três virem à sua procura.

(Pessoas que Bárbaro já matou: 89.)

~ 70 ~

Isto é o que acontece quando a porta da oficina se abre:

O sol está quase se pondo, mas ninguém ainda se movimentou para as boleias dos caminhões. Há longos olhares e meias questões por todo o acampamento, mas nada foi realmente resolvido. Todos estão esperando para ver o que acontece lá dentro.

Stenos, drenado de sua certeza pela árdua espera, põe as mãos na cabeça. Algumas vezes lançou olhares desconfiados para a oficina atrás dele; uma vez correu até lá e bateu à porta, mas quando não houve resposta, ele não a quebrou (todos que observavam pareciam surpresos), apenas passou os dedos pelos cabelos, tomou seu lugar de volta e olhou para o chão. Ninguém sabia o que fazer; ninguém chegou perto.

(O que Stenos ouve o dia inteiro são os pequenos chiados de dor que Bird faz conforme George corta e fura e abre caminho para as asas.

Ela o atravessa, cortando, só com a respiração.)

O sol se põe até desaparecer por trás do rio, deixando apenas uma mancha laranja no céu escurecendo, e até Jonah finalmente sai de seu lugar, com a cabeça baixa. Eles não podem mais esperar que George termine seu trabalho; devem continuar até estarem livres do alcance do homem do governo.

Por mais algum tempo o acampamento está silencioso, exceto pelos rangidos e ruídos das pessoas se sentando em seus trailers para aguardar, e Stenos tem a sensação de que está carregando o peso da oficina nas costas.

Ele está perdido em pensamentos e só levanta a cabeça quando Elena corre por entre os trailers e fica paralisada como um animal no espaço aberto, com o olhar pregado à oficina atrás dele e as mãos pressionadas contra seu peito como se houvesse sido esfaqueada.

Somente após Stenos ver Elena, após seu coração pular em sua garganta ao vê-la em tanto pânico, ele ouve passos vindos lá de dentro.

Ele se levanta e se afasta tropegamente da porta. Nunca teve tanto medo; o que quer que tenha acontecido naquela oficina o arruinou, e ele deixou que isso acontecesse, e sente por um momento como se não existisse, como se o sol o houvesse alvejado e nada, nada mais restasse.

A porta se abre, e Bird passa por ela e para no degrau de cima.

Ela se parece consigo mesma, Stenos pensa com alívio.

(Mais tarde ele perceberá que foi um pensamento idiota, já que obviamente as asas eram novas e ela parecia completamente diferente, mas, quando ele está no gramado olhando para ela, vê apenas que ela aparenta, finalmente, não ter mais problemas.)

Ele nunca viu as asas antes, a não ser amarradas na oficina, e por um momento não consegue se mexer. Elas são mais incríveis do que havia sonhado; à última luz do sol, parecem ser laranja e roxas e douradas, as pontas das penas tingidas de azul escuro pela noite atrás dela e, mesmo dobradas as longo das costas dela, ele pode ouvir as notas suaves conforme a brisa emana do rio e faz as penas se estremecerem.

Ao lado dele, Elena emite um som baixo, pesaroso.

Mas tudo isso acontece em um piscar de olhos, porque, quando percebe que Bird olhou para ele, ela já abriu as asas e já está voando, e a música é carregada pelo vento como se viesse de muito longe.

O acampamento ouve o acorde quando ela decola, e todos os artistas que sabem o que aquelas notas significam correm para fora, tropeçando nas escadas e escancarando as portas para olhar para ela; eles sabem muito bem que não devem ficar alegres, eles sabem o que acontece quando se tem as asas, mas eles vêm assim mesmo, ocupando os lugares vazios e olhando para o céu.

Panadrome é o último a aparecer. Ele está nas escadas do trailer de Boss, segurando-se à porta com suas mãos mecânicas, seus olhos semicerrados, seu rosto virado em direção à música.

(Ele sempre odiou aquela canção um pouco, por causa do homem que a tocava; agora ele ouve as notas límpidas e doces com o coração calmo. O mi bemol está muito estridente, mas o restante está lindo, lindo.)

No ar, mesmo com seu corpo, ela se parece mais com um pássaro do que Alec jamais parecera, e quase todos os que estão olhando já pensam nela dessa maneira, tão profundamente que nem percebem; ela não é mais Bird, mas O Pássaro, e alguma parte deles pensa ser estranho que o pássaro se pareça quase humano.

Stenos é a única pessoa que não está observando as asas; está observando o rosto de Bird. Ele vê que ela está com medo da música e do grupo que se forma; ela queria desaparecer com as asas, ele sabe, não reuni-los todos para uma apresentação. Ele resiste ao ímpeto de gritar para ela que vai ficar tudo bem (que solidariedade ele já havia lhe oferecido, e para que se importar agora com uma mentira?) e sente que seus pulmões irão sair de seu peito com a pressão das palavras não ditas.

(Elena está em silêncio.)

De algum lugar do chão, alguém grita: "Bird, volte!"

(É Little George; sua voz está rouca após um dia de desuso, ele fala com uma autoridade que ninguém reconhece como sendo dele, e soa como um estranho.)

Stenos, que conheceu este novo George, simplesmente odeia que George chame Bird de volta como se ela fosse uma criança desobediente, e quando Bird olha para baixo Stenos balança a cabeça e pensa: Não, não, nunca desça.

Ela não responde; uma das asas cintila laranja por um momento quando ela muda de direção em pleno ar, tão abrupta e rapidamente que ninguém vê, e então ela desaparece, com a noite cobrindo a visão deles como uma cortina e o corpo dela sendo engolido pela escuridão.

(Alec não era acrobata e aprendeu a usar as asas como um homem aprende a usar uma máquina. Ela conhece as asas como conhece as barras do trapézio e já viveu bastante tempo no ar; ela já tem mais domínio sobre as asas do que Alec jamais teve.)

Ela parece levar o ar consigo, e todos se entreolham no frio repentino, procurando por respostas.

Por fim Jonah diz: "Aonde ela está indo?"

Elena diz bruscamente, como se as palavras a machucassem: "Encontrar Boss".

(Ela saberia, pensa Stenos, e fica com pena.)

Alguns deles não parecem satisfeitos com a resposta, como se suspeitassem ser um truque, mas o rosto de Stenos deve ser mais convincente, porque ninguém argumenta.

É Panadrome quem diz com admiração "Então ela está honrando a promessa para com Boss", e após um instante acrescenta: "Quiséramos nós ter tanta sorte".

Stenos e Elena olham para George, cujos olhos estão pregados ao céu como se pudesse fazê-la voltar. Ele arregaçou as mangas para trabalhar, e as pernas do grifo estão visíveis sob o punho encardido da camisa.

Quando ele para de procurar por Bird, Stenos observa George assimilar a imagem do acampamento, o choque com o que ele fez, a sensação de que tudo está finalmente às claras. Os homens da equipe franzem o cenho e dão de ombros uns para os outros, sem realmente entender por que deveriam se preocupar por Boss ter adotado George como parte de seu clã. Mas os artistas com os ossos ficam paralisados, como se o grifo houvesse arrancado algum fio desconhecido dentro deles.

(Eles têm um chefe. Eles são um circo novamente. Tudo, tudo podia acontecer agora.)

George, parado à porta da oficina e sentindo-se, sob tantos olhares, como se fosse ele quem houvesse recebido os ossos transplantados, olha para o acampamento na direção de

Big Tom e Big George, para os Grimaldi à esquerda, para a equipe e os malabaristas humanos, para o grupo de trapezistas que estão o mais longe possível de Elena. Ele olha para Panadrome, cujo rosto está desprovido de esperança agora que o circo pode ir tão longe quanto quiser sem Boss.

Jonah diz: "Você é o nosso chefe?"

"Sim", diz George, embora ele pareça surpreso com a própria resposta.

(Aqui, Panadrome fecha os olhos.)

Stenos ergue uma sobrancelha e pergunta: "Então, Chefe, para onde vamos?"

Há uma centelha de pavor no rosto de George (a qual Stenos está feliz em ver, por significar que ele ainda tem um mínimo de noção), e em seguida ele olha para a estrada à frente deles, e atrás deles.

"Estão faltando alguns de nós", ele diz após um momento. "Não pode ser a decisão de poucos. Precisamos consertar isso."

Jonah, parecendo aterrorizado mas mais aliviado do que George já viu, vira-se para o grupo. "Nós partimos agora", ele grita, "todo mundo nos caminhões, nós faremos cento e sessenta quilômetros antes de amanhecer e não haverá descanso quando chegarmos lá!"

A equipe corre para os motores, os artistas para seus trailers, e após um momento Stenos e Elena estão praticamente sozinhos no gramado. Elena ainda está olhando para o céu e não parece notar que todos estão indo embora.

"Elena", Stenos diz por fim, baixinho. Ele dá um passo à frente para tocá-la; o olhar que ela lhe lança o faz parar no meio do caminho.

"Eu não achei que fosse viver tanto tempo", ela diz. "A guerra estava levando todo mundo, e achei que talvez com os ossos eu tivesse uma chance de uma expectativa normal de vida". Ela balança a cabeça.

"Você não vai morrer", ele diz.

"Eu não me importo", ela diz, como se ele houvesse ocupado a posição de bobo, agora que George havia ganhado um pouco de juízo. "Se estamos indo, então vamos."

O perfil de Elena corta a lua nascente na visão dele. Ele não consegue falar.

"Eu posso ouvi-la", Elena diz. "Ela parece tão perto; ela é tão parte das asas." Um arrepio desce suas costas. "Isto é pior do que Alec."

"Nós precisamos ir", diz Stenos.

"Ela não vai durar", Elena diz.

Ela vai direto para o trailer das trapezistas, mantendo os olhos na direção do chão.

Stenos fica no gramado mais um momento e olha para o céu uma última vez.

Bird olhou para ele, pensa; naquele momento, antes de virar, ela olhou para ele, e ele se arrepende de não tê-la chamado de volta. E se ela tivesse vindo? E se ela não tivesse e ele gritasse seu nome ao vento por nada?

Ainda bem que ele não gritou.

(A pior coisa a respeito da crueldade de Elena é saber que é verdade; é saber que os dias de Bird estão contados.)

~ 71 ~

Bárbaro gastou as horas do dia rondando a cidade. Primeiro ele andou até a muralha da cidade (não havia nenhuma saída a não ser pelo portão principal; este homem do governo não se arriscava) e depois fez círculos cada vez menores até estar de volta à feira livre, com as pessoas abrindo caminho distraidamente para deixá-lo passar.

Bárbaro nunca havia visto uma feira com troca de dinheiro; nunca havia visto uma feira durante o dia, ordenada e tranquila. Ele nunca havia visto uma feira na qual houvesse quantidade suficiente de qualquer coisa para poder escolher.

(Ele havia devorado a maçã em seis dentadas, de pé em um beco fora da vista da multidão; era a melhor coisa que já havia comido.)

Era uma sensação boa ter uma arma nas mãos novamente, e ele pôs a espingarda nos ombros com a facilidade de longo hábito, olhando para um lado e para o outro enquanto caminhava pelas ruas principais.

(Até os bueiros tinham grades. Este era um governo que tomou precauções para se manter.)

Ao entardecer, os soldados inundavam a praça e gentilmente mandavam embora o restante da feira. Só restava a vendedora de frutas e ela sorria enquanto pedia desculpas e colocava suas mesas na caminhonete.

Depois veio a hora da troca da guarda. Bárbaro observou para ver quem ia em direção aos portões e então se viu de guarda durante o pôr do sol (perfeito), e ocupou seu lugar à muralha com os outros.

Os soldados não se atinham à fila tanto quanto ele imaginaria para uma cidade comandada por alguém como o homem do governo. Assim que escureceu totalmente e eles não podiam ser vistos do capitólio, os soldados vagavam para um lado e para o outro, passando um único cigarro pela fila. Bárbaro segurou sua tragada o máximo que pôde. Era de verdade; qualquer mal que este homem do governo estivesse fazendo, havia conseguido tabaco em algum lugar, e para Bárbaro isso era alguma coisa.

Quando a noite caiu, os soldados resmungavam para lá e para cá sobre qualquer pessoa que houvesse brigado para pegar a vigia interna. Suas vozes se projetavam no ar.

Bárbaro não se uniu a eles. Ele cuidou de sua arma e tentou parecer taciturno. Queria que eles mantivessem distância para que, quando os outros voltassem, eles pudessem escalar o muro despercebidos, e ele não poderia conversar a noite inteira sobre o frio que fazia; ele não sabia conversar sem seus irmãos ali.

"Estou congelando", os soldados murmuravam o tempo todo, tremendo e batendo os dentes.

(Bárbaro estava realmente congelando; batia os pés no chão e cruzava os braços para que seus ossos não congelassem.)

Eles começaram a cochilar em seus postos uma hora depois disso e, cinco horas após Bárbaro ter assumido a muralha, ele estava sozinho.

A princípio estava satisfeito, com toda sua atenção voltada ao muro enquanto esperava seus camaradas, mas à medida que os minutos se passavam, sem companhia a não ser o vento e seus próprios dentes rangendo, os pelos de sua nuca começaram a se arrepiar.

(Isso é o que acontece quando você tem sete irmãos só seus, quando suas noites são cheias de aplausos e seus dias cheios de roncos de motores; quando a solidão chega, apavora.)

Estava tudo tão calmo que, quando o vento soprou pelo teto do capitólio até os portões, Bárbaro ouviu alguém se mexendo dentro da torre do sino, e soube sem dúvida que era Boss.

("Bárbaro", ela sussurrou, "ele sabe que você está aqui, fuja", mas seu nome foi tudo que chegou a seus ouvidos.)

O caminho de telhados estendia-se à frente dele quase até o capitólio, e mesmo do outro lado da praça aberta Bárbaro viu alguma esperança; não era trapezista, mas tinha força e potência suficientes para saltar da árvore, se tentasse.

Ele desapareceu do muro e subiu nos telhados sem fazer barulho, com a arma bem amarrada a suas costas.

(O problema com um homem só é que o tempo fica mais lento em sua solidão. Por não ter sido verificado, ele acha que há tempo de chegar até Boss e voltar com ela; por estar agitado, ele acha que há tempo suficiente até que os outros cheguem aos muros da cidade e comecem a escalar.

Quando os outros chegam ao topo do muro, os soldados os carregam para baixo e colocam armas em suas têmporas enquanto esperam pela ordem de onde levar os prisioneiros.

Dos telhados, entre um salto e outro, Bárbaro vê o mensageiro correndo para o capitólio e, por muito tempo antes de se lembrar, imagina qual seja o problema.

E então ele corre.

Precisa capturar o mensageiro antes que ele chegue ao prédio, precisa impedir que o alarme seja soado, tem de isolar os soldados na muralha até que possa chegar lá e fazer algo...

Mas é tarde demais, tarde demais, e os soldados se espalham como formigas do capitólio até as ruas abaixo, e acima dele Bárbaro vê o brilho dos canos das armas conforme os soldados vão surgindo um a um no telhado, ocupando seus lugares em torno da torre do sino.

Bárbaro olha do telhado do capitólio – ele está mais próximo de Boss do que dos outros – e ao enxame de soldados abaixo – onde ele pode ser anônimo, onde talvez ele possa seguir para onde eles estão indo e esperar pelo momento de libertá-los. Olha para um lado e para o outro, mas não sai de onde está. Não há caminho para ele agora; não há lugar aonde possa ir que não o condene.

É fácil encurralar um homem só.)

~ 72 ~

Panadrome protegeu tudo que pôde no trailer de Boss; eles passariam por estradas ruins até chegar à cidade, e se Boss voltasse (quando ela voltasse, ele corrigiu) ele não iria querer que ela abrisse a porta e encontrasse suas coisas quebradas.

Ele se assustou com a batida à porta. Abriu-a e encontrou Elena carregando uma porção de canos da mesma altura dela.

"Se você ainda tiver pontaria, pode usar esses braços para alguma coisa", ela disse e os jogou nos braços dele. Os braços dela estavam tremendo e ela não o olhou nos olhos, e ele compreendeu como deve ser encontrar velhos fantasmas.

Ele perguntou: "Está muito ruim?"

Ela pareceu que estava prestes a sair em disparada, mas eles se conheciam há muito tempo, e após um momento ela entrou e ele fechou a porta atrás dela.

(Durante anos só havia eles três, Boss, Panadrome e Elena. Ele sabia as músicas favoritas de Elena de cor. Sabia como ela caminhava quando estava cansada.

Nunca conseguiu perdoá-la por virar as costas para Boss dessa maneira.)

"É pior", ela disse, sem olhar direito para ele. "É ela, eu sei, não sou burra, mas quando sinto o puxão é como", ela respirou, "é familiar, e não consigo deixar de pensar que é Alec."

(Panadrome nunca falou sobre esse tipo de vínculo a alguém; não há nada a esse respeito que ele queira dizer em voz alta.)

Ele disse apenas: "Como ela se sente em relação às asas?"

Elena levantou a cabeça com um sorriso fraco. "Adora", ela disse, e então o sorriso desapareceu: "Ela não espera tê-las por muito tempo, sabe".

Panadrome estava impressionado com a lucidez de Bird, e sentiu um pouco de angústia por Elena, por estar tão sintonizada com algo tão desprovido de conforto. Ele suspirou em tom menor.

"E se Boss estiver morta quando chegarmos lá?", ela perguntou.

Foi a vez de Panadrome colocar a mão no peito (não onde o coração estava; ele se esqueceu de seu corpo humano há muito tempo. Pôs as mãos sobre as fivelas presas em seu peito como o casaco de um soldado).

"Eu saberia se esse momento houvesse chegado", ele disse.

(Ele não disse "Eu teria caído morto se ela estivesse morta". Ele e Elena foram feitos no início, antes dos poderes de Boss serem aprimorados. Eles se mantêm por vontade conjunta, Elena e ele, pelo desejo animal de viver; ele acha que, se morrerem nessa batalha, não poderiam ser ressuscitados por nenhuma habilidade que o circo possua.)

Elena assentiu (sempre sabia o que ele realmente queria dizer, ela nunca foi lenta em perceber a direção do vento).

"Cuide-se", ela disse. "Quem não morrer vai precisar de um pouco de música mais tarde."

Foi o mais próximo de um elogio que ela já havia lhe dado, a maior preocupação por ele que já havia exprimido.

"Você também", ele disse.

Ela deu de ombros. "Eu tenho que dizer às mulheres que juraram nunca mais lutar para pegarem em armas ou correrem para se abrigar e esperar que não sejam assassinadas", ela disse. "Depois disso, a batalha não deve ser nada."

"Mas não deveria ser", disse Panadrome, rispidamente. "Ela merece nossa luta. Sem ela, quem de nós ainda estaria vivo?"

Houve um pequeno silêncio. Então Elena disse "Eles começarão sem mim", passou por ele e saiu.

No pátio aberto, Jonah, George e a equipe estavam vasculhando o caminhão da tenda, dos adereços e da oficina por tudo que pudesse ser uma arma. Tudo que pudesse ser usado para defesa foi colocado nas boleias e nos trailers. Até os fios das lâmpadas foram utilizados; até as peças desmontadas do trapézio.

Os primeiros caminhões já estavam de saída, afastando-se do acampamento de volta à estrada, com lama sendo pulverizada por baixo das rodas conforme se viravam. Não haveria descanso, Panadrome sabia, desde agora até quando tudo estivesse terminado.

Elena saltou levemente para dentro do trailer assim que o caminhão começou a seguir.

O homem da equipe de Panadrome bateu à parede dele, e no instante seguinte ele também já estava chacoalhando-se pelo acampamento e saindo pela estrada de terra batida.

Panadrome sentou-se à penteadeira e olhou para as lanças que Elena havia lhe dado de presente, para que tivesse um meio de se proteger sem ser preciso travar as mãos em volta do pescoço de alguém.

(Uma coisa que Boss nunca duvidou a respeito de Elena era sua capacidade de dizer quem dava para alguma coisa e quem não.)

Ela sempre foi daquele jeito particular, Elena. Nunca dava para saber o que ela queria dizer, a não ser que quisesses ser cruel; para todo o resto, não valia a pena pensar.

Se Elena havia tocado a mão de Panadrome quando estava de saída, pode muito bem ter sido por acidente; se ela segurou os dedos de metal dele suavemente nos seus por um instante antes de partir, ele não saberia dizer.

~ 73 ~

Ying foi a primeira a pular a muralha (ela era a mais leve e a mais ágil, e os outros queriam que estivesse segura do lado de dentro do muro, por precaução) e a primeira a ser capturada, e após os reforços terem chegado ela foi a última a ser carregada para baixo das escadas de três em três degraus, quase carregada em cima dos soldados que seguravam seus braços. Ela batia os tornozelos nas pedras, escorregava na calçada do pátio.

Ela olhou em volta procurando por Bárbaro (talvez ele estivesse escondido entre eles), mas todos eram desconhecidos e um deles a estapeou e ralhou: "Cabeça baixa".

(Eu já fui soldado também, ela pensa. É assim que se trata um irmão? Você não sabe por que está lutando?)

Ayar ficava virando a cabeça para trás a fim de olhá-la, como se quisesse se certificar de que ela não desapareceria do fim da fila. Os soldados empurravam a cabeça dele toda vez, em meio a gritos de ordem: "Olhe para a frente!" e "Continue!"

Um dos golpes pegou no ombro de Ayar, e o punho bateu e voltou inofensivamente; o soldado pareceu, por um momento, ter tanto medo quanto deveria.

À porta do edifício do capitólio, o restante dos guardas estava à espera deles.

Na metade das escadas, Brio empacou e gritou e atacou os dois que o seguravam, mas, após o primeiro golpe que nocauteou um de seus guardas, um soldado deu-lhe uma coronhada com sua espingarda e Brio caiu para a frente. Outro soldado empunhou sua espingarda e tomou seu lugar ao lado de Brio.

Ayar e Ying se entreolharam e, quando Ayar balançou a cabeça, pela primeira vez Ying se desesperou; então só havia eles dois agora, com Bárbaro desaparecido, Brio indefeso, Boss presa na cidade, e nenhuma ajuda a caminho.

Pelo menos nós encontraremos Boss quando nos levarem para a prisão, ela pensou vagamente.

Ela pensou vagamente: Talvez eles nos matem agora mesmo, e assim não teremos que ceder ao homem do governo. Talvez Brio tenha brigado para morrer antes de o homem do governo pegá-lo, pensou, e por um momento ficou toda mole de pavor. Ela queria qualquer coisa que não fosse o que havia acontecido a Bird; Ying lutaria até que eles a matassem, para não ter de ir para a escuridão das celas.

Os guardas à porta apontaram em direção ao beco. "Levem-nos para baixo", um deles disse, e o outro disse: "E fique com eles até que ele venha, porra!"

Os soldados arrastavam Ayar como um touro, levando-o da porta em direção ao minúsculo beco. Ying olhou em volta procurando uma árvore, uma cerca, um cabo, qualquer coisa na qual pudesse se balançar.

Então o soldado à frente dela desabou.

Houve um momento de confusão quando todos olharam para Ayar, que parecia tão surpreso quanto eles.

No segundo seguinte, o soldado mais próximo do beco engasgou e caiu.

"Atirador!", um soldado gritou (Bárbaro, era Bárbaro), e os soldados cambalearam para trás e colocaram as armas nos ombros naquele momento antes da recuada que Ying sabia ser a hora da virada.

Sem pensar, ela atacou.

Os soldados haviam afrouxado o controle dela (o medo tem efeitos estranhos) e, uma vez que estava se mexendo, ela sabia que nunca a pegariam. Contorceu-se para trás e deu duas cambalhotas, saindo do centro do grupo de soldados; atrás dela os disparos continuaram conforme Bárbaro atirou em um de cada vez, assim que ela estava a salvo. Agora não havia nada a perder, Ayar estava causando estragos no meio dos soldados, aniquilando-os para chegar até Brio. Eles voavam de seus braços em movimento como bonecas de pano, derrubando o grupo que se aproximava.

(Havia tantos soldados que os quatro nunca conseguiriam escapar.)

Ying terminou a cambalhota já procurando por uma saída (precisava chegar ao nível da rua, escalaria qualquer coisa). O soldado mais próximo dela teve o pescoço quebrado por seu esforço, e assim que Ying viu o toldo da loja, jogou a espingarda para cima, segurou a borda do tecido e se dobrou ao meio, com as pernas para o alto e passou pela beirada da viga de apoio, depois se balançou sobre o toldo e subiu rapidamente pelo cano de escoamento até estar lá em cima, a salvo, abaixada no telhado.

Os soldados haviam recobrado os sentidos e cercaram Ayar e Brio, prevenindo sua fuga e impedindo que Bárbaro conseguisse um tiro certeiro.

Ying apoiou a arma na borda do telhado e ressentiu o fato de Boss não permitir armas. Ela estava fora de forma, e se não conseguisse segurar firme para atirar...

Eles estavam atirando de volta para Bárbaro agora; não podiam vê-lo, mas de onde Ying estava ela o viu se rastejando para o próximo telhado, tentando atirar mais duas vezes da nova posição privilegiada antes que eles avançassem.

Atrás de Bárbaro, Ying viu os agrupamentos de soldados no alto do telhado do capitólio, guardando a torre do sino. Ela podia imaginar o que havia acontecido depois que Bird fugira; nenhum homem esperto deixaria uma prisioneira onde houve uma fuga.

"Levem-nos para dentro!", os guardas gritavam; as portas do capitólio estavam abertas, e os soldados estavam empurrando Ayar e Brio para a frente.

Pelas portas abertas, Ying viu um pedaço de um rosto cruel que reconheceu ser do homem do governo, e Ayar e Brio estavam sumindo sob a sombra da borda do capitólio. Mais um momento e eles estariam fora de alcance.

"Brio!"

Era Bárbaro gritando (ele nunca havia gritado assim por ninguém, mas então Ying se lembrou de que eram irmãos).

Ying observou enquanto Bárbaro deu o último tiro em direção à multidão; em seguida ele se levantou para pular do telhado no meio do grupo de soldados que arrastavam Brio.

Houve o barulho de um disparo; Bárbaro estremeceu e caiu para trás, e Ying percebeu que ele havia sido atingido.

Ela tinha de alcançá-lo, ela tinha, mas e agora que o homem do governo estava à vista?

Ying ergueu a espingarda. Ela iria matar o homem do governo – atingiria Ayar se fosse preciso, mas o tempo era curto e o homem do governo estava quase longe demais, precisaria aproveitar a chance e atirar–

A noite caiu repentinamente sobre Ying, e o ar se preencheu com um som triunfal, trombeteante e, mesmo com toda a adrenalina bombeando dentro dela, ela pensou freneticamente *É Alec*, e em seguida *Não, são as asas, são as asas.*

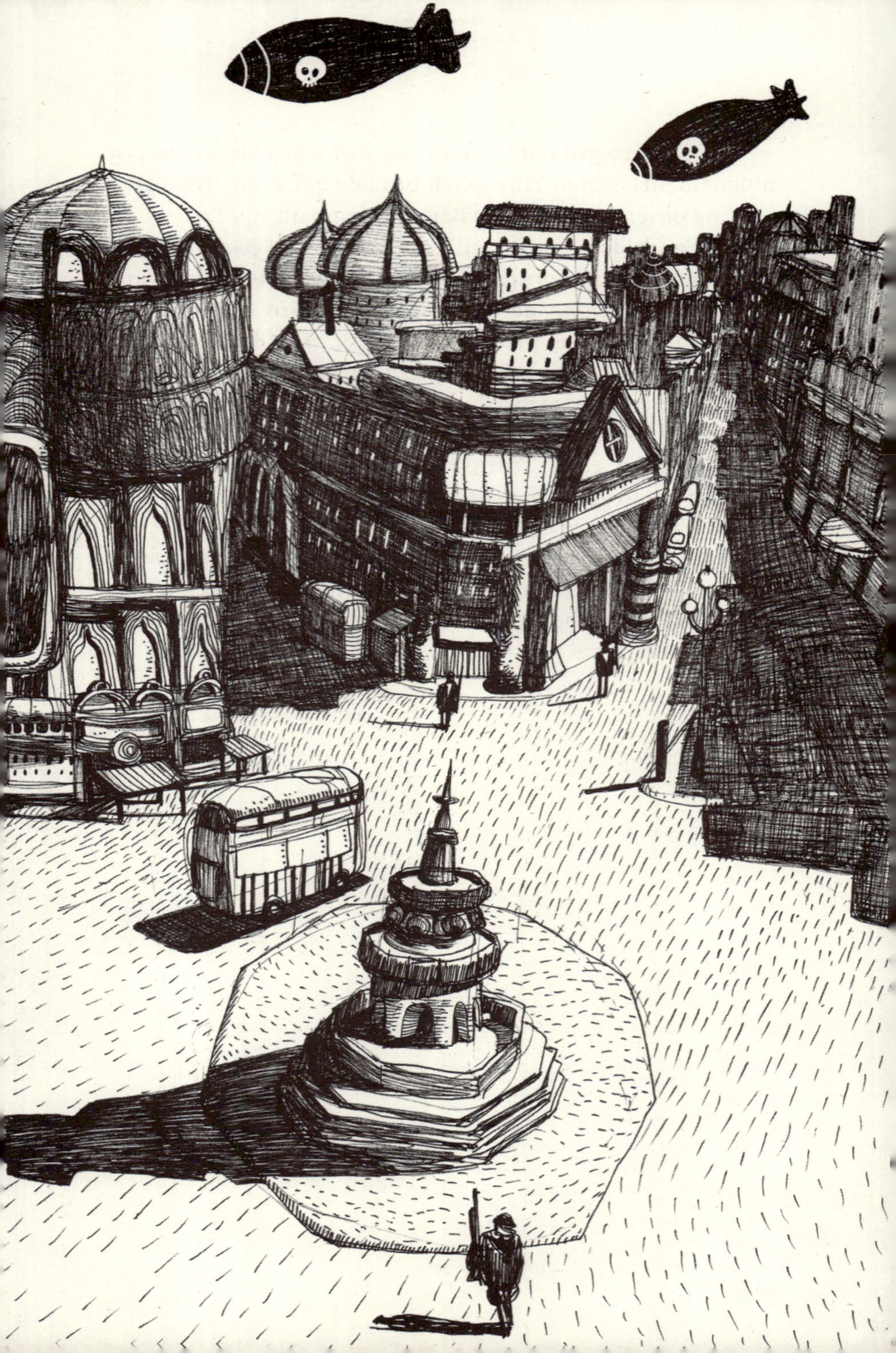

~ 74 ~

Boss passa a primeira hora daquela longa noite escura olhando a cidade, para além das últimas luzes e em direção à escuridão.

A última vez que esteve em uma cidade à noite foi na noite da *Rainha Tresaulta*, e ela estava do lado de fora do teatro de ópera com o último centímetro de um cigarro, observando as luzes da rua ganharem vida fileira abaixo, uma a uma, uma fila de lâmpadas lutando contra a escuridão.

(As fileiras de luzes sempre foram sua coisa favorita no Circo.)

A jaula na qual a colocaram é para um sino soprano; ela não consegue se levantar totalmente, não pode se sentar, e sabe que essa posição vai acabar quebrando suas pernas, tendo de apoiar seu peso desse jeito meio torto. O homem do governo provavelmente ensina seus soldados a escolher essas coisas. Não há motivo para valorizar o conforto dela; ela pode muito bem fazer seu trabalho sem pernas que funcionem.

Ela fica um pouco em pânico. (Em silêncio, graças a deus, para que eles não tenham esse prazer. Quando você vive ao ar livre, aprende que suas dúvidas precisam ser silenciosas ou tudo cai aos pedaços.)

O vento frio a deixa dormente, eventualmente, o que a faz feliz. Pelo menos não sentirá suas pernas cederem.

Ao lado dela, Alec diz: "Eles estão vindo. Não vai demorar".

"Espero que não", ela diz, com o medo apoderando-se dela. "O Ministro estará à procura deles – saberá se alguém vier à cidade atrás de mim."

"Tarde demais", Alec diz com um sorriso. "Você sabe quem veio, não sabe?"

Ela sabe; é o mesmo que escutar o acampamento quando a noite cai e os ensaios terminam e conhecer os passos de cada um chegando em casa para passar a noite.

Ying, Ayar e Brio estão próximos (Bird se foi, quase morta), e o mais próximo de todos eles é...

"Bárbaro", ela diz, abrindo bem os olhos. Seu corpo está tenso de sono e sua garganta arde. "Ele sabe que você está aqui, saia. Alec", ela diz, virando-se para ele, "você precisa tirá-lo..."

Mas, claro, não há Alec. O frio e o medo a estão levando à loucura. Ela pensa em desistir (ela seria inútil ao homem do governo se estivesse louca), mas desistir após todos esses anos, por alguém como ele, parece covardia. Ela precisa seguir em frente; precisa descobrir o que o fará abrir caminho.

Ela se pergunta se Panadrome está bem, mas ela saberia se ele houvesse morrido; ela saberia. Ela sabe como seus filhos estão.

Mas está exausta e com frio e fraca de medo, e quando sente que Bárbaro está vindo buscá-la ela se pressiona contra as barras (que cortam a pele de seus joelhos) e deseja que ele chegue mais perto, escale a torre e quebre a jaula, e somente depois que o medo a estapeia ela percebe que não é só por causa dela. Ayar, Brio e Ying chegaram cedo demais (ou tarde demais).

Ela fraqueja contra as barras da jaula. O homem do governo a fará trabalhar primeiro em Ying, provavelmente. Pensará que Ying pode ser descartada. Ele vai querer Ayar inteiro. Bárbaro pode sair, talvez, se esperar, se tiver cuidado, mas para os outros é tarde demais.

Por que eles voltaram? Como George deixou que isso acontecesse?

Ele nunca os teria enviado. Eles devem ter se separado; o circo deve ter se rompido.

Ela fica de coração partido.

Abaixo dela, há uma porção de disparos, e Boss abre os olhos para olhar para a praça e ver quais de suas crianças foram executadas. Mas os soldados estão sendo postos à prova, há retaliação. Boss observa mais de perto (as barras estão geladas em sua testa) e vê que Bárbaro está atirando neles, que Ying se libertou do grupo de soldados, e pensa ferozmente: Estas são minhas crianças, é pelo meu circo que estão lutando; ela olha para suas crianças e pensa: Levem tantos com vocês quanto puderem.

Ying chegou ao telhado. Ela conseguiu uma arma, além de tudo, e mira na direção das portas do capitólio. Boss não consegue ver, mas deve haver algo lá que a aterrorize; Ying alinha a arma e espera e espera e espera.

Atire logo, Boss pensa, por que está hesitando, e mesmo enquanto pensa nisso, Boss sabe que deve ser o homem do governo (é um tiro que não se pode errar: atinja o coração ou perca sua chance).

E então Bárbaro se levanta. (Bárbaro cai.)

Boss se estica contra as barras de uma vez, mas ele está longe demais para alcançar, e Boss suga o ar frio em seus pulmões, na tentativa de obter algum traço dele que sabe que nunca chegará até ela.

Ela ouve a música das asas de Alec ao longe, aproximando-se, e pensa: Então é isso, presa aqui enquanto eles lutam, com o frio congelando minha razão. Ela pensa: *Deixe Alec vir, eu ficarei com a loucura, não posso me rebaixar mais.*

Em seguida Bird voa sobre a lua; suas penas refletem o luar, entrando e saindo da visão de Boss como as últimas luzes antes da imensidão.

Bird é quem está carregando a música consigo; Bird está dobrando suas asas abertas para o mergulho até a torre. Boss está horrorizada e chora aliviada; seu coração dói por ver que George fez tanto, tão rápido, com o que ela lhe deu.

Os soldados abaixo dela no telhado estão atirando para a escuridão (as balas perdidas batem no sino, e Boss cobre a cabeça), e em seguida ela ouve o acorde mudar para um tom menor conforme Bird vira as asas e mergulha, com as penas para fora como facas.

Boss ouve uma pequena série de gritos, e depois há um momento em que nem os disparos abafam o som das asas, e em seguida o estrondo das botas dos soldados sobreviventes entrando em pânico e fugindo.

(Alec nunca as teria usado para isso, Boss pensa, mesmo sabendo que a resgate dado não se olha os dentes. Ela precisa esquecer que elas foram de Alec; as asas que ele usou eram de outro tipo.)

Bird aparece, tão perto que Boss se assusta; Bird arranca a porta enferrujada da jaula e segura Boss no colo. Boss passa os braços em torno dos ombros de Bird, fora do caminho das asas afiadas. (Bird não toma cuidado, então Boss precisa ser cuidadosa para seu próprio bem.) Há aquela fagulha fugaz que Boss sente quando toca uma de suas fabricações, e antes mesmo que consiga formar um pensamento, já está no céu e as estrelas se aproximam.

"Para onde carrego você?", Bird pergunta.

"Bárbaro", diz Boss ofegante, e Bird mergulha.

Boss sai dos braços de Bird antes mesmo de aterrissarem e corre o mais rápido que pode sem pensar nas balas (Bird atrai tiros vindos de cima dela); ela se ajoelha à frente de Bárbaro e estende as mãos para prender o que restou.

Mas é tarde demais; não há nada que reste dele além de carne e fumaça. Ele atirou para salvar seu irmão e sofreu por isso. Não há nada agora a não ser um corpo como outro qualquer que dorme no chão.

Bird mergulhou mais baixo; ela está aguardando sinais de vida que nunca virão.

Boss se levanta e diz: "Leve-me às portas do capitólio".

Ela deve lutar onde pode lutar, e há um homem que ela deseja ver.

~ 75 ~

Ayar está perdido nos sons de batalha, com as pontadas de balas que atingem suas costelas e o triturar de ossos sob seus pés, arrancando Brio do poder dos soldados que o arrastaram ao chão para levá-lo para dentro do prédio.

(O tiroteio é grande demais para que ele ouça uma única voz, um único tiro; ele só saberá que Bárbaro está morto quando a batalha terminar.)

Ayar não percebe a música até um dos soldados nas escadas apontar a arma para cima e ficar paralisado, olhando fixamente; até Bird mergulhar para a luta.

O soldado se abaixa sob as asas dela, e é quando Ayar realmente a vê.

Ele não consegue perdoá-la (não consegue perdoar Stenos), mas vê Boss nos braços dela e pensa: É uma boa ação que ela fez por nós.

Os soldados estão, por um instante, emudecidos, e o único som é o fraco acorde das asas.

E então o caos começa e alguém lá de dentro grita, e os soldados no alto das escadas atrapalham-se para recarregar suas armas.

(Era o homem do governo gritando "Matem a que tem as asas", porque até ali ele ainda não havia perdido as esperanças – eles tinham lutadores leais, mas ele tinha quantidade e sabia que os soldados dela sangravam tanto quanto os dele – mas Ayar não o escutou. Ayar só sabia que estavam em perigo e temeu por todos eles.

Ayar não ouviu a voz do Ministro tremendo, senão teria se comovido.)

"Tire-a daqui", Ayar grita, movimentando-se entre Boss e os soldados. Se ela for baleada, está tudo acabado.

Mas Boss põe a mão no peito dele, no centro de suas costelas costuradas e isso o faz parar como se o braço dela fosse feito de ferro. Ela diz "Estou aqui pelo Ministro", com a voz que ele reconhece (para aquela voz, todas as coisas abrem caminho).

Ele dá um passo para trás, deixa que ela passe e entre na escuridão do capitólio.

Há um disparo.

Ayar, em pânico, pensa que Boss foi atingida. É Bird (ela dá um grito, e Ayar pensa que se parece com o de um falcão), mas deve ter sido um tiro de raspão, porque ela sacode as asas para decolar; um soldado avança sobre a asa dela e sai gritando, com um toco ensanguentado.

"Dê ele aqui", Bird grita para Ayar, com os braços estendidos.

Ayar tira Brio dos ombros e o joga o mais gentilmente possível, observando-o voar três metros acima das cabeças dos soldados; Bird o apanha pela cintura e desaparece voando.

Livre de sua responsabilidade, Ayar dobra seu cotovelo para testar seu novo alcance; ele se conecta, e Ayar ouve um pescoço se estalando. Os outros estão tentando se afastar o suficiente para levantarem suas armas, mas ele empurra de volta contra a corrente, mantendo-os próximos demais para obterem um ângulo e impedindo que os mais afastados consigam um tiro certeiro.

No pequeno espaço que ele criou, Boss caminha para a frente, pelas escadas, com o vestido erguido pelos dois punhos e os olhos pregados ao homem do governo, que está atrás de um grupo de soldados parecendo decidir como a esfolará se os soldados conseguirem capturá-la.

(Os soldados já deveriam tê-la capturado, Ayar pensa, mas eles se afastam enquanto ela caminha; esta é uma luta que eles não podem vencer.)

Ayar força sua passagem entre eles para bloquear os disparos contra ela; nenhum soldado chegará perto dela se ele puder evitar. Ele os combate do jeito que ousam vir, pegando as armas e socando as costelas de quem estiver perto o bastante.

Bird mergulha de volta, cortando os que estão à beira da multidão, pegando um desgarrado e o levantando a trinta metros do chão antes de derrubá-lo de volta para cima do grupo.

Os soldados avançam em Ayar, com um misto de raiva e pânico.

(Alguns dos soldados ao fundo, a salvo das asas e dos braços de Ayar, hesitam; eles estão esperando ver como o rio corre antes de entrar nele. Eles podem ser lutadores, mas não são bobos.)

Ayar não vê isso; ele só vê que Bárbaro deixou de atirar, que os tiros de Ying são espaçados e só vêm para salvar Ayar do perigo. Quando as balas deles acabarem, Ayar estará aqui sozinho com a multidão de soldados, e Boss estará presa lá dentro, fora do alcance de Bird, e eles irão todos morrer juntos, o que ele pensa ser melhor do que poderia ser.

Melhor morrer aqui do que em uma cela; melhor morrer lutando, não importa o que aconteça.

Lá dentro, Boss foi cercada; ela não resiste aos soldados que a seguram, e quando o homem do governo pega sua faca ela não parece surpresa. (Ela deve saber o que está fazendo, Ayar pensa, mas por baixo disso está o medo, e o medo é seu mestre; ele já fez coisas precipitadas antes, quando o medo se apoderou dele.)

Ayar se vira e vai em direção a ela sem pensar; ele não compreende a dor da bala que atinge sua perna assim que vira as costas, até pisar e a perna ceder.

Ele cai ao chão e os soldados descem.

Seu coração está batendo contra suas costelas, seus ouvidos estão surdos de pânico e ele está tão concentrado em afastar a multidão que não ouve as batidas nos portões quando Big Tom e Big George usam seus braços como aríetes; ele não ouve as pequenas explosões quando os fios de luz atingem suas marcas e se estilhaçam.

Ele não percebe, até ver Jonah e as dançarinas correndo para a batalha com canos de cobre como lanças, que o circo finalmente chegou.

~ 76 ~

É assim que o circo entra na cidade:

Big George e Big Tom estão amarrados ao caminhão da tenda, com seus longos braços estendidos pelo alto da cabine até a dianteira, feito aríetes. O caminhão pega a estrada principal até os portões, que rangem e gritam com cada golpe, conforme o caminhão dá ré e dirige para a frente, com quatro punhos de metal colidindo-se contra a madeira.

Os outros caminhões se espalharam, e os Grimaldi e as trapezistas param em pontos do lado de fora das muralhas da cidade. Os acrobatas saem correndo e param em duplas com as mãos em alavancas, e as trapezistas pisam nos pulsos travados e são lançadas por sobre o muro, pousando levemente sobre os pés e atacando com um único golpe os soldados de guarda, que cambaleiam para trás com a investida e caem tão rápido que sequer gritam um aviso.

Quando não há mais trapezistas, os saltadores lançam-se uns aos outros, e Elena e Fátima pegam seus braços estendidos e os balançam com segurança sobre a pedra. Alto e Stenos vêm por último, saltando um de cada vez direto do chão. Um a um, eles saltam da muralha para os telhados da cidade – Penna e Elena miram as árvores, que formam uma cerca rendada ao longo da estrada principal, quase até a praça aberta.

Fátima fica sozinha no muro, protegendo as cordas quando a equipe jogá-las. (É assim que a equipe deve escalar até os portões serem abertos; é assim que eles todos fugirão se os portões estiverem bloqueados.)

Quando Fátima já as afixou, agacha-se à sombra da muralha; esperará por eles aqui.

("Não me importa quem lute", Elena disse, "contanto que você finja ser útil, pelo menos desta vez", e quando se virou e falou: "Fátima, você ainda sabe dar nó, eu espero?" Fátima respirou pela primeira vez em muito tempo.)

Os portões finalmente abrem caminho, e os soldados estão ali enfileirados e prontos para atirar.

Mas o trailer de Boss está logo atrás, e assim que o caminhão da tenda atravessa os soldados e os espalha, três soldados se veem atingidos pelos dardos.

(Panadrome é o único deles que nunca foi soldado. Ele se surpreende com sua mira e não pensa mais nisso; conforme o caminhão vai passando pelos mortos, força-se a não sentir pena deles. Se lamenta ter de ver uma batalha depois de tanto tempo sem, não é da natureza dele falar.)

Assim que a estrada está liberada, Jonah, os malabaristas e as dançarinas pegam qualquer arma que esteja à mão e saem de seus trailers. Quando os caminhões menores entram na cidade, eles correm ao lado e se agarram às grades; eles adentram a cidade pendurados aos lados dos caminhões, com os olhos percorrendo as ruas escuras, com martelos, tábuas e fileiras de lâmpadas enrolados como cordas em suas mãos, prontos para a batalha.

Isto é o que eles veem ao se aproximarem do capitólio:

(Os que estão nos telhados veem primeiro, e Stenos para no meio do caminho quando a batalha fica à vista. Atrás dele, Nayah, Alto e Altíssimo param bruscamente com o choque.)

Não há praça pública; é um mar de soldados, um tapete de homens, e por um momento nauseante eles veem apenas que Bird está atraindo os tiros e mal pode chegar perto o suficiente para causar algum estrago; eles veem apenas que Ayar está se afogando nos braços estendidos dos homens.

Stenos vê Bird se desviando dos tiros dos soldados e diz baixinho: "Chegamos tarde demais".

Então Nayah diz "Não, olhe" e começa novamente a saltar de um lado para o outro; em seguida Alto e Altíssimo veem

Ying com sua espingarda, e Bárbaro e Brio deitados mais adiante, e eles correm pelos telhados.

Stenos vê apenas que Bird está sangrando. Ele desce por uma parede até o chão, pega uma espingarda e corre.

Elena está saltando entre as árvores (é mais fácil que correr), ganhando força e velocidade, e vê a batalha apenas de relance entre os saltos: a onda de uniformes, o rosto de Stenos enquanto ele desparece em meio à batalha, um lampejo de asas quando Bird o vê e puxa suas penas afiadas para trás.

(Elena vê as manchas vermelhas se espalhando entre as costelas de Bird, e antes que possa evitar ela pensa: Pelo menos essa não viverá o bastante para enlouquecer.)

O caminhão chega ao topo da colina, mas, antes que ele possa se virar para a estrada do capitólio, Jonah vê Ayar se afogando debaixo dos soldados. Ele salta para baixo e corre, com Sunyat e Minette em seu encalço e os canos de cobre em ambas as mãos. O caminhão vai em seguida, e os outros dão um grito colossal quando veem a batalha.

Isso é o que Ayar vê quando seus salvadores chegam, e, mesmo que tenha sido Stenos quem abriu caminho quando os soldados o envolveram, é Jonah quem chega a Ayar a tempo de oferecer seu braço e subir em suas costas.

O circo entra na luta para valer; quando os acrobatas saltam dos telhados, há explosões de tiroteios da rua abaixo, e alguém grita, depois outro. Em seguida, os saltadores e a equipe chegam. Alguns deles carregam manguais improvisados; um deles encontrou uma tocha de soldagem.

E então é apenas o som de corpos caindo e o brilho de canos de espingarda, a batalha sem trégua de dois lados que não podem se arriscar a ter piedade.

~ 77 ~

Elena observa da árvore acima da praça até ver onde precisam dela.

Ela está próxima aos telhados da cidade; ouve os gritos de Alto e Altíssimo quando eles não conseguem reanimar Bárbaro, e, bem antes de eles desistirem de tentar, Elena adivinha o que aconteceu. (Boss precisa estar por perto para pegar em você, no momento em que você morre. Ela se lembra disso.)

Em seguida ela pula da árvore e salta pela batalha, estalando o pescoço toda vez que aterrissa, até chegar aos degraus do capitólio. Eles se desmoronam debaixo dela; ela nunca foi um soldado, não como os outros, mas sabe matar tão bem quanto qualquer um.

A massa de soldados está finalmente começando a retroceder perante um exército que deve parecer imortal, um exército concebido para apavorar, e os últimos metros do caminho dela estão livres, exceto pelos corpos.

Ela e Stenos chegam à entrada no alto das escadas ao mesmo tempo, prontos para encarar o homem do governo e os soldados que têm posse de Boss.

Mas os soldados lá dentro desapareceram, e apenas Boss resta, de pé, com a mão estendida sobre o corpo caído do homem do governo. Boss parece doente, como se houvesse comido algo podre, e Elena se pergunta o que acontece quando Boss tira uma vida que não planeja devolver.

Stenos se aproxima e aponta sua espingarda para o corpo, como se houvesse alguma chance de o homem ainda estar vivo, em seguida olha para Boss esperando por ordens.

Elena fica mais atrás. Ela ainda se lembra do momento antes de morrer pela segunda vez, com Boss estendendo a mão dessa maneira e Elena não acreditando no que Boss pretendia fazer até o mundo escurecer.

Stenos parece impressionado pela habilidade de Boss; ele dá um meio sorriso para ela enquanto diz: "Você esperou para matá-lo até ele ver que estávamos vindo?"

Mas Elena a conhece melhor. Reconhece a expressão de Boss logo antes de ela falar; é arrependimento.

(Boss se arrepende tão raramente que Elena demora mais do que deveria. Elena nunca foi um soldado, não como os outros.)

"Eu deveria tê-lo matado antes de vocês chegarem", ela diz, como se para si mesma. "Estava esperando que os soldados abrissem caminho e fugissem para que ele soubesse que ninguém o ajudou. Mas demorou demais; foi tarde demais."

Por um momento Stenos não compreende o que ela quer dizer. Elena espera que ele perceba; quando ele o faz, seu rosto fica sério e triste. Ele olha para o corpo; a arma treme em suas mãos e ele não diz mais nada.

(Elena soube, assim que Boss falou, qual era o problema.

No momento antes de Boss o matar, o homem do governo havia visto o exército de Boss chegar para resgatá-la. Antes de morrer, ele teve um vislumbre dos artistas do circo jogando-se contra seus soldados e lutando tão ferozmente quanto ele sempre sonhara que pudessem lutar.

Logo antes de morrer, ele viu que estava certo.)

Em volta deles a batalha se enfurece, mas no saguão de mármore em que os três se encontram está tão seguro, escuro e silencioso quanto uma sepultura.

~ 78 ~

As duas horas que passei sob guarda no trailer da oficina foram as mais longas de que me recordo. Com o grifo em meu braço, eu era valioso demais para perder, mas era agoniante ficar trancado sem ter o que fazer. Só podia ouvir o alvoroço do acampamento enquanto eles se preparavam para as baixas; cobrir as mesas do trailer com lona, equipá-las com chaves, pregos e ataduras para os vivos, e agulha e linha para as mortalhas.

Finalmente Fátima desceu da muralha, vindo pela floresta até a oficina, e silenciosamente nós espalhamos os canos de cobre que restavam e marcamos com lápis de cera os comprimentos dos ossos de um dedo, um cotovelo e um fêmur.

Após um longo silêncio, perguntei: "Você consegue ver Ying do muro?"

"Não vi nenhuma luta", ela disse, e o jeito com que disse isso (aliviada, talvez) fez com que eu não perguntasse mais nada.

(Uma hora peguei uma tigela de cobre e fiz uma careta. "Para que serve isso?"

"Uma pélvis", ela disse, e colocou minha mão em seu quadril para que eu sentisse onde a borda se curvava para fora e em torno dela, e pensei que devia ser uma pessoa diferente do que era antes, para ela estar à vontade.)

Trabalhamos até ouvirmos os primeiros gritos vindos do acampamento.

Saíam da cidade no caminhão – lentos demais para estarem em retirada. Estavam pendurados dos lados se estivessem bem, empilhados na caçamba aberta se estivessem feridos, e Boss estava de pé no centro de todos, como o capitão de um barco que enfim está indo para casa.

Assim que ela veio ao chão novamente, corri até ela sem pensar e a abracei pela primeira vez na vida; por um momento ela me apertou de volta, com sua bochecha em meus cabelos, e depois se afastou e caminhou para o trailer da oficina. Apertei o passo ao lado dela (eu estava em casa novamente).

"Quantos estão feridos?", perguntei. Vi Fátima correndo com suprimentos da oficina até um dos caminhões com a caçamba vazia, para que Boss e eu pudéssemos trabalhar imediatamente.

"A maioria deles", ela disse. Seu rosto estava tenso. "Dois estão no limite; eu não sei se posso salvá-los. Terá de ser você."

"Por quê?", perguntei sem pensar, mas quando ela olhou para mim, tive uma rápida visão daquela imagem gravada que me assustara quando recebi a tatuagem; ela parecia abalada e fragilizada, e eu não sabia o que ela havia feito naquela cidade para ter sua força tão drenada.

"Alguém morreu?", perguntei, já temendo a resposta.

"Bárbaro", ela disse, e parei de andar e olhei para o caminhão. (Eu achei que o houvesse visto, mas havia apenas sete irmãos; eu havia visto o que queria ver, porque ainda não podia imaginar que Bárbaro estivesse morto.)

Mas o luto viria depois, e conforme Jonah e Minette saltaram do caminhão para descarregar os outros eu gritei: "Tragam os piores à oficina".

Quando ajudaram Ying a descer do caminhão (a perna dela parecia torcida, mas ela estava aqui e isso era tudo de que eu precisava), meu coração bateu duas vezes em minhas costelas.

Enquanto sinalizei para o caminhão levar Ayar até a oficina, fiz uma pequena contagem e franzi o cenho. Havia gente de menos – Moonlight e Sola não estavam, além de muitas pessoas da equipe que nem pude procurar.

Vi uma silhueta ao longe, na beirada do muro, e mesmo sob a fraca luz reconheci o perfil de Elena. Ela deve ter vindo pelos telhados, certificando-se de que não havia combatentes de última hora escondendo-se pelos becos. Nayah e Mina vieram depois dela, flutuando em cima da muralha como sombras e aparecendo instantes depois no final das cordas, com os pés quase sem tocar o chão.

"E Stenos?"

A boca de Boss ficou ainda mais tensa. "Bird está desaparecida."

Eu suei frio. Pensei: Não, ela está bem, porque se estivesse morta eu saberia.

Mas Boss estava muito à frente de mim. Seus ombros estavam caídos pela primeira vez que pude lembrar, e só se ergueram quando ela abriu a aba de sua tenda improvisada e Panadrome estava à sua espera. Ele falou, ela falou, e eles ficaram juntos por um bom tempo até que a aba se fechou atrás deles e o trabalho começou.

Tentei me ater à ideia de que Bird estava viva como se fosse algo que precisasse provar, mas eu estava sufocado com tanta perda, tanto alívio e tanto vazio que pouco conseguiria perceber além disso. O sofrimento aumentou conforme eu trabalhava em Ayar, Brio e Ying, e muito antes de Stenos sair da cidade (seus olhos estavam assombrados e suas mãos vazias), eu havia aceitado que Bird se fora.

Stenos foi o último de nós, e levamos todos os nossos mortos conosco quando fomos embora da muralha; esta cidade não era lugar para artistas.

Quando paramos durante a noite para enterrar os mortos, acendemos fogueiras e nos reunimos para nos manter aquecidos, porque, embora ainda estivéssemos perto demais da cidade, éramos um circo livre agora e de quem teríamos medo?

(Boss não se uniu a nós. Ela fechou a porta de seu trailer todas as noites por muito tempo.

Mais tarde, ela e eu falaríamos sobre que tipo de governo surge no vazio. Ela nunca superou a morte do homem do governo. Ele havia sido cruel, mas levaria mais cem anos até alguém fazer metade do progresso que ele fizera.

"Este mundo é tão fragmentado e tão lento", ela disse. "É por isso que conseguimos durar tanto tempo sem envelhecer."

Como prova, o grifo em meu ombro nunca sarou; as bordas permaneceram chamuscadas e feridas e ele doeu até eu aprender a ignorá-lo.)

Naquela noite, Stenos estava longe das fogueiras, como sempre, mas parecia tão arrasado que saí de meu assento ao lado de Ying e o segui até a escuridão.

Ele estava sentado nos degraus do trailer. Vi o que deve tê-lo afugentado; à luz do lampião, a mesa estava manchada de vermelho arroxeado de sangue antigo.

Eu quis dizer que ela poderia estar bem, mas não acreditava nisso e não queria insultá-lo com a mentira. Ele já havia sofrido demais sem falsas esperanças.

Em vez disso, falei: "Por que você não vem até a fogueira?"

"Então você ainda é o nosso chefinho", ele disse, olhando para mim.

Sorri. "Não se eu puder evitar", respondi.

Ele perguntou: "O que eu vou fazer agora?"

Não havia me ocorrido que ele estivesse sem parceiro, que não havia lugar para ele sem um número.

"Nós encontraremos algo", eu disse. "Agora venha até a fogueira. Você precisa comer alguma coisa, pelo menos."

A noite inteira ele se sentou à fogueira como se houvesse recebido ordens de não sair dali. Ninguém falou com ele; Elena nem olhou em sua direção, como se tivesse medo de cruzar o olhar com o dele.

Ela não precisava ter se preocupado. Sua atenção estava totalmente voltada para o céu, como se estivesse esperando pelas primeiras notas das asas.

~ 79 ~

Panadrome cumprimentou Boss, sob a aba da tenda do ambulatório, com "Eu estava com medo de perder uma boa contralto".

(Ele não consegue dizer o que quer dizer. As palavras ainda não foram inventadas.)

Ela diz: "Eu matei o homem que poderia trazer a ópera de volta".

Há uma nova dor, de repente, para a qual Panadrome não sabia que ainda tinha espaço. É fácil não querer o que é impossível, mas saber que Boss havia visto a possibilidade quase o leva aos muros da cidade só para ver o que ela havia visto.

Ele quer abraçá-la, mas seus braços são tão frios quanto o ar e não seriam confortáveis para ela.

Ele diz apenas "Quem se machucou primeiro?" e vira-se para a mesa de trabalho.

(Suas mãos ainda são mãos de músico, e quando se trata de costurar feridas, ele é hábil com a agulha.)

~ 80 ~

Elena recusou-se terminantemente a ser a outra metade.

"Não há lugar para ele aqui sem Bird", disse Boss.

Elena cruzou os braços e disse: "Eu bati à sua porta e implorei a você que destruísse as asas. Você não o fez e foi isso que aconteceu. Vire-se sozinha ou dê ele aos Grimaldi".

(Eles nunca o aceitariam, Elena sabia. Não depois do que aconteceu a Bárbaro.)

"Uma das outras pode ser parceira dele, então", disse Boss. "Ele precisa de alguma coisa para que não enlouqueça."

Durante um longo e nauseado momento, Elena pensou em Bird enlouquecendo com as mãos no trapézio, em Bird sem um olho (horrível, horrível), Bird cuja loucura nunca havia sido uma preocupação. Como Boss podia confiar tanto em um deles e não no outro?

"Faça asas para ele", ela disse.

Boss franziu o cenho e deu um passo a frente, seu corpo pareceu preencher o ar em torno delas e sua voz ficou muito autoritária quando ela disse: "Você será a parceira dele".

"Eu sou o quê", Elena disse, "um animal?"

(Ela o amou, e havia acabado.)

Fátima foi quem se ofereceu, afinal.

"Ele nunca a deixou cair", ela disse, sem olhar nos olhos de Elena. "Poderia ser pior, eu acho."

"Boba é você", Elena disse, mas não contestou.

(Ela temia o que Boss faria se continuasse dessa maneira; imaginou Boss virando-se para uma das dançarinas, passando a mão sobre os olhos de Sunyat, fazendo qualquer coisa que não conseguisse encontrar.)

Fátima combina com Stenos.

Ela é tão alta quanto ele, ágil e forte, e quando entram juntos no picadeiro se parecem com um letreiro antigo de um romance. Seu número é coreografado; quando ele a joga no ar, ela flutua de volta como uma fita, confiante e leve.

Elena acha que Panadrome deve estar decepcionado; agora ele tem de tocar a mesma música todas as noites.

É preciso se acostumar com Stenos pegando Fátima em seus braços, ela parece uma acrobata em repouso, e não um animal enjaulado.

Stenos nunca diz uma palavra sobre Bird após aquela primeira noite. Toda vez que George a menciona de passagem, Stenos levanta os olhos como se George houvesse cuspido no chão e vira-se para o outro lado.

Ninguém mais no circo menciona Bird, porque eles não pensam nela. (Ela não deve ter vivido muito, ferida e tão longe de casa, e não faria tanta falta quanto Bárbaro; não havia sete irmãos de luto esperando seu caixão ser enterrado.)

Elena não menciona Bird porque ela teme que dizer seu nome irá puxar aquele fio que a liga às asas. Ele fica em silêncio, e isso é tudo que Elena precisa. Se isso significa que Bird está morta, então que seja isso; Elena já não fica mais constrangida.

(Às vezes quando chove, ou no inverno, Elena sente uma única pontada em suas costelas. Ela a ignora; você sente todo o tipo de dor neste ramo de trabalho. Não há nada a ser feito.)

Agora os acrobatas entram depois de Ayar. Stenos e Fátima entram no picadeiro depois de os acrobatas terem saído, e em seu encalço Elena e as outras descem do teto para o trapézio, tão logo os aplausos diminuem.

Agora, quando Stenos sai do picadeiro, as pessoas aplaudem.
Elena pensa que ele deve estar feliz.
(Não é verdade.)

~ 81 ~

É assim que se silencia um par de asas:

Você encontra uma planície árida em um dia de vento, afunda-se ao chão o máximo que pode e rola na poeira.

A primeira vez é como repousar a mão em cordas de violão; você sente a vibração mais profunda do que antes, mas o som é mais suave, cantarolando em vez de cantando.

A segunda vez em que você rola na poeira é como largar o violão após terminar de tocar; há a noção de movimento, o eco da canção, mas você nunca perceberia se não soubesse o que escutar.

Na terceira vez, elas estão tão aveludadas quanto as asas de um pardal e fazem tão pouco barulho quanto, para que ninguém ouça você passando lá em cima.

E então você pode abrir as asas o quanto quiser, pegar o vento sem soar uma nota, subir tão alto que o chão não tem mais controle sobre você.

E você é o pássaro, e o pássaro, e o pássaro.

~ 82 ~

Isto é o que George vê, anos mais tarde, quando chega à cidade carregando seu cartaz enrolado e seu balde de cola:

O antigo cartaz ainda está lá, embora tenha ficado amarelado com o tempo e o rico verde tenha sido corroído pela chuva e pelo sol. ("Faz um tempo desde que fomos àquela cidade", Boss havia dito quando eles pararam, e George só poderia imaginar o que aquilo significava.)

Ninguém colou nada por cima, nem o arrancou ou queimou o muro; a cidade toda parece à beira de ser civilizada, até as ruas de concreto que facilitam que ele ande por elas com seus moldes de latão. (Nenhum poder ou quantidade de consertos consegue torná-los mais confortáveis.)

Dentro do camafeu pálido do Homem Alado alguém desenhou com lápis de cera por cima dos olhos de Alec; agora ele usa um pedaço de um gorro e tem um olho bem arregalado que nunca se fecha.

George olha para o cartaz por um bom tempo; depois se vira e olha para o céu.

O dia está nublado e o céu tão monótono quanto uma folha de chumbo, mas se fechar os olhos ele imagina que pode ouvir música.

Ying o encontra à beira do acampamento e pega o balde de sua mão, e eles caminham juntos pelo terreno vazio e plano onde a equipe já está montando a tenda.

Ayar e Jonah estão ajudando, enterrando as estacas tão fundas no chão que o som do martelo é engolido pela terra.

(George nunca perde a impressão, agora, de que eles se movem como soldados. O circo nunca mais foi o mesmo desde o dia na cidade do capitólio. Está claro que ele é um abrigo para lutadores de uma guerra da qual não podem escapar.

É como se uma luz forte fosse ligada sobre o circo e nunca pudesse se apagar, e agora todas as suas sombras são diferentes.)

Do lado de fora de seu trailer, Boss está conversando com Panadrome, desenhando planos no ar com suas mãos expansivas – um mapa, quem sabe, ou uma tenda com novo formato. Talvez alguém tenha feito um teste enquanto ele estava colando o cartaz no mural público. (Ele não se preocupa. Boss lhe contará mais tarde; esses dias ela tem sido mais sua parceira do que sua chefe. Ela não lhe diz o porquê, e ele não pergunta. Se os poderes dela são diminuídos por serem compartilhados, ele não quer saber.)

Os acrobatas estão treinando na grama e as trapezistas em uma árvore próxima, exceto Elena, que fica embaixo e dá as ordens.

Stenos e Fátima já terminaram de treinar; caminham de volta pelo acampamento até o trailer das trapezistas. À porta, Stenos acena com a cabeça e continua andando até o fim do acampamento e além dele, até sumir de vista. George não vê se Stenos olha para o céu ou não.

Ying diz: "Ele olhou. Ele sempre olha".

George sorri para ela. "Eu preciso colocar isso lá dentro", ele diz, pegando o balde de volta e segurando a vassoura. "Encontro você no vagão, estou morrendo de fome."

O interior do vagão de suprimentos tem uma janela que dá para o pequeno trailer. George olha através da sujeira e pergunta-se o que fazer.

(Foi certo ter contado a verdade, ele sabia; mas estava aprendendo a usar a verdade em prol do circo. Que bem faria a Stenos saber que ela estava viva, se isso só o levaria de volta à estrada? E o que aconteceria a ele, sozinho e vazio, procurando por um pássaro que pode nunca mais passar por aqui?)

Quando ele sai, Ying está aguardando no vagão de comida, conversando com Ayar. Ela diz alguma coisa e sacode a cabeça em direção à tenda, e Ayar joga a cabeça para trás e ri.

George olha para o céu e por um momento observa uma pequena silhueta, distante demais para enxergar, a menos que você saiba o que está procurando.

E então ele se une a Ying e Ayar para comer, a caminho de encontrar-se com Boss e fazer planos para a estrada adiante.

Há coisas sobre o circo que ele está começando a compreender.

FIM

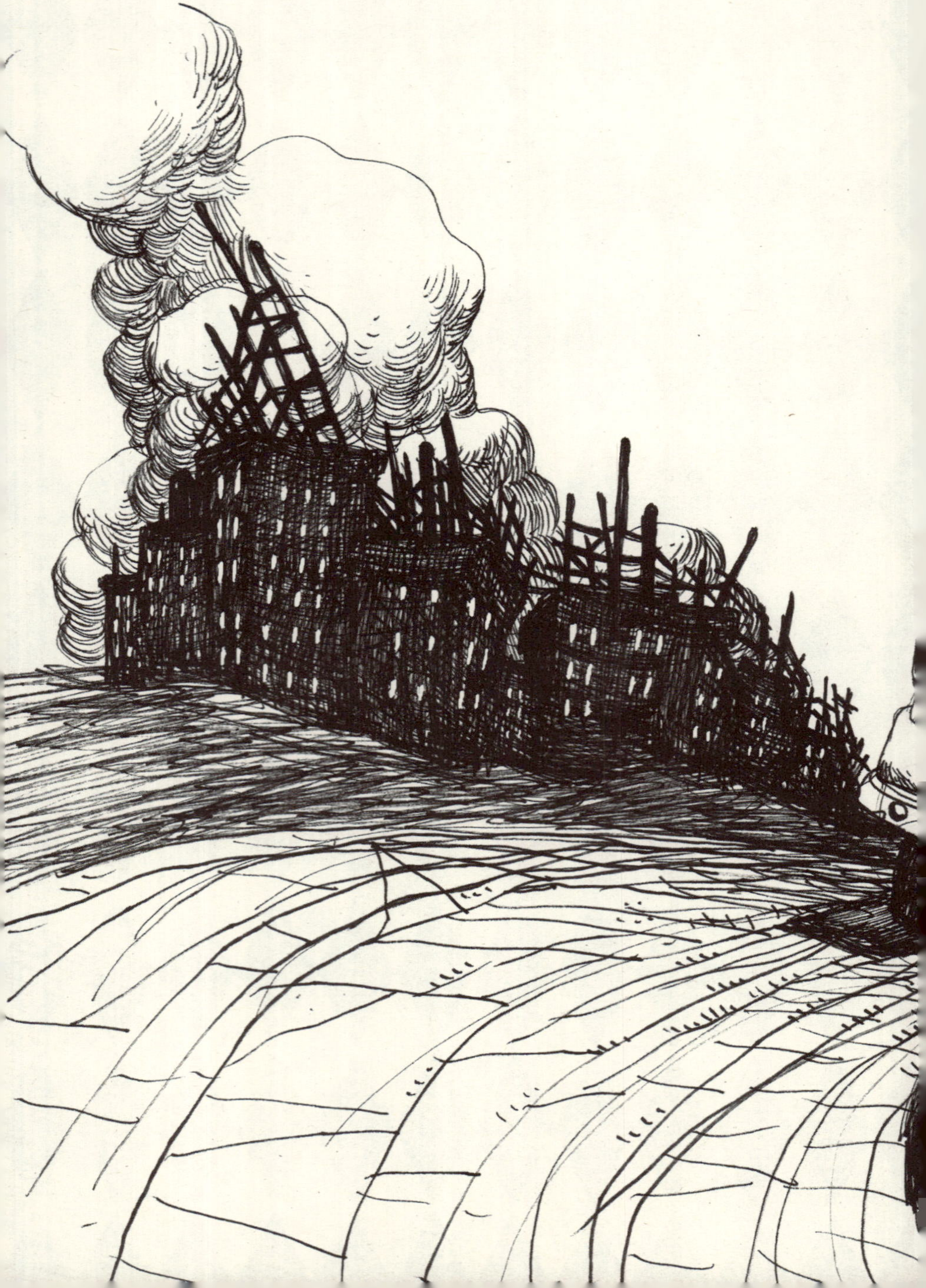

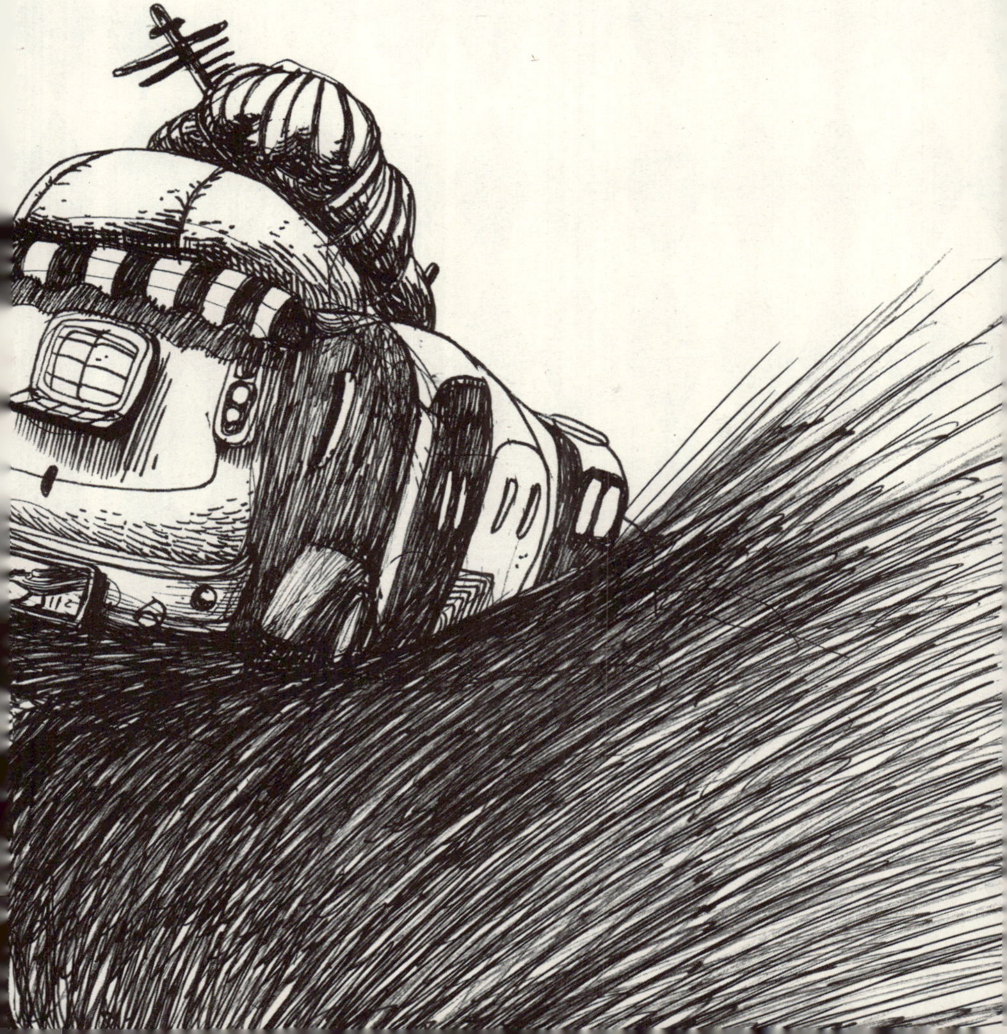